Kelly Oram

V is for Virgin

Weitere Titel der Autorin:

Cinder & Ella
Cinder & Ella. Happy End – und dann?

Kelly Oram

V IS FOR VIRGIN

Übersetzung aus dem amerikanischen Englisch von
Stephanie Pannen

one

Dieser Titel ist auch als E-Book und Hörbuch-Download erschienen

MIX
Papier aus verantwortungsvollen Quellen
FSC® C014496
FSC
www.fsc.org

Titel der amerikanischen Originalausgabe:
»V is for Virgin«

Umschlaggestaltung: Manuela Städele-Monverde unter Verwendung von
Motiven © Vik Y/shutterstock
Satz: 3w+p GmbH, Rimpar
Gesetzt aus der Adobe Caslon
Druck und Einband: GGP Media GmbH, Pößneck

Printed in Germany
ISBN 978-3-8466-0098-6

5 4 3 2 1

Sie finden uns im Internet unter: www.one-verlag.de
Bitte beachten Sie auch www.luebbe.de

Für Kyle. Bittet, und ihr werdet empfangen.

1

Das Gespräch

Ich wusste, dass es so kommen würde. Als Zach mir sagte, dass seine Eltern das Wochenende über nicht in der Stadt wären, und mich fragte, ob ich rüberkommen und mit ihm einen Film ansehen wolle oder so was, wusste ich, an was er eigentlich dachte. Ich bin zwar noch Jungfrau, aber ich bin nicht bescheuert. Er spielte definitiv mehr auf den »oder so was«-Teil des Abends an.

Doch das störte mich nicht. Ich meine, er ist ein gesunder siebzehnjähriger Junge und wir waren inzwischen seit drei Monaten zusammen. Mir ist klar, wie die Welt funktioniert. Irgendwie hatte ich aber gedacht, dass er genauso verständnisvoll sein würde, wie ich es immer war.

Damit lag ich allerdings falsch.

Es ist wohl genauso sehr meine Schuld wie seine. Am besten wäre ich von Anfang an ehrlich mit ihm gewesen, aber kann man mir wirklich vorwerfen, dass ich es so lange wie möglich hinausgezögert habe? Jemandem zu sagen, dass man Jungfrau ist, ist schon nicht leicht, aber jemandem zu sagen, dass man vorhat, es auch dabei zu belassen, ist noch viel schwerer.

Zach hatte alles genau geplant. Als ich bei ihm zu Hause ankam, erwartete er mich mit einem selbst gekochten

Essen. Kerzenleuchter und das feine Porzellan seiner Mutter, sowie die Tschaikowski-Sammlung seines Vaters, die im Hintergrund spielte, sorgten für eine entsprechende Stimmung. Es war das beste *Hähnchen Parmigiana*, das ich je gegessen habe, wenn es auch ein bisschen zu stark durchgebraten war.

Nach dem Essen führte er mich zum Sofa und gab mir eine kleine Schachtel mit einer Schleife darum.

»Was ist das?«, fragte ich ein bisschen schockiert.

Es ist nicht so, dass Zach unsensibel oder gedankenlos wäre, aber Romantik ist normalerweise wirklich nicht seine Stärke, und dieser ganze Abend hatte mich einfach umgehauen.

»Ich weiß doch, wie gern du Schmuck magst, und ich dachte, die würden gut zu deiner Kette passen.«

Automatisch fand meine rechte Hand ihren Weg zum glänzenden V aus Weißgold, das an meinem Hals hing. Das V steht für Valerie. Die Kette ist ein Geschenk meiner leiblichen Mutter. Sie war erst sechzehn, als sie mich bekam, und hat mich gleich danach zur Adoption freigegeben. Abgesehen von meinem Leben ist das die einzige Sache, die sie mir je geschenkt hat – aber ich bin dankbar, wenigstens das zu haben.

Noch bevor ich die Schleife von der Schachtel gelöst hatte, merkte ich, wie meine Augen feucht wurden. Die Ohrringe, die ich darin fand, waren so schön, dass sich schnell die ersten Tränen einen Weg über meine Wange bahnten und meine Wimperntusche zu zerlaufen begann.

Als Zach merkte, dass ich weinte, wurde er kreidebleich. »Heißt das, du magst sie … oder habe ich es verbockt?«

»Zach«, flüsterte ich und schniefte. »Sie sind perfekt.«

Und dann trafen unsere Lippen aufeinander.

Wir küssten uns … und küssten uns … und küssten uns, bis mein Mund trocken, meine Lippen wund und mir selbst ganz schwindlig vor lauter Gefühlen war.

Als wir eine Pause machten, um wieder zu Atem zu kommen, nahm Zach meine Hände in seine und sagte diesen einen Satz, vor dem ich den ganzen Abend lang Angst gehabt hatte.

»Lass uns in mein Zimmer gehen.«

Mein Herz begann wild in meiner Brust zu schlagen. Wie ich schon sagte, ich hatte gewusst, dass es so kommen würde. Aber das bedeutete nicht, dass ich darauf vorbereitet war.

»Ich glaube, das ist keine so gute Idee«, sagte ich und seufzte leise.

»Warum nicht? Wir sind allein, wir hatten einen tollen Abend, und wir sind jetzt schon seit drei Monaten zusammen.«

Ich wollte seine Gefühle nicht verletzen. Ich suchte nach den richtigen Worten, um es ihm zu erklären, doch während ich noch meine Gedanken ordnete, presste Zach seine Lippen wieder auf meine … und das machte es mir ziemlich schwer, einen klaren Gedanken zu fassen.

»Weißt du nicht, wie sehr ich mit dir zusammen sein will, Valerie?« Seine Lippen bewegten sich von meinem Mund über mein Kinn entlang zu meinem Hals. »Haben wir nicht schon

lang genug gewartet?«

Zachs warmer Atem jagte mir einen wohligen Schauer über den Rücken. Ein Teil von mir wollte wirklich, wirklich gern nachgeben, doch ich rutschte entschlossen von ihm weg.

»Es tut mir leid, Zach, aber …« Ich zögerte, dann platzte der Rest des Satzes aus mir heraus. »Ich werde nicht mit dir schlafen.«

Ich hatte gewusst, dass er von diesem Geständnis nicht besonders begeistert sein würde, dennoch überraschte mich sein Gesichtsausdruck – so wütend und verletzt.

»Warum?«, fragte er getroffen. »Bin ich schlecht im Küssen oder so was?«

»Es liegt nicht daran«, versicherte ich ihm. »Ich liebe es, wie wir uns küssen. Es ist sehr gut. *Zu* gut.«

Wieder lief mir ein wohliger Schauer über den Rücken, als ich mich daran erinnerte, wie ich mich vor nicht mal zwei Minuten gefühlt hatte.

»Und was ist es dann?«

»Na ja, äh …« Ich musste schlucken. »Es ist nur, dass …« Warum fiel es mir so schwer, es zu sagen? »Ich bin eine … ich bin Jungfrau.«

»Oh.« Er schien davon angenehm überrascht. »Wirklich?«

Als ich nickte, begann er wieder zu lächeln.

Mir wurde klar, dass ich unbewusst den Atem angehalten hatte. Es fühlte sich so gut an, es endlich ausgesprochen zu haben.

»Warum hast du das denn nicht gleich gesagt, Baby?«, fragte Zach und nahm meine Hand in seine. »Du musst keine Angst haben. Wir können es langsam angehen. Oder wenn du noch nicht bereit bist, können wir erst mal andere Dinge machen. Uns langsam annähern.«

»Nein, Zach, du verstehst nicht. Das ist es nicht. Na ja,

schon irgendwie, wenn es darum geht, dass ich noch nicht für Sex bereit bin – aber nicht, weil ich Angst habe. Ich warte.«

»Du wartest?« Er hatte absolut keine Ahnung, was ich meinte.

»Du weißt schon, ich will bis zur Hochzeit warten.«

»Du willst *was?*« Dieses Mal verstand er, aber die Ungläubigkeit stand ihm ins Gesicht geschrieben. »Das meinst du doch nicht ernst.«

»Doch, das meine ich.«

»Val, niemand wartet mehr bis zur Hochzeit.«

Sein Tonfall versetzte mir einen Stich. Er war so herablassend, dass ich mich wie ein kleines Kind fühlte.

»Das ist keine schlechte Sache, weißt du?«, sagte ich, obwohl ich so nervös war, dass ich bestimmt nicht besonders überzeugend klang.

»Aber warum? Was soll das?«

Wieder griff ich mit der Hand an meine Kette. »Ich will nicht den gleichen Fehler machen wie meine leibliche Mutter.«

Zach kannte die Geschichte. Er hatte sogar den Brief gesehen, der zur Kette gehörte, also dachte ich, dass er meine Entscheidung ein bisschen mehr unterstützen würde. Doch die Wut, die in seinem Blick lag, traf mich jetzt mit voller Wucht. Und das schmerzte unglaublich.

»Komm schon, Val, sei doch nicht bescheuert. Es gibt schließlich Verhütungsmittel.«

»Ich bin nicht bescheuert«, blaffte ich. »Ich weiß, dass es Verhütungsmittel gibt, aber es ist mehr als das. Meine leibliche Mutter wusste nicht mal, wer der Vater ist. Weißt du eigentlich, wie sich das anfühlt? Ich habe mir vor langer

Zeit geschworen, dass ich niemals so wie sie sein würde. Mein erstes Mal wird mir etwas bedeuten. Es wird etwas Besonderes sein.«

Mir war nicht klar, wie das klang, bis Zach zutiefst verletzt sein Gesicht verzog. »Und wenn wir es tun, würde es nichts bedeuten?«, fragte er. »Weil ich nicht *besonders* genug für dich bin?«

»Nein!«, erwiderte ich schnell. »Natürlich bist du etwas Besonderes für mich! Ich habe das nicht so gemeint, wie es klang. Zach, ich liebe dich. Aber ich … ich will einfach nur, dass mein erstes Mal mit meinem Ehemann ist.«

Zach wirkte nun wieder wütend, was mich total aus dem Konzept brachte. Schließlich geriet ich in Panik und gab den Versuch auf, ihm erklären zu wollen, wie ich mich fühlte.

»Es tut mir leid«, sagte ich. »Ich kann es nicht richtig erklären, aber das hier ist mir wichtig. Ich werde meine Meinung darüber nicht ändern. Kannst du mich darin nicht wenigstens ein kleines bisschen unterstützen?«

»Wir sind seit drei Monaten zusammen!«, brüllte Zach. Damit hatte ich wohl meine Antwort. »Hättest du das nicht mal früher erwähnen können?«

»Hätte das denn einen Unterschied gemacht?«

»Wenn mir meine Freundin sagt, dass sie niemals Sex mit mir haben wird? Ja, ich würde sagen, dass das einen gewaltigen Unterschied macht. Wir hätten uns von Anfang an die Mühe sparen können.«

Mir rutschte das Herz in die Hose. Ich hatte mir schon gedacht, dass es nicht leicht werden würde, aber nicht mal im Traum hätte ich mir ausgemalt, dass er *so* reagierte.

»Machst du etwa *Schluss* mit mir?«

»Na ja, hat doch wohl nicht viel Sinn, weiter zusammenzubleiben, oder?«

Zach murmelte etwas von Zeitverschwendung, und so schrecklich sich die Erkenntnis auch anfühlte, dass mich der Junge, der mir so wichtig war, letztendlich nur ins Bett hatte bekommen wollen, machte es unsere Trennung doch irgendwie leichter.

»Du hast recht«, stimmte ich ihm zu und stand auf. »Das war eine *Riesen*zeitverschwendung. Du hättest mir gleich von Anfang an sagen können, dass du absolut oberflächlich bist. Hab noch ein schönes Leben, Zach. Wir sind fertig. Und denk bloß nicht, dass ich dir nachweinen werde.«

Auf dem Weg nach draußen schlug ich die Tür hinter mir zu.

Den letzten Satz hatte ich natürlich nur gesagt, um mein Gesicht zu wahren. Ich begann zu weinen, sobald sein Grundstück nicht mehr zu sehen war, und heulte den ganzen Weg bis nach Hause.

Ich nutzte das Wochenende, um mich im Selbstmitleid zu suhlen – bis ich am Montagmorgen einen Schlussstrich zog. Ich schwor mir selbst, dass mich niemand je weinen sehen würde.

Eine dumme Entscheidung. Vor anderen zu weinen, wäre so viel leichter gewesen als das, was ich dann stattdessen tat. *So* viel leichter.

2

Der Zusammenbruch

Zach war erster Forward für die Basketballmannschaft der Schule und in der Nebensaison Hürdenspringer im Leichtathletikteam. Ich war in der Volleyballmannschaft und stellvertretende Schulsprecherin. Wir waren beide äußerst beschäftigt, sozial engagiert und auch optisch gesehen passten wir gut zusammen – wir waren sozusagen perfekt füreinander.

Zach und ich waren nicht das beliebteste Pärchen der Schule oder so, aber unbeliebt waren wir auch nicht, also verbreitete sich die Neuigkeit von unserer Trennung wie ein Lauffeuer durch die Gänge der Huntington High. Nicht dass mich irgendjemand direkt darauf angesprochen hätte, aber das Getuschel und die neugierigen Blicke deuteten darauf hin, dass mindestens ein Dutzend verschiedener Gerüchte darüber im Umlauf waren.

Ich war weder an diesen Geschichten interessiert, noch an all den mitleidigen Umarmungen, die mit einer Trennung einhergingen. Glücklicherweise saß meine beste Freundin Cara in den meisten meiner Kurse und hatte so gar keinen Funken Empathie an sich. Ich war fest davon überzeugt, dass sie mich irgendwie durch den Tag bringen würde.

Als sich Cara im Klassenzimmer neben mich setzte, begrüßte sie mich wie erwartet nicht mit einem traurigen Lächeln, sondern mit einem bösen Blick. »Ich bin gerade *so* sauer auf dich.«

Dem Himmel sei Dank für meine beste Freundin. »Was habe ich denn diesmal angestellt?«, fragte ich.

»Ihr hattet *das Gespräch*, ohne dass du vorher mit mir geredet hast!«

»Dann sind die Gerüchte wohl ziemlich nah dran an der Wahrheit, oder?«

»Oh nein.« Cara lachte. »Nicht mal annähernd. Aber ich kenne dich. Ich habe dir gesagt, dass du *das Gespräch* nicht mit ihm führen sollst, bevor wir das richtig geplant haben.«

»Aber ich musste. Seine Eltern waren übers Wochenende weg – also hieß es, entweder *das Gespräch* oder … etwas anderes.«

Cara betrachtete mich skeptisch, doch ich konnte sehen, dass sie mir vergab, weil ein neues Stirnrunzeln das alte ersetzte. »Du hättest mich anrufen sollen.«

»Tut mir leid. Ich war ein klein wenig damit beschäftigt, todunglücklich zu sein.«

»Meine beste Freundin wird eiskalt abserviert, und ich erfahre das von meinem Bruder aus der achten Klasse?«

»Dein Bruder weiß Bescheid?«

»Hallo! Hast du mir gerade zugehört? Die ganze Mittelstufe wusste vor mir Bescheid! Siehst du das Problem?«

»Tut mir leid, Cara«, sagte ich und bemühte mich, nicht zu grinsen, während ich sie gespielt mitleidig ansah. »Das muss ja so schrecklich für dich gewesen sein.«

Cara war immer noch ernst. »Das war es.«

Ich breitete meine Arme aus und gab ihr die größte Mitleidsumarmung aller Zeiten. »Du musst einen wirklich schlimmen Tag gehabt haben«, neckte ich sie.

»Den allerschlimmsten«, schniefte Cara. Hatte ich schon erwähnt, dass sie der Star der Theater-AG ist?

Doch plötzlich schossen mir echte Tränen in die Augen, und die falsche Umarmung wurde zu einer richtigen. »Danke, Cara.«

»Du bist meine beste Freundin, V. Ich würde Berge für dich versetzen.«

»Wirklich?«

»Nein, wahrscheinlich nicht. Aber ich werde dir auf jeden Fall bei deinen Racheplänen helfen, solltest du welche haben – ob legal oder illegal. Ich habe schon ein paar wirklich gute Ideen.«

Jetzt musste ich schon wieder grinsen. »Wir können das ja zum Hauptthema des Schülervertretungstreffens machen.«

»Was wollt ihr zum Hauptthema des Schülervertretungstreffens machen?«, erklang auf einmal eine Stimme hinter uns.

Das schrille Kreischen von Olivia Lewis ließ Cara und mich zusammenzucken. Eigentlich hatte das wohl weniger mit dem Klang ihrer Stimme, als vielmehr mit der Tatsache zu tun, dass sie die furchtbarste Person des Planeten war. Aber trotzdem. Wenn Olivia mit einem sprach, klang es, als würde jemand mit einem Nagel über eine Tafel kratzen.

»Ach nichts«, sagte ich und versuchte mich erfolglos an einem Lächeln. »Wir haben nur herumgealbert.«

»Ich nicht. Wir werden ihn zerstören«, beharrte Cara und ignorierte Olivia.

Cara war eine der wenigen auf dieser Schule, die sich das traute. Eigentlich mochte niemand Olivia, aber alle – einschließlich mir – waren nett zu ihr, weil sie hübsch, reich, beliebt und vor allem durch und durch böse war. Wir reden hier von Satans Tochter persönlich. Bei ihr will man sich *wirklich* nicht unbeliebt machen.

»Ach, stimmt ja!« Olivia gab mir meine erste offizielle Mitleidsumarmung an diesem Morgen. »Ich habe am Freitagabend von eurer Trennung gehört.«

»Freitagabend?« Das war irgendwie schockierend, denn schließlich hatten Zach und ich uns erst am selben Abend getrennt.

»Zach hat auf Wills Party praktisch jedem erzählt, was passiert ist«, erklärte Olivia, als sie meinen Gesichtsausdruck bemerkte.

»Zach ist am Freitagabend zu Wills Party gegangen?«

»Oh, das ist ja nett«, sagte Cara wütend. »Der Idiot gibt dir den Laufpass und geht dann noch feiern, während du dir daheim die Augen ausheulst?«

Ich stieß Cara in die Rippen. Fest. Nicht dass ich ihre Loyalität nicht zu schätzen wusste, aber musste sie Olivia sagen, dass ich mir *die Augen ausgeheult hatte?* Musste sie das Wort *Laufpass* benutzen? Olivia konnte es ohnehin kaum erwarten, meine Reaktion auf all die Gerüchte zu sehen. Sie sollte sich nicht noch mehr an meinem Schmerz ergötzen.

»Es muss dir doch nicht peinlich sein, dass du geheult hast, Val.« Mir wurde von Olivias übertrieben süßlicher Stimme regelrecht schlecht. »Er hätte wirklich etwas sensibler sein können. Klar, schlecht im Bett zu sein, ist scheiße, aber nach dem Sex mit dir Schluss zu machen, weil du ihn nicht befriedigen konntest? Das ist einfach nur gemein.«

Mein Herz blieb stehen. Zumindest fühlte es sich so an. Jedenfalls auf dem Teil, der noch übriggeblieben war, nachdem Zach mit mir Schluss gemacht hatte.

Cara schien bereit zu sein, Olivia mit ihren teuren High Heels zu erstechen, und es war ihr Ausfallschritt, der mich in die Gegenwart zurückbrachte. Ich griff nach Caras Arm, bevor sie irgendwelchen Schaden anrichten konnte, und fand meine Stimme wieder. »Was genau hat Zach erzählt?«

»So schlimm ist es gar nicht«, versprach Olivia. »Zumindest weißt du jetzt Bescheid. Und vielleicht geht ja nach dieser Sache trotzdem noch irgendjemand mit dir aus und ist bereit, dir ein paar *Sachen* zu zeigen. Dann wirst du sicher schnell besser im Bett. Eigentlich solltest du Zach sogar dankbar sein.«

Meine Augen füllten sich mit Tränen, was wohl genau der Moment war, auf den Olivia gewartet hatte, denn sie tätschelte meinen Arm und ging davon – nicht, ohne mir noch einen letzten Tipp zu geben. »Du solltest wirklich mal die *Cosmo* lesen, Val. Das ist so was wie die Bibel des Sex.«

»Ich frage mich, ob sie das wohl als Zitat fürs Jahrbuch nimmt«, brummte Cara, nachdem Olivia weg war. »Weißt du, eines Tages werde ich mir einen ihrer teuren Schuhe schnappen und ihn ihr in den …«

»Cara.«

»Ich meine ja nur …«

Cara umarmte mich noch einmal fest, bevor der Unterricht und damit der schlimmste Tag meines Lebens begann.

Man sagt ja, *Stock und Stein brechen mein Gebein, doch Worte bringen keine Pein.* Was für ein Schwachsinn! Mir wären Stöcke und Steine tausendmal lieber gewesen als die Worte, die mir an diesem Tag an den Kopf geworfen wurden. Die Leute lachten. Sie stießen sich an und flüsterten – einige sogar ziemlich lautstark und ohne jede Rücksicht – ,und ich glaube, nahezu jedes Mädchen in meiner Stufe umarmte mich mitleidig.

Und das war nur die erste Hälfte des Tages. Der Nachmittag war noch schlimmer. *Viel schlimmer.* Aber das hatte ich mir ja auch irgendwie selbst eingebrockt.

Mein Stundenplan ließ es zu, dass ich Zach erst in der großen Pause sehen musste. Ich dachte, ich wäre stark genug, um damit klarzukommen, doch als ich die Schulkantine betrat und der ganze Raum plötzlich so still wurde, dass man eine Stecknadel hätte fallen hören können, erstarrte ich.

»Komm schon, V«, flüsterte Cara und gab mir einen kleinen Schubs in Richtung Essensausgabe. »Dreh jetzt nur nicht durch. Nicht vor allen anderen. Du weißt, dass sie darauf nur warten.«

Ich blickte ins Meer aus Gesichtern und stellte fest, dass die Kantine noch voller war als üblich. Selbst die Mitglieder des Schulorchesters und der Chor, die sonst immer im Musikzimmer zu Mittag aßen, saßen in einer Ecke und beobachteten mich. Cara hatte recht. Sie alle wollten, dass ich hier und jetzt zusammenbrach.

Ich schaffte es bis zur Essensausgabe, bevor ich ihnen

genau das gab, auf das sie gewartet hatten. Mit meinem Essenstablett in der Hand drehte ich mich zu dem Tisch um, an dem ich normalerweise saß, als ich die beiden entdeckte. Zach, der von Olivia Lewis in diesem Moment die Zunge in den Rachen gesteckt bekam.

Olivia machte gerade eine Pause, um Luft zu holen, als sie mich keuchen hörte. Mit ihrem besten entschuldigenden Lächeln drehte sie sich zu mir um. »Tut mir *so* leid, Val«, trällerte sie. »Du weißt hoffentlich, dass das absolut nichts Persönliches ist, oder? Ihr zwei seid Geschichte, und ein toller Fang wie Zach bleibt natürlich nicht lange allein. Ich bin nur ein bisschen überrascht, dass er sich für mich entschieden hat.«

Inzwischen drängten sich alle Schüler in der Kantine hinter uns zusammen, um den besten Blick zu haben. Das hier war spektakulärer als ein Staffelfinale von »Gossip Girl«. Aber wisst ihr was? Es war mir inzwischen egal. Vor anderen so zu tun, als sei man stark, wurde vollkommen überschätzt.

»Natürlich hat er dich gewählt, Olivia«, sagte ich übertrieben süßlich. »Du bist die größte Schlampe in Orange County, und Zach geht es nur darum, jemanden flachzulegen. Ihr beide seid das absolute Traumpaar.«

Die Menge schnappte schockiert nach Luft.

Ich muss zugeben, dass es mir einen ziemlichen Adrenalinrausch verpasste, so im Mittelpunkt zu stehen. Diese niedliche kleine Jungfrau genoss es, für sich einzustehen.

Ich sah mich in der Menge um und stieg dann auf einen der Tische, um sicherzugehen, dass die Schüler, die hinten standen, auch etwas sehen konnten. »Lasst uns eines hier mal klarstellen, Leute!«, rief ich. »Zach hat nicht mit mir Schluss gemacht, weil ich schlecht im Bett war – sondern weil er niemals wissen wird, wie ich im Bett bin. Ich wollte nicht mit ihm schlafen, also hat er mich einfach in die Wüste geschickt!«

Gedämpftes Gemurmel begann um sich zu greifen, also hob ich meine Stimme noch etwas. »Ja, richtig! Stellt euch vor, ich bin noch JUNGFRAU!« Wieder verfiel der Raum in Schweigen. »Ich habe noch nie Sex gehabt! Und wisst ihr was? Ich bin verdammt stolz darauf!« Die Wut in meiner Stimme verschwand, und mit der Hand tastete ich wieder nach meiner Kette. »Macht euch darüber lustig, so viel ihr wollt. Es spielt keine Rolle. Ich werde warten, bis ich verheiratet bin, und niemand wird es schaffen, dass ich mich deswegen schlecht fühle.«

Ich sah zu Zach hinüber, der während meiner Rede kreidebleich geworden war, und meine Entschlossenheit verhärtete sich – etwas *in mir* veränderte sich, hier und jetzt. Heute Morgen mochte ich vielleicht noch die kleine konfliktscheue Valerie gewesen sein, doch nun würde ich niemals wieder Angst davor haben, für mich und meine Überzeugungen einzutreten.

Ich fühlte mich eigentlich ziemlich gelassen dafür, dass ich mich gerade vor der gesamten Schule zum Idioten gemacht hatte. Als ich vom Tisch heruntersteig, schenkte ich Olivia ein strahlendes Lächeln an. »Er gehört ganz dir, Süße. Ich hoffe, du hast Spaß damit, ihn ranzulassen.«

Jetzt musste ich nur noch einen dramatischen Abgang mit hoch erhobenem Kopf machen, also tat ich genau das. Auf dem Weg nach draußen sagte niemand ein Wort zu mir.

Die Erkenntnis, was ich gerade getan hatte, traf mich

erst, als die Kantinentür hinter mir zufiel, und es war, als würde das ganze Gebäude über mir zusammenbrechen. Die Panik, die ich den Morgen über verdrängt hatte, holte mich nun ein. Ich begann so heftig zu zittern, dass ich nicht bemerkte, wie Cara mich aufgeregt zu schütteln begann.

»Ich war noch nie so stolz darauf, dich meine beste Freundin zu nennen«, quietschte sie. »Das war absolut irre! Du hast Olivia vor allen eine Schlampe genannt! V, du bist echt meine absolute Heldin!«

Ich ignorierte meine beste Freundin und redete mich weiter in Rage. »Ich kann nicht fassen, was ich gerade getan habe! Ich habe sozialen Selbstmord verübt!«

»Hör auf, so dramatisch zu sein. Das ist *meine* Aufgabe.«

»Cara, ich habe eben vor der gesamten Schule verkündet, dass ich Jungfrau bin!«

Cara runzelte kurz die Stirn, dann zuckte sie mit den Schultern. »Wenigstens musst du jetzt niemals wieder *das Gespräch* führen.«

»Ja, weil niemand je wieder mit mir ausgehen wird. Man wird mich für den Rest meiner Schulzeit als Freak bezeichnen. Ich werde in Alaska studieren müssen.«

»Na ja, du fährst aber doch gern Ski.«

»Würdest du mal bitte aufhören, so optimistisch zu sein, und mich einfach meinen Nervenzusammenbruch haben lassen?«

»Meinetwegen«, schnaubte Cara. »Den hast du dir wohl verdient. Dieser Moment eben wird in die Geschichte der Huntington High eingehen.«

Ich stöhnte auf. Mir war plötzlich schlecht. »C, lass uns

von hier verschwinden. Wir schwänzen die siebte und achte und schauen uns stattdessen einen Film an oder so.«

»Und ruinieren dir damit dein perfektes Anwesenheitsprotokoll und die Chance darauf, die Abschlussrede zu halten? Kommt nicht in Frage, Val. Das musst du jetzt durchstehen. Außerdem kannst du nicht beim Treffen des Schülerrats fehlen. Wir teilen die Projekte fürs Herbstfest zu, und ich werde auf keinen Fall beim Kuchenverkauf enden.«

Ich seufzte kapitulierend und sank an einer Reihe Schließfächer zu Boden. »Abgeschossen zu werden, ist echt das Letzte.«

Cara setzte sich neben mich und legte ihren Arm um meine Schulter. »Zumindest hast du jetzt das Schlimmste hinter dir.«

Ich öffnete den Mund, um zu widersprechen, als eine Gruppe Mädchen aus der Kantine drängte. Sie wurden langsamer, als sie an uns vorbeikamen, und konnten sich nicht verkneifen, uns anzustarren. Eine von ihnen kicherte leise und eine andere flüsterte, gerade so laut, dass ich es hören konnte: »Wow, die sieht echt fertig aus.«

»Ja.« Ich lachte bitter auf. »Das Schlimmste liegt ganz bestimmt hinter mir.«

»Verzieht euch, ihr dämlichen Neuntklässler!«, blaffte Cara die Mädchen an, die beim Klang meiner Stimme stehen geblieben waren. Sie wirkte wie ein wütender Pitbull, und die Mädchen stoben auseinander wie ein Schwarm Guppys.

»Also gut.« Cara gab nach. »Es wird für ein paar Tage schlimm sein. Aber nach der Vorstellung, die du da drinnen gerade gegeben hast, musst du in der Schule unbedingt gute Miene zum bösen Spiel machen. Raste zu Hause aus, so viel du willst, aber wir reden hier von deiner Würde – deinem Ruf, deinem Leben, wie du es kanntest. Sei stark, V.«

»Klar.« Ich blies mir ein paar störrische Strähnen aus den Augen. »Ich werde stark sein.«

Und das war ich für den Rest des Tages auch.

Ich weiß nicht, was ich getan hätte, wenn Cara an jenem Tag nicht an meiner Seite gewesen wäre, denn wie sich herausstellte, war das Starren, Flüstern und Lachen während des Mittagessens nichts im Vergleich zu dem, was noch kommen sollte. Ich wurde praktisch gekreuzigt. Ich war an die Spitze von Olivias schwarzer Liste geschossen, ganz zu schweigen von Zachs, und aus Angst vor den beiden hatten alle anderen nichts Besseres zu tun, als mich zu verspotten.

Ich hatte mich zum leichtesten Ziel der Welt gemacht. Nie wieder würde ich einfach nur Valerie sein. Nein, ich war jetzt für immer *Virgin Val* – das V, das von meinem Hals hing, war mein persönlicher scharlachroter Buchstabe. Aber ich würde es nicht abnehmen. Irgendwo da draußen war eine Frau, die mich genug geliebt hatte, um das Richtige zu tun. Die mich aufgegeben hatte, auch wenn es ihr das Herz brach. Ich war es ihr schuldig, ebenfalls das Richtige zu tun. Ich hatte ihr und mir ein Versprechen gegeben, und ich würde es halten, ganz egal, was passierte.

3

Das Video

Ich war so was von gar nicht in der Stimmung, die Details des Huntington-High-Herbstfests zu besprechen, schließlich war mein Leben gerade völlig auf den Kopf gestellt worden. Was spielte es da für eine Rolle, ob wir uns den Luxus der mobilen Toilettenkabinen *mit* Waschbecken leisten sollten oder nicht?

»Valerie …? Val …?«

Mir wurde klar, dass Eric Kwan, mein guter Freund und Jahrgangssprecher, mit mir sprach, als er wie wild mit der Hand vor meinem Gesicht herumfuchtelte. »Hm?«

»Irgendwelche Vorlieben?«, fragte er.

»Ist doch völlig egal! Diese Toilettenkabinen sind unglaublich eklig, egal für welche Art wir uns entscheiden.«

»Ähm, Val?«

Es tat mir leid, dass ich so gereizt geklungen hatte, als ich realisierte, wie nervös Eric wirkte – genau wie der Rest der Schülervertretung. »Entschuldige, Eric. Wirklich, mir ist beides recht.«

»Also, eigentlich haben wir vor zwanzig Minuten über die Toiletten abgestimmt, Val. Im Moment geht es um die Komitees. Über welches willst du den Vorsitz haben?«

Wow. War ich wirklich so in Gedanken gewesen? Das

Treffen war fast vorbei. Wie konnte das passieren? »Ist mir egal.«

Ich seufzte, dann schrie ich »AUTSCH!«, als mir jemand seinen Ellbogen in die Seite stieß.

»Musik!«, zischte mir Cara ins Ohr.

»Musik«, wiederholte ich.

»Auf keinen Fall!«, protestierte Olivia. Ihre Stimme klang dabei noch schriller als üblich. »Ich habe mich doch bereits für das Musikkomitee gemeldet!«

Ich war mir sicher, dass Cara sich jederzeit auf sie stürzen würde, doch ich hatte einfach keine Energie mehr, um mich darum zu kümmern.

Cara legte einen Arm um meine Schulter. »Äh hallo? Stellvertretende Jahrgangssprecherin?« Meine Position gab mir das Recht, als Erste zu wählen, doch Olivia diskutierte weiter herum. »Aber sie *mag* Musik doch nicht mal!«

Das war nicht ganz richtig. Ich fand Musik ganz in Ordnung. Ich war nur nicht vollkommen davon besessen, wie gewisse andere Leute – Cara zum Beispiel.

Im Gegensatz zu ihr war mir persönlich vollkommen egal, welche Band beim Herbstfest spielen sollte, aber ich war eine gute beste Freundin. »Ich will das Musikkomitee«, sagte ich entschieden, um meine Stellung zu behaupten.

»Dann bekommst du es auch«, erwiderte Eric. Ich war mir nicht ganz sicher, meinte aber, die Spur eines Lächelns in seinem Gesicht aufblitzen zu sehen. Er hatte Olivia letztes Jahr gefragt, ob sie mal mit ihm ausgehen würde, und sie hatte ihm eine fiese Abfuhr erteilt. »Tja, Olivia, ich schätze, dann bleibt noch das Basteln mit den Kindern, der Kuchenstand oder das Aufräumen.«

Oh ja, er hatte gerade richtig Spaß. Offenbar war Cara nicht die einzige, die auf meiner Seite war.

»Du wirst es nicht bereuen«, flüsterte sie mir zu, während die restlichen Posten verteilt wurden. »Ich habe die beste Idee aller Zeiten!«

»Gern geschehen.«

»Danke!«

»Also gut«, begann Eric und lenkte meine Aufmerksamkeit zurück auf das Treffen. »Ich denke, das war es im Großen und Ganzen. Dann sehen wir uns am Donnerstag wieder und denkt dran, bis zum Fest ist es nur noch einen Monat hin, also erledigt eure Aufgaben.«

Während ich meine Sachen zusammensammelte, begann Cara an meinem Arm zu zupfen. »Okay«, sagte sie. »Also hier ist meine Idee – bist du bereit?«

Wenn Cara von etwas begeistert ist, gibt es kaum eine Möglichkeit, sie zum Schweigen zu bringen. Aber ich war einfach nicht in der Stimmung, um ihre Begeisterung zu teilen, sodass ich sehr erleichtert war, als Eric zwischen uns trat. »Und wie schlägst du dich so?«

Ich gab ihm keine Antwort. Meine Laune war ziemlich offensichtlich. »Tut mir leid, dass ich dich angeblafft habe, Eric.«

»Hey, mach dir keine Gedanken deswegen.« Er begann zu Grinsen. »Die größte Schlampe in Orange County?«

»Ich gründe gerade einen Valerie-Fanclub«, unterbrach Cara. »Willst du beitreten?«

»Ich bin dabei.« Eric lachte, dann nahm er seine Tasche. »Oh, hey, Val? Ich weiß, dass du dich gemeldet hast, einen Stand beim Herbstfest zu übernehmen, aber wenn dir jetzt nicht mehr danach ist, verstehe ich das vollkommen.«

»Oh nein, schon gut. Das lenkt mich ein bisschen ab, weißt du?«

»Na dann, sag mir einfach Bescheid, wenn du was brauchst.«

Erics Grinsen veränderte sich zu einem mitleidigen Lächeln, also nickte ich nur und machte, dass ich rauskam.

Sobald wir aus der Tür waren, entschied Cara – ganz die gute Freundin, die sie war – mich abzulenken. »Okay, also ich dachte, Kyle Hamilton ist ja ein ehemaliger Schüler der Huntington High, stimmt's? Ich wette, wir könnten …«

»Okay, an dieser Stelle muss ich dich direkt unterbrechen, Cara.«

Kyle Hamilton war der Leadsänger von Tralse – einer Band, von der Cara die letzten drei Jahre wie besessen gewesen war. Sie liebte jede Art von Musik, aber Tralse standen mit Abstand auf Platz eins ihrer Liste, weil sie davon überzeugt war, dass sie eines Tages die Kinder des Gitarristen bekommen würde.

»Also, erstens hat Kyle Hamilton im Abschlussjahr die Schule geschmissen.«

»Weil seine Band einen Plattenvertrag bekommen hat!«

»Und zweitens wirst du es nicht schaffen, dass Tralse bei unserem Herbstfest auftritt.«

»Oh doch. Ich habe einen Plan.«

»Ach so, du hast einen Plan. Dann erleuchte mich bitte, Obi-Wan Kenobi.«

»Sie spielen heute Abend im Roxy. Jase besorgt uns Backstage-Pässe.«

Ich stöhnte innerlich auf. Es war nicht das erste Mal, dass mich Cara zu irgendeinem Backstage-Abenteuer in die Musikszene von L.A. schleifte. Ihr großer Bruder Jase ist Eventveranstalter für ein paar der größeren Clubs in Los Angeles. Seit Cara und ich achtzehn geworden sind, bringt er uns an Orte, an denen wir genauer betrachtet nicht sein sollten. Es ist nicht meine Lieblingsszene, doch Cara liebt sie abgöttisch. Trotz alledem war es das erste Mal, dass wir Tralse treffen würden, was ich dann doch ein bisschen aufregend fand. Ich erinnerte mich verschwommen an Kyle Hamilton. Er war bereits in der Oberstufe gewesen, als Cara und ich in die Unterstufe gekommen waren. Umwerfend beschrieb ihn nicht mal im Ansatz. Es stimmte schon – Kyle sah *unglaublich* gut aus – aber er war mehr als das. Er war charismatisch. Wenn er die Flure entlangging, konnte man kaum den Blick von ihm nehmen.

Ich war nicht im Geringsten überrascht, als seine Band den Durchbruch schaffte. Cara gegenüber hätte ich das natürlich niemals zugegeben, sie brauchte nicht noch mehr Bestätigung. Und wenn ich sage, dass Cara besessen ist, meine ich »Lass uns zu ihrer Wohnung fahren und ihre Post stehlen«-besessen.

»Okay, dann wirst du also Tralse treffen«, sagte ich. »Angenommen, du fällst nicht sofort in Ohnmacht, was dann?«

Cara zuckte mit den Schultern. »Ich habe so meine Methoden, sie zu überzeugen.«

»Du ziehst dein Top aus und bietest an, Shanes Kinder zu gebären?«

»Halt die Klappe! Natürlich nicht!«, erwiderte sie mit

einem breiten dämlichen Grinsen. »Aber wenn er rummachen will, sage ich natürlich auch nicht nein …«

Das brachte mich trotz meiner schlechten Laune zum Lachen. »Du bist so ein Groupie.«

»Also kommst du mit?«

»Das wird nie funktionieren.«

»Aber du kommst mit?«

»Wenn ich muss?«

»Du musst. Du brauchst ohnehin mal einen Mädelsabend.«

Dem konnte ich nicht widersprechen. Ich musste ein bisschen Dampf ablassen, und vielleicht würde mir ein wenig Livemusik guttun. Vielleicht würde es ja sogar Spaß machen, Kyle zu treffen. »Meinetwegen. Aber ich bekomme Sassy.«

Sassy. Auch bekannt als der Minirock von Gucci, den Cara und ich bei einem Abstecher in einem Secondhandladen gefunden hatten. Normalerweise standen Cara und ich mehr auf den Vintage-Look, aber als wir über Sassy stolperten, mussten wir ihn einfach haben.

Mal ehrlich, wer spendet denn einen Designerrock einem Secondhandgeschäft? Cara und ich waren der Meinung, dass es ein besorgter Vater gewesen sein musste, denn der Rock lässt einen wirklich *unglaublich* gut aussehen.

Cara und ich tragen beide Größe 36, auch wenn ich fast 1,80 m groß bin und Cara eher 1,65 m. Der Unterschied liegt in den Kurven. Cara hat sie und ich nicht. Cara sieht mit ihren glänzenden braunen Haaren und der umwerfenden olivfarbenen Haut wie eine exotische ägyptische Prinzessin aus.

Ich hingegen bin eher das, was man als das typisch amerikanische Mädchen von nebenan bezeichnen würde. Ich habe lange, straßenköterblonde Haare, in die ich Highlights färben lasse, um halbwegs anständig auszusehen, und die langweiligsten braunen Augen aller Zeiten. Wenn man dann noch die Tatsache dazunimmt, dass meine Oberweite eher klein geraten ist, habe ich optisch nicht wirklich viel, mit dem ich punkten kann.

Was ich habe, sind Beine. Sehr lange Beine. Und dank meines Volleyballtrainings sind sie ziemlich gut definiert, was Sassy somit zu meiner besten Freundin macht, wenn ich eine kleine Stärkung meines Selbstbewusstseins brauche.

Und es funktionierte.

Als wir noch am selben Abend den Club betraten und sich die Leute nach mir umdrehten, fühlte ich mich direkt ein bisschen besser. Ich hatte Sassy mit meinem Push-up-BH von Victoria's Secrets kombiniert – der übrigens wahre Wunder vollbrachte – und einem Paar kniehoher Lederstiefel. Normalerweise putze ich mich nicht so heraus, aber die Tatsache, dass Zach mich fallen gelassen hatte und ich zu einem sozialen Außenseiter geworden war, verlangte besondere Maßnahmen. Ich war entschlossen, beim heutigen Mädelsabend voll auf meine Kosten zu kommen.

Genau wie Cara versprochen hatte, bekamen wir Backstage-Armbänder und wurden in den VIP-Bereich geführt. Ich steuerte geradewegs auf eine der leeren Sitzecken zu, doch bevor ich mich hinsetzen konnte, packte mich Cara am Handgelenk und zog mich zu einer Tür, auf der »Privat« stand.

»Es sieht aus, als ob sie gleich anfangen«, sagte ich. »Sollten wir nicht besser bis nach dem Konzert warten?«

Cara sah zur Bühne und schüttelte den Kopf. »Das ist nur die Vorgruppe.«

»Aber macht sich Kyles Band dann nicht gerade fertig?«

»Vertrau mir, die können nichts machen, bis diese Jungs da fertig sind.« Sie deutete auf die Gruppe auf der Bühne, die an den Instrumenten herumwerkelten. »Jetzt ist der perfekte Zeitpunkt, weil sie alle gelangweilt herumsitzen. Wir müssen sie vor dem Auftritt erwischen, solange sie noch aufgekratzt sind, denn danach sind sie fertig und haben keine Lust mehr, mit uns zu reden.«

Und damit wedelte Cara mit ihrem Armband vor dem Türsteher herum und zog mich durch die Tür.

Der Backstage-Bereich war nur spärlich beleuchtet. Überall standen Geräte und Instrumente herum – es war ein einziges Chaos. Inmitten eines Meeres aus Stromkabeln befanden sich ein paar Sofas. An einem Tisch spielten drei Typen, die wie Rockstars aussahen, Poker und ein vierter saß in einer Ecke und zupfte an den Saiten einer Akustikgitarre. Auf einem anderen Sofa befand sich ein fünftes Bandmitglied und wurde von einem Möchtegern-Playmate belagert. Ich konnte ihn zwar nicht genau sehen, aber die Frau würde wohl kaum mit den Polstern herummachen.

Cara atmete tief durch, richtete ihre Schultern auf und quietschte aufgeregt, um alle, mit Ausnahme des Pärchens auf dem Sofa, auf uns aufmerksam zu machen.

Der Kerl mit der Gitarre warf uns nur einen kurzen Blick zu, dann zupfte er weiter an den Saiten, doch die drei anderen ließen ihre Spielkarten sinken. Einer von ihnen stieß einen Pfiff aus. »Wer hat denn diese Beine bestellt?«

Kyle Hamiltons Blick wanderte über meinen ganzen Körper. Ich riss die Augen auf. Sein Lächeln verursachte etwas in meiner Magengrube. Ich wusste, dass der Rock gut aussah, aber ich konnte einfach nicht glauben, dass jemand wie er ausgerechnet *mich* so ansah.

Unsere Blicke trafen sich, und sein Lächeln wurde großspurig, als er mir meine Skepsis anmerkte.

»Hi, Schönheit.«

Mein Herz begann auf einmal wild zu klopfen. Bevor ich antworten konnte, quietschte Cara erneut. »V«, flüsterte sie. »*Kyle Hamilton* hat dich gerade Schönheit genannt! O mein Gott! Ist das zu fassen? Wir treffen *Tralse!* Schau doch nur! Da ist Shane! O mein Gott, V, er sieht mich an. *Er sieht mich an!*«

Sie war kurz davor zu hyperventilieren. Ich gab mein Bestes, um nicht laut loszulachen, und brachte Cara dazu, tief durch die Nase einzuatmen. »Denk daran, was wir besprochen haben, C. Du willst dich doch nicht wie eines dieser würdelosen Mädchen benehmen. Reiß dich zusammen.«

Das entlockte der Band ein Lachen, die unser Gespräch wohl mit angehört hatten. »Große Fans?«, fragte Shane.

Ich hielt Cara fest, nur für den Fall, dass ihre Knie nachgaben. »Sie ist hier der große Fan«, sagte ich.

»Nur sie?« Kyle grinste, als ob er mir nicht glauben würde.

Ich wollte nicht unhöflich sein, aber da ich heute schon den ganzen Tag im Verteidigungsmodus gewesen war, reagierte ich automatisch auf die Herausforderung in seiner Stimme. »Das habe ich doch gerade gesagt, oder?«

»Oho, die langen Beine haben Charakter«, erwiderte Kyle anerkennend. »Warum bringst du diese Prachtstücke nicht mal her? Ich habe auch schon einen guten Platz für sie.«

Seine Kumpel und er lachten auf, als er seinen Schoß tätschelte. Ich war nicht besonders beeindruckt.

»Ich denke, diese Beine stehen gut da, wo sie sind, vielen Dank auch.«

Kyle ließ sich von meiner Abfuhr nicht entmutigen. »Ich hätte nicht gedacht, dass diese Beine so schüchtern sind.«

»Nicht schüchtern«, informierte ich ihn. »Sie warten nur auf ein besseres Angebot.«

Dieser Konter ließ seine Kumpel aufheulen, während Kyle und ich uns gegenseitig musterten. Wir verfielen in eine Art Blickduell, das so intensiv war, dass ich mich erschrak, als unter der Blondine auf dem Sofa eine tiefe Stimme erklang. »Leute, was soll der Krach. Ihr versaut den Moment.«

»Ich glaube nicht, dass eine Dreiviertelstunde noch als Moment durchgeht, Reid«, brummte Shane. Er schleuderte ein Kissen nach dem glücklichen Paar. »Setz dich hin, Alter. Siehst du nicht, dass wir Gesellschaft haben?« Zu Cara sagte er: »Und wie heißt du, schöne Göttin?«

Cara brauchte fast eine Minute, um ihre Stimme wiederzufinden. »Cara.«

»Cara.« Er lächelte. »Schön, dich kennenzulernen. Warum setzen deine Freundin und du sich nicht?«

Ich seufzte, als ich sah, wie Cara zu strahlen begann,

über Turner und Hoochie, die anderen beiden Bandmitgliedern, stieg und sich aufs Sofa setzte. Für mich hatten die Jungs natürlich neben Kyle Platz gemacht, aber ich setzte mich lieber zwischen Cara und die Blondine, weil Kyle einfach zu anziehend war.

Er war groß – 1,90 m oder so – mit intensiven grünen Augen, die trotz seines lässigen Grinsens zu glühen schienen und im tollen Kontrast zu seinem vollen, glänzenden dunklen Haar standen. Und nicht, dass ich das aus persönlicher Erfahrung wusste, doch der Art und Weise nach zu urteilen, wie sich sein T-Shirt um seinen Oberkörper spannte, hatte er die zum Gesamtpaket passende Figur. Er war von Kopf bis Fuß der Inbegriff eines Rockstars. Charmant, provokativ und selbstbewusst. Er war praktisch unwiderstehlich. Sein einziger Makel war, dass er *das* auch genau wusste.

Seit seinem Durchbruch war Kyle zu einem regelrechten Herzensbrecher geworden. So, wie er über meine Beine sprach, konnte ich nur annehmen, dass er seinen Ruf nicht ohne Grund hatte. Nicht gerade meine Lieblingsart Mensch, in Anbetracht der Tatsache, dass mein Freund mich gerade abgeschossen hatte, weil ich ihn nicht hatte ranlassen wollen.

Mir wurde klar, dass ich ihn wieder anstarrte, als mich Kyle aus meinen Gedanken riss. Ich hoffte, dass es dunkel genug war, damit er nicht sehen konnte, wie ich rot anlief. »Und was ist mit dir, Legs?«, fragte er. »Hast du auch einen Namen?«

»Legs?« Ich schnaubte. »Charmant. Soll ich jetzt in Verzückung geraten?«

Kyles wissendes Lächeln erhellte den ganzen Raum. »Das tust du doch sowieso schon innerlich.«

Ich nahm mir vor, den Köder nicht zu schlucken, doch ich hatte einer Herausforderung noch nie gut widerstehen können. »In deinen Träumen.«

»Ist das ein Versprechen?«

Ich musste mir auf die Wange beißen, um nicht zu grinsen.

»Du sagst mir jetzt besser deinen Namen«, sagte Kyle. »Oder es bleibt bei Legs, und das ist dann nicht mehr meine Schuld.« Da hatte er nicht Unrecht.

»Valerie«, sagte ich widerwillig genug, dass Kyle über mich lachen musste.

Fast hatte ich vergessen, dass noch andere Leute im Raum waren, aber in diesem Moment legte sich eine manikürte Hand auf meinen Arm. »Das glaub ich jetzt nicht!«, schrie die Blondine. Sie schrie tatsächlich, obwohl sie nur ein paar Zentimeter von mir entfernt war. »Ich wusste doch, dass du mir bekannt vorkommst!«

»Kenne ich dich?«, fragte ich verwirrt.

»Ich fasse es nicht! Du bist doch praktisch berühmt!«

Berühmt? Ich? Wohl kaum.

»Du bist Virgin Val!«

Oh.

Ich bin nicht sicher, ob jemand den Pausenknopf betätigt hatte oder ob es sich einfach so anfühlt, wenn das Raumzeitkontinuum auseinanderbricht. Einen Moment lang war es vollkommen still, dann kehrten nach und nach einzelne Geräusche zurück. Mein Herzschlag – viermal so schnell wie normal. Mein Atem – so flach, dass ich kaum

Sauerstoff in die Lunge bekam. Caras erschrockenes Keuchen. Und dann: »Virgin Val?«

Plötzlich vermisste ich es, Legs genannt zu werden. Es war Kyle, dessen Stimme ertönte. Ich ignorierte ihn und sah weiterhin das Mädchen an. »Woher …?«

»Du bist noch *Jungfrau?*« Wieder Kyle.

»Du sagst das, als wäre es etwas Schlimmes«, blaffte ich unwillkürlich in seine Richtung.

»Ich bin gern bereit, dir bei diesem Problem zu helfen.«

»Das kann ich mir vorstellen.« Zu Blondie gewandt fragte ich: »Gehst du auf meine Schule?«

»Mein Cousin geht auf die Huntington. Er hat den YouTube-Link bei Facebook gepostet.«

An diesem Punkt übernahm Cara das Gespräch, weil ich zu geschockt war, um zu sprechen. »Den YouTube-Link?«

»Oh ja. Du hast bereits über 20000 Klicks. Ich hab es mir schon fünfmal angesehen.«

Ich vergrub das Gesicht in meinen Händen und gab alles, um nicht vor diesen Leuten einen völligen Nervenzusammenbruch zu bekommen.

Cara legte zum millionsten Mal an diesem Tag ihren Arm um meine Schultern. »Dann hat es eben jemand mit dem Handy gefilmt«, sagte sie. »Das ist doch kein Weltuntergang. Es war ohnehin jeder live dabei, den du kennst.«

»Ich habe es noch nicht gesehen.«

Der Eifer in Kyles Stimme sorgte dafür, dass sich mir der Magen umdrehte. Ich war dankbar, dass Cara ihn ignorierte. »Wen kümmert es schon, wenn irgendeine

Tussi aus L.A. es gesehen hat?« Sie sah das Mädchen an und fügte hinzu: »Nichts für ungut.«

Das Mädchen lachte. »Schon okay. Ich bin übrigens Nikki. Ich finde es ziemlich cool, was du gemacht hast. Wenn ich meinen Freund so erwischt hätte, würde ich jemanden umbringen wollen.«

»Moment mal«, unterbrach uns eine weitere Stimme. Es war Shane. »Was für ein Video? Was ist passiert? Und du bist ernsthaft noch *Jungfrau?*«

Der Kerl in der Ecke legte seine Gitarre hin und kam zu uns rüber. »Wer ist noch Jungfrau?«

»Die Kleine hier«, erklärte Kyle mit einer Mischung aus Stolz und Hohn. »Es gibt ein Skandalvideo von ihr im Internet.«

»Uuh, ein Jungfrauenporno«, jubelte der Gitarrentyp und quetschte sich neben Kyle aufs Sofa. »Ich bin dabei!«

»So was ist es nicht«, erklärte Nikki. »Hier. Ich habe den Link noch auf meiner Facebookseite.«

Mir wurde kotzübel, als sie ihr iPhone aus der Tasche holte. Ich warf Cara einen vernichtenden Blick zu, und sie tätschelte meinen Arm. Ich wollte das alles gar nicht wissen, doch gleichzeitig konnte ich auch nicht wegsehen, als Nikki das Video startete. Cara hatte recht gehabt. Die Leute hatten nur auf meinen Zusammenbruch gewartet. Wer auch immer für das Video verantwortlich war, hatte zu filmen begonnen, noch bevor ich Olivia und Zach überhaupt gesehen hatte.

Nikki reichte Kyle ihr Handy, und der Rest der Band drängte sich um ihn, um sich das Video auch ansehen zu können. Als ich Olivias furchtbare Stimme hörte, die sich dafür entschuldigte, mit meinem Freund herumgeknutscht zu haben, sank ich tiefer ins Sofa und wünschte, es würde mich einfach verschlucken.

»Natürlich hat er dich gewählt, Olivia«, hörte ich eine verzerrte Version meiner Stimme sagen. »Du bist die größte Schlampe in Orange County ...«

Die Jungs explodierten vor Lachen. Ich konnte spüren, wie sich Kyles Augen in mich brannten, aber ich sah nicht zu ihm auf. »Du hast ganz schön Mumm«, sagte er, als ich ihn weiterhin ignorierte. »Ich bin beeindruckt.« Seine Stimme klang, als ob ich Purzelbäume vor Freude schlagen sollte, weil Kyle Hamilton von mir beeindruckt war.

Als ich dann im Video öffentlich verkündete, noch Jungfrau zu sein, schnappten die Jungs nach Luft, kicherten dann und verfielen schließlich wieder in Gelächter.

»Cara, können wir jetzt gehen?«

»Können wir nicht«, flüsterte sie. »Wir haben sie noch nicht gefragt.«

»Uns was gefragt?«, fragte Shane zwischen zwei Lachern.

»Nichts«, brummte ich und sah Cara an. »Wir finden jemand anderen. Ich muss hier sofort raus. Bitte?«

Cara schmollte, doch sie konnte in meinen Augen sehen, wie verzweifelt ich war. »Meinetwegen.« Sie seufzte und begann, sich vom Sofa zu erheben.

»Moment mal.« Shane legte eine Hand auf ihren Arm und sie ließ sich wieder fallen. »Was wolltet ihr uns fragen?«

Natürlich gewann Shane den Kampf. Caras Gesicht hellte sich auf, als sie sich zu ihm umdrehte, und wieder hatten wir die volle Aufmerksamkeit der Band. »Also«, begann sie. »Wir sind in der Schülervertretung der Huntington High. V ist stellvertretende Jahrgangssprecherin.«

»Hey, ich war auch auf der Huntington High.« Diesmal war es Kyle.

»Wissen wir«, sagte ich. »Darum sind wir ja hier. Wir hatten gehofft, du wärst vielleicht sentimental.«

Kyle runzelte missbilligend die Stirn, doch Cara schenkte ihm schnell ein bezauberndes Lächeln. »Wir wollen, dass ihr bei unserem jährlichen Herbstfest spielt.«

Die fünf Jungs sahen sich an und brachen dann erneut in wildes Gelächter aus. Der Bassist der Band fiel sogar vom Sofa und rollte sich auf dem Boden herum, um es möglichst dramatisch wirken zu lassen.

»Siehst du?«, sagte ich zu Cara. »Ich hab dir doch gesagt, dass sie das niemals tun würden. Tut mir leid, C. Lass uns von hier verschwinden.«

Doch Cara war nicht bereit, schon aufzugeben. »Aber es ist für einen guten Zweck! Und da es deine Heimatstadt ist, Kyle, kommen bestimmt jede Menge Leute. Ihr habt wahnsinnig viele Fans an der Huntington High. Ihr könntet uns dabei helfen, richtig viel Geld zu sammeln.«

»Tut mir leid, Freundin von Legs.« Kyle lachte. »So was wie euren kleinen Schulauftritt machen wir schon längst nicht mehr.« Er dachte einen Moment nach, dann schnaubte er. »Für den guten Zweck. Echt süß. Aber wenn ihr uns nichts Besseres anzubieten habt …« Er grinste mich anzüglich an. »Jetzt haben wir erstmal ein *richtiges* Konzert zu geben.«

»Oh, *bitte*«, murmelte ich.

Ich dachte, ich hätte leise genug gesprochen, damit es niemand hört, doch Kyle erwiderte: »Hast du was zu sagen, Legs?« Seine Stimme klang amüsiert. Die Neckereien waren irgendwie charmant gewesen, bis er meine Freundin beleidigt hatte. Es war ein langer Tag gewesen, und ich hatte die Nase gestrichen voll davon, schikaniert zu werden. Also handelte ich wie in der Kantine am Nachmittag: Ich sagte frei heraus, was ich dachte.

»Dein Ego ist dir zehn Schritte voraus. Ihr hattet einen einzigen Song, der vor drei Jahren mal für fünf Minuten im Radio lief. Dabei seid ihr nur ein Haufen Schulabbrecher, die es nie geschafft haben, einen zweiten Plattenvertrag zu bekommen. Wenn eure fünfzehn Minuten Ruhm vorbei sind – was angesichts der Zuschauermenge dort draußen wohl ziemlich bald der Fall ist – werden deine geschmackslosen Anmachsprüche nicht mehr funktionieren. Und mit dreißig bist du vermutlich eh völlig ausgebrannt, also wage es ja nicht, dich über meine beste Freundin lustig zu machen, weil sie die Welt zu einem besseren Ort machen will.«

Danach war der Moment meines zweiten dramatischen Abgangs an diesem Tage gekommen, also marschierten meine Beine und ich mit Cara im Schlepptau triumphierend hinaus.

4

Die Kommentare

Cara war so wütend darüber, dass sich ihre Lieblingsband über sie lustig gemacht hatte, dass sie am nächsten Tag noch immer deswegen herumjammerte. Sie war mir sogar zur Arbeit gefolgt, weil das Thema sie einfach nicht losließ.

Ich arbeite in einem kleinen Schmuckgeschäft im Einkaufszentrum, und heute war es ziemlich ruhig. Gut für Cara, denn so konnte sie weiter ihrem geliebten Shane hinterhertrauern, und ich hatte keinen Grund, sie zu ignorieren.

»Ich hab das Poster abgenommen«, hatte sie niedergeschlagen gesagt, als sie im Laden aufgetaucht war.

Ich konnte ihr Trübsal nicht teilen, weil sie mir einen Smoothie aus dem Food-Court mitgebracht hatte. »Bis Ende der Woche hast du es eh wieder hängen. Ganz sicher.«

»Nein, ich habe es verbrannt. Ich meine, was ist Tralse eigentlich für ein dämlicher Name? Eine Symbiose aus True und False? Ich kann nicht fassen, dass ich das mal für clever gehalten habe.« Cara trank einen großen Schluck ihres eigenen Smoothies. »Ich war felsenfest davon überzeugt, dass wir es schaffen. Shane war so süß, und dann die Sache mit dir und Kyle! Die Chemie zwischen euch hat jede Dimension gesprengt.«

»Von was für einer Chemie redest du bitte?«

»Versuch es nicht abzustreiten, Val. Ihr beiden habt quasi ein verbales Vorspiel betrieben.«

»Du bist krank. Haben wir nicht.«

»Oh doch. Du warst nur ein paar Beleidigungen davon entfernt, in Flammen aufzugehen.«

Ich musste lachen. »Wohl kaum.«

»Natürlich nur, bis er es ruiniert hat«, sagte Cara. Dann wurde sie wieder wütend. »Er hätte auch einfach nein sagen können. Warum musste er dabei so arrogant sein? Ugh, jetzt werde ich bei Shane nie wieder eine Chance haben.«

»Das ist eh besser, Cara. Rockstars zu daten ist sowieso keine gute Idee.«

»Du hast recht, V. Ich werde meine Groupie-Karriere an den Nagel hängen und mich in einen netten gewöhnlichen Typen verknallen.«

Ich lächelte meine beste Freundin an und trank noch einen Schluck von meinem Smoothie. Ein Teil von mir hoffte, dass Cara es ernst meinte, doch der größere Teil von mir wusste, dass sie ihre Schwärmereien niemals hinter sich lassen würde. Das machte sie zu der Person, die sie war, und seltsamerweise war das eines der Dinge, die ich am meisten an ihr liebte.

»Ich meine es ernst«, sagte Cara. »Weißt du, was wir machen sollten? Wir sollten eine Liste erstellen, mit Männern, die als fester Freund für dich und mich geeignet wären. Und dann überlegen wir uns, wie wir sie uns nächste Woche schnappen!«

»Ich bin echt froh, dass du die Sache so motiviert angehst, aber hast du vergessen, dass ich mir selbst jede Chance genommen habe, je wieder mit irgendjemandem auszugehen? Ich bin gesellschaftlich verstoßen, weißt du noch?«

»Meine Güte, Valerie«, unterbrach uns meine Chefin Margret. »Ist ja furchtbar, so was von sich selbst zu sagen.«

Margret ist Mitte sechzig und eine typische ältere Dame mit hochtoupierten Haaren, die immer noch so redet, als wäre sie der Star einer Sechzigerjahre-Sitcom, aber sie ist ziemlich cool. Ihr Mann ist vor ein paar Jahren gestorben, und da ich schon so lange für sie arbeite, sieht sie mich praktisch als Teil ihrer Familie an. Es ist, als hätte ich eine zusätzliche Großmutter.

»Aber es stimmt«, sagte ich nun. »Und die 64328 Klicks auf YouTube beweisen es.«

»Was ist denn YouTube, Süße?«

»Ach, schon gut.« Ich seufzte. Margret moderne Technik zu erklären war genauso sinnlos, wie einer erklärten Jungfrau einen Freund besorgen zu wollen.

»Was ist mit Eric Kwan?«, fragte Cara und riss mich damit aus meinem Selbstmitleid.

»Was ist mit ihm?«

»Na ja, *er* hält dich nicht für aussätzig. Außerdem ist er ziemlich süß und Jahrgangssprecher, also auch noch ziemlich beliebt.«

Ich lachte. »Ich kann nicht mit Eric ausgehen. Wir kandidieren beide für die Schülervertretung. Wie seltsam wäre es gewesen, wenn John McCain und Sarah Palin was miteinander gehabt hätten? Außerdem ist Eric so was wie mein Boss.«

»Na und? Das ist doch wunderbar skandalös. Wenn Eric und du zusammenkommen, haben unsere Mitschüler etwas Neues, über das sie sich das Maul zerreißen können. Besser als Virgin Val. Außerdem würde es Zach furchtbar eifersüchtig machen.«

»Eric und ich sind nur Freunde, okay?«

»Meinetwegen.« Cara schmollte. Sie hasste es, wenn ich ihre Vorschläge ablehnte. »Aber ich muss ehrlich zu dir sein, V. Ich weiß nicht, ob es momentan sonst jemanden an unserer Schule gibt, der mit dir ausgehen würde. Du hast es diesmal ganz schön vergeigt.«

»Tja, na und? Ist doch egal!« Plötzlich war ich sehr, sehr gereizt. »Ich will eh keine Beziehung mit jemandem, der mir nur an die Wäsche will.«

»Richtig so, Mädchen, werde wütend. Wut ist gut. Wut können wir einsetzen.«

»Ich *bin* wütend! Eine Beziehung besteht aus mehr als Sex. Warum ist es das einzige, was zählt?«

»Ähm. Highschool-Jungs?« Cara lachte. »Muss ich noch mehr sagen?«

»Meinetwegen. Dann sind wir als Singles besser dran.«

»Genau! Wir sind – Moment mal, *wir?* Oh, nein, nein, nein, V. Ich hab dich wirklich lieb, aber ich bin als Single *nicht* besser dran. Wenn Shane nicht mein Seelenverwandter ist, dann muss ich weitersuchen. Weißt du, vielleicht bekommen wir *Science of Sydney* dazu, beim Herbstfest zu spielen. Das ist so eine süße Band aus der Gegend. Ich wette, die sind sich für Wohltätigkeitskonzerte nicht zu schade, und ihr Sänger ist wahnsinnig sexy.«

»C.« Ich seufzte und war endlich wieder in der Lage, zu

lächeln. »Ich dachte, wir würden unsere Groupie-Karrieren an den Nagel hängen?«

»Na ja.« Cara verzog ihr Gesicht. Als sie den Kopf zu schütteln begann, musste ich lachen. »Keine Ahnung, wie gut das funktionieren wird. Du kennst mich doch.«

»Das stimmt wohl«, pflichtete ich ihr bei.

Wir lachten beide, bis ein paar Kunden das Geschäft betraten. Meine gute Stimmung war sofort wieder im Keller. »Weißt du, was das Schlimmste daran ist, als Single in einem Schmuckladen zu arbeiten?«, fragte ich.

»Was?«, fragte Cara, doch dann folgte sie meinem Blick zu dem glücklichen Pärchen, das sich gerade die Verlobungsringe ansah. »Oh«, sagte sie. »Ja, das ist echt fies.« Sie klopfte mir auf die Schulter, bevor sie mich wieder meinen Job machen ließ. »Kopf hoch, V. Irgendwann steckt dir auch noch jemand einen fetten Klunker an den Finger.«

»Danke, Cara«, sagte ich ironisch, musste aber dennoch lächeln. Man musste sie einfach lieben.

Mein übriger Tag verlief überraschend okay, und ich wagte zu hoffen, dass ich die restliche Schulwoche ebenfalls gut überstehen würde. Alle an der Huntington High hatten, was sie wollten, und es hatten auch alle die Gelegenheit gehabt, sich deswegen über mich lustig zu machen.

So sprunghaft, wie Highschoolschüler waren, ging ich davon aus, dass am nächsten Tag bereits Gras über die Sache gewachsen sein würde, aber da hatte ich mich getäuscht. Es war wohl gerade sonst nicht so viel los an meiner Schule, denn ich blieb die ganze Woche über das aktuellste Thema. Ich hätte wissen müssen, dass Olivia die Schülerschaft gegen mich aufhetzen würde. Es kam nicht häufig vor, dass ihr jemand die Stirn bot, und sie würde alles in ihrer Macht Stehende tun, um den anderen zu zeigen, wie die Konsequenzen aussahen.

Wohin ich mich auch wandte, immer lachte jemand über mich oder machte obszöne Gesten. Sie deuteten auf meine Kette und fragten: »Wofür steht das V? Für Virgin?« Dann lachten sie, weil sie sich für die einzigen Personen auf der Welt hielten, die clever genug war, um sich diesen Spruch auszudenken.

»Das ist doch total dämlich!«, beschwerte ich mich bei Cara während der Informatikstunde am Freitag nach einer Woche, die die reinste Folter gewesen war. »Ich bin doch nicht die einzige Jungfrau an dieser Schule. Ich wette, die Hälfte der Leute, die mich auslachen, sind es selbst.«

»Ha!« Cara lachte. »Zwanzig Mäuse, dass Zach noch Jungfrau ist. Ich meine, warum sonst sollte er so sauer auf dich sein? Das könnte ich definitiv herumerzählen.«

»Mach das mal«, stimmte ich ihr zu. »Aber spielt es denn überhaupt eine Rolle? Dann habe ich eben keinen Sex. Na und? Warum hassen mich alle dafür?«

»Die Leute hassen dich nicht, Val«, sagte das Mädchen, das am Computer neben meinem saß.

Cara und ich drehten uns erstaunt um und sahen, wie Robin Daniels den Kopf schüttelte. Natürlich war es Robin Daniels. Sie war in der ganzen Schule dafür bekannt, Mormonin zu sein. Die haben nicht nur keinen Sex – sie trinken, rauchen und fluchen auch nicht. Ich glaube, sie dürfen noch nicht mal Tanktops tragen.

»Die anderen lachen vielleicht«, sagte sie, »weil es irgendwie amüsant war, dass du dich auf den Tisch in der Kantine gestellt hast. Aber sie hassen dich nicht. Viele

Leute sind sogar echt stolz auf dich. Ich bin es auch. Ich finde es toll, dass du bis zur Ehe warten willst, und dass du keine Angst hast, das zuzugeben.«

»Oh super. Die ganze Schule hält mich für einen Witz, außer die Mormonen.«

Ich verzog mein Gesicht, weil ich das nicht hatte laut sagen wollen, doch Robin schien es mir nicht übel zu nehmen. »Nicht nur die Mormonen«, sagte sie und lächelte.

»Klar«, erwiderte ich. »Darum hat mir Brad Casey gesagt, dass an der Wand in der Jungentoilette ›Wenn du Spaß haben willst, ruf NICHT Val Jensen an‹ steht.« Als Cara kicherte, stieß ich sie mit dem Ellbogen an und jammerte weiter. »Ich habe schon fast 75000 Klicks auf YouTube. Ich glaube nicht, dass die Leute das Video bei Facebook posten oder es ihren Cousinen in New York per Mail schicken, weil sie *stolz* auf mich sind.«

»Hast du die vielen Kommentare denn nicht gelesen?«, fragte Robin.

Ich fand die Vorstellung irgendwelcher Bemerkungen mehr als nur ein bisschen beunruhigend. »Welche Kommentare meinst du?«

»Unter dem Video«, antwortete Robin. Sie sah sich um, doch der Lehrer saß an seinem Schreibtisch und war in den neuesten Dan Brown vertieft. »Ich zeige es dir.«

Robin rief das Video auf – das nun 75002 Klicks hatte, vielen Dank auch – und scrollte zu den Kommentaren hinunter. Ich konnte kaum glauben, dass es bereits über dreihundert waren.

Natürlich waren da viele beleidigende Äußerungen, und viele Jungs boten an, mir meine Jungfräulichkeit zu nehmen, aber es gab auch andere. »Gut gemacht, Mädchen!«, schrieben viele, und »Weiter so!«

»Ooh, der hier gefällt mir!«, sagte Cara und deutete auf einen Kommentar von *luvs2ski*. Er lautete: »Sie hat recht. Olivia ist eine Riesenschlampe.« Die nächsten drei Kommentare pflichteten ihm bei.

»Echt unglaublich, was Leute so schreiben, wenn es anonym ist«, sagte Cara und schrieb dann einen eigenen Kommentar. Da sie keinerlei Schamgefühl besaß, unterschrieb sie mit ihrem richtigen Namen. Robin riss schockiert die Augen auf, als sie Caras Kommentar las, doch ich war zu sehr mit denen direkt über ihrem beschäftigt, um darauf zu achten, was sie geschrieben hatte.

Stargazing: Ich wünschte, ich wäre so mutig gewesen. Ich hatte zu viel Angst, meinem Freund zu sagen, dass ich noch nicht für Sex bereit war. Jetzt bin ich für immer das Mädchen, das seine Unschuld auf dem Rücksitz eines Honda Accord verloren hat.
Chocoholic: Ich weiß genau, wie sie sich fühlt. Ich wurde letztes Jahr aus dem gleichen Grund fallen gelassen.
TheNewJamesDean: Diese Tussi ist nicht scharf genug, um mit ihr zusammenzubleiben, wenn sie einen nicht ranlässt. Ich hätte diese Psychojungfrau auch abgeschossen.
Annie327: Schwein! Typen wie du sind der Grund, warum sich Mädchen nicht zuzugeben trauen, dass sie noch Jungfrau sind.
Cherrychapstick: Ja, Mr. Möchtegern-James-Dean. Ich bezweifle stark, dass du schon mal Sex hattest.

Hör nicht auf ihn, Val! Du hast das Richtige getan. Es müsste mehr Mädchen wie dich geben. Dann wäre es für den Rest von uns vielleicht nicht so schwer.

Lacrosse4life: Ihr denkt, ihr Mädchen habt es schwer? Ich warte ebenfalls, weil ich finde, dass man nur mit jemanden schlafen sollte, den man liebt. Ich bin schon in der Oberstufe und immer noch Jungfrau. Ich muss dauernd lügen, damit die anderen nicht denken, ich sei schwul.

Hugsnkisses23: Aww, Lacrosse, das ist echt süß. Ich wünschte, du wärst in Kansas. Ich würde mit dir ausgehen.

So gingen die Kommentare immer weiter. Den Rest der Stunde verbrachte ich damit, sie durchzuscrollen, beginnend mit den ersten Reaktionen, die natürlich von meinen Mitschülern stammten, bis hin zu Caras geschmackvollem kleinen Meisterwerk.

Abgesehen von den sechsundzwanzig Jungen und achtzehn Mädchen, die James Deans Einstellung teilten, war das Ergebnis der Reaktionen ziemlich unerwartet. Wie sich herausstellte, waren siebenunddreißig Mädchen fallen gelassen worden, weil sie nicht mit ihrem Freund hatten schlafen wollen. Weitere siebenundfünfzig gaben zu, Sex gehabt zu haben, bevor sie dazu bereit gewesen waren. Zwei Mädchen gaben an, nur mitgemacht zu haben, weil sie sich nicht getraut hätten, nein zu sagen, und schwanger geworden seien, weil sie sich nicht vorbereiten konnten.

Der arme Lacrosse4life tat mir richtig leid. Selbst anonym war er der einzige Junge, der zugab, noch unberührt zu sein. Doch meine Gedanken waren vor allem bei den beiden Mädchen, die schwanger geworden waren. Eine hatte ihr Baby zur Adoption freigegeben, die andere eine Abtreibung gehabt.

Plötzlich machte es mir nichts mehr aus, dass meine selbst erklärte Jungfräulichkeit in die Welt hinausgetragen worden war. Ich fand es nicht mal mehr schlimm, dass mein Name in einer Kabine in der Jungentoilette stand.

Jemand musste für diese armen Mädchen einstehen, für alle, die sich nicht trauten, Sex abzulehnen. Die Angst davor hatten, dass man sich über sie lustig machte und nicht wollten, dass ihr Freund Schluss machte. Wenn ich diese Person sein musste, dann war es eben so. Ich bildete mir nicht ein, die Welt verändern zu können, aber vielleicht konnte ich sie für die sexuell gehandicapte Population der Huntington High ein kleines bisschen verbessern.

Und plötzlich hatte ich auch die perfekte Idee wie.

5

Die Kampagne

Am Montag nach der Schule marschierte ich in die Aula. Meine Arme waren so voller Zeug, dass ich kaum noch den Boden vor mir sehen konnte. Cara war mitten in einem ihrer Monologe, und wenn sie mal damit anfing, wusste man nie so genau, wann sie damit fertig war.

Ich stellte die Sachen auf den Boden und wartete geduldig darauf, dass sie zum dramatischen Höhepunkt ihrer Rede kam. Als sie endete, pfiff, klatschte und jubelte ich überschwänglich. Cara reagierte mit einer ironischen Verbeugung in meine Richtung.

»Hey, Drama Queen!«, rief ich zur Bühne hinauf. »Ist die Probe schon durch? Ich brauche deine Hilfe.«

Bevor Cara antworten konnte, sagte Mrs. Feeney, die Schauspiellehrerin: »Ganz im Gegenteil, Miss Jensen. *Wir* sind es, die *Sie* brauchen.«

»Wie bitte?«

»Sie haben scheinbar einen Hang zum Dramatischen. Ich habe letzte Woche in der Schulkantine bemerkt, dass es Ihnen nichts auszumachen scheint, im Rampenlicht zu stehen. Wir könnten Sie gut im Schauspielclub gebrauchen.«

Ha! Ja, ist klar. »Oh danke, Mrs. Feeney«, sagte ich.

»Aber wie Sie schon sagten, habe ich einen Hang zum Dramatischen. Ich sollte es nicht noch schlimmer machen, verstehen Sie?«

»Sehr schade.« Mrs. Feeney seufzte, dann winkte sie Cara zu. »Umwerfende Darbietung, Cara. Dann können wir für heute wohl Schluss machen.«

Cara gesellte sich zu mir, als ich gerade alles wieder auf meine Arme gestapelt hatte. »Wo hast du denn das ganze Wochenende gesteckt?«, sagte Cara, dann bemerkte sie das Zeug, das ich hielt. »Und was ist das alles für Müll?«

»Ich war beschäftigt«, antwortete ich. »Damit, all diesen Müll zu finden.«

»Für …«

»Für unser neues Projekt.«

»Welches neue Projekt?«

»Unseren Stand beim Herbstfest.«

»Wir haben keinen Stand beim Herbstfest«, erwiderte Cara. »*Du* hast einen Stand beim Herbstfest. Ich habe schon ein Projekt, und es ist eine Katastrophe.«

»Was ist mit dieser Band hier aus der Gegend mit dem sexy Sänger?«

»Science of Sidney? Die haben sich getrennt.«

»Kannst du sie nicht überreden, sich für einen letzten Auftritt wieder zusammenzutun?«

Cara seufzte. Es war die perfekte Nachahmung des dramatischen Seufzens, das Mrs. Feeney gerade eben noch von sich gegeben hatte. »Der Sänger ist nach Seattle gezogen. Ich bin wieder ganz am Anfang. Keine Band für das Fest. Kein süßer Typ, der sich in mich verlieben könnte.«

»Mann, du hast echt ein schweres Leben«, scherzte ich.

»Ich weiß. Positiv betrachtet sind das alles Erfahrungen, die mein Schauspiel besser machen werden.«

»Tja, nicht dass ich deine Lernerfahrung behindern will, aber ich weiß, was dich so sehr aufheitern wird, dass du diesen Kerl in Seattle sofort vergisst.« Ich gab ihr keine Gelegenheit, um darauf zu reagieren, sondern schob schnell hinterher: »Mir bei meinem Projekt zu helfen natürlich!« Und mit diesen Worten zog ich sie aus der Aula.

Wir gingen zum Klassenzimmer von Mrs. Sutter. Sie ist unsere Oberstufenberaterin, und die Treffen der Schülervertretung finden auch immer dort statt. Außerdem unterrichtet sie Biologie, was mir heute sehr gelegen kam, weil diese großen schwarzen Labortische genau das waren, was ich jetzt brauchte.

»Was ist das denn alles?«, fragte Cara unbeeindruckt, als ich alles vor ihr ausgebreitet hatte.

»Schmuckperlen«, erklärte ich. »Unter anderem. Ich habe das Wochenende damit verbracht, in Bastelläden zu gehen und die Verkäufer davon zu überzeugen, für meine Sache zu spenden.«

»Wow, krass. Ähm, welche Sache?«

»Diese hier.«

Ich reichte Cara ein paar Blätter, die ich zuvor aus dem Internet ausgedruckt hatte. »*Nicht Alle Tun Es*«, las sie vor und rümpfte dann die Nase. »Was ist das?«

»Eine gemeinnützige Organisation, die ich online gefunden habe und die sich für Abstinenz ausspricht. Sie gehen an Schulen und informieren die Leute über die Vorteile, mit dem Sex zu warten. Die Zahl sexuell inaktiver Jugendlicher ist viel höher, als du denken würdest.«

Ich nahm die Blätter wieder an mich und reichte ihr

mein Notizbuch. Während sie sich die Skizzen ansah, die ich von verschiedenen Ohrringen, Ketten und Armbändern gezeichnet hatte, und die alle irgendwie den Buchstaben V in sich trugen, erklärte ich ihr mein weiteres Vorgehen. »Und den Erlös meines Stands werde ich ihnen spenden.«

Cara blätterte weiter und sah den Entwurf des Banners, welches ich für den Stand machen wollte. »*V is for Virgin?*«, fragte sie.

Meine Hand ging automatisch an meinen Kettenanhänger. »Das haben die anderen doch die ganze Woche über zu mir gesagt. Ich dachte mir, wenn ich sie nicht besiegen kann, schließe ich mich ihnen an. Wenn sie eine Jungfrau haben wollen, werden sie eine bekommen.«

»Lass es krachen, V. Du hast echt Mumm.«

»Es geht nicht um Mumm. Du hast gesehen, was die Leute auf YouTube geschrieben haben. Wir sollten uns nicht schämen oder davor fürchten, nein zu Sex zu sagen. Sexuell aktiv zu werden, ist eine *riesige* Entscheidung. Und wir sollten nicht zulassen, dass die Welt oder unsere Partner diese Entscheidung für uns treffen. Die Idee ist, dass Mädchen diesen Schmuck kaufen und ihn tragen, um zu zeigen, dass sie ebenfalls warten. Je mehr die Leute sehen, dass ich nicht die einzige Jungfrau auf der Welt bin, desto leichter wird es für andere Mädchen werden, die ebenfalls warten wollen.«

»Klingt logisch«, sagte Cara. »Solange du überhaupt jemanden dazu bekommst, die Sachen zu tragen. Das wird nicht leicht werden, da alle mitbekommen haben, was dir letzte Woche passiert ist. Denkst du wirklich, die Leute werden sich deinem Club anschließen?«

Autsch. Darüber hatte ich nicht nachgedacht. »Und schon hast du meine Seifenblase zerplatzen lassen.«

Cara zuckte mit den Schultern. »Ich werde dir trotzdem helfen, diese dämlichen Ketten zu machen, auch wenn ich eigentlich nach einer Band suchen sollte.«

Cara nahm einen der Drähte, an die ich schon einen Verschluss angebracht hatte, und begann Perlen aufzufädeln. Wir arbeiteten eine Weile still vor uns hin, während ich mir den Kopf nach Antworten zerbrach. »Ich muss ein paar andere Leute dazu bringen, sie vor dem Herbstfest zu tragen.«

»Was für arme Trottel sollen das denn sein?«, lachte Cara.

Ich legte den Kopf schief und sah meine Freundin mit hochgezogenen Augenbrauen an.

»V.« Sie verdrehte die Augen. »Es stimmt, dass du mich letztes Jahr schnell genug aus dem Backstage-Bereich der Warped-Tour gerettet hast, um meine Jungfräulichkeit zu bewahren, aber …«

»Nichts aber. Du wirst eine Kette tragen.«

»Natürlich werde ich das.« Cara seufzte. »Weißt du, das hatte ich eh vor. Ich sage ja nur, dass es nichts ändern wird, wenn *ich* eine trage. Wir beide gehören zusammen. Was eine von uns macht, macht die andere auch. Es wird niemanden interessieren. Wir brauchen einen Außenstehenden, der mitmacht.«

»Ich glaube, ich weiß, wer unser erstes Opfer sein sollte«, sagte ich und hielt die erste fertige Kette hoch. In der Mitte baumelte stolz ein kleines V herunter.

»Also worauf warten wir noch?« Cara zog mich lachend auf die Beine.

Wir fanden Robin am gleichen Ort, wie beim letzten Mal, als sie uns die YouTube-Kommentare gezeigt hatte. Sie ist kein Nerd oder so was, sondern macht das Layout für die Schulzeitung, also ist sie praktisch immer im Computerlabor zu finden.

»Das ist so cool!«, sagte sie, nachdem wir ihr unseren Plan erklärt und ihr die Kette gegeben hatten. »Ich trage sie sehr gern. Ich wette, ich bekomme auch noch ein paar der anderen in meinem Seminar dazu, sie zu tragen, wenn ihr denkt, dass es helfen würde.«

»Wahrscheinlich nicht«, sagte Cara. »Nichts gegen eure Clique, aber dass ihr noch unberührt seid, ist keine große Überraschung. Was wir hier brauchen, ist die unwahrscheinlichste Jungfrau aller Zeiten. Wir brauchen den Schockfaktor.«

»Was ist mit Isaac Warren?«, schlug Robin vor.

»Hör auf!«, schrie Cara, während ich selbst zu erstaunt war, um etwas zu sagen. »Isaac Warren ist 'ne Jungfrau?«

Isaac Warren ist einer der beliebtesten Leute an unserer Schule. Er ist groß, dunkelhaarig und unglaublich gutaussehend. Er trägt sein volles braunes Haar kurz genug, um es nicht kämmen zu müssen, was seine Bartstoppeln nur noch mehr betont, und wenn er lächelt, funkeln seine wunderschönen braun-grünen Augen. Er ist Pitcher im Baseballteam und fährt mit einem Motorrad zur Schule. Jedes Mädchen in Orange County ist in ihn verschossen.

»Woher weißt du das? Geht Isaac Warren zum Bibelkreis?«, fragte ich. Ich konnte es mir einfach nicht vorstellen.

»Er ist unglaublich nett«, sagte Robin und nickte enthusiastisch. »Er findet das, was du getan hast, total klasse. Ich wette, er würde dir helfen.«

»Isaac Warren hat über mich gesprochen?« Ich war überrascht, wie das mein Herz schneller schlagen ließ.

»Ja, wir haben letztens vor dem Kurs alle darüber geredet. Isaac meinte, dass er es richtig schrecklich findet, wie dich einige seiner Freunde behandelt haben. Er hat ihnen gesagt, dass sie damit aufhören sollen.«

Ich spürte eine Hand an meinem Arm, dann gruben sich Caras Fingernägel in meine Haut, auch wenn sie es gar nicht zu merken schien. »Vergiss Eric Kwan«, hauchte sie. »Schnapp dir Isaac.«

»Ich werde mit ihm reden«, sagte Robin.

Ich muss zugeben, dass ich nicht wirklich dachte, dass sie es tun, oder dass er ihr überhaupt zuhören würde. Darum war ich so überrascht, als ich ein paar Tage später in Mrs. Sutters Klassenzimmer saß und ein Paar Ohrringe fertigstellte – dieses Mal allein, weil Cara potentielle Bands »recherchierte« – als Isaac Warren an der offenen Tür klopfte.

»Wie läufts?«, fragte er, während er beiläufig zu dem Tisch kam, an dem ich arbeitete.

»Gut.« Ich bemühte mich, ruhig zu bleiben. Ich war jetzt die neue, starke, selbstbewusste Val, und der neuen Val wurde nicht flau im Magen, nur weil Isaac Warren mit ihr sprach.

»Ich habe die Kette gesehen, die du für Robin gemacht hast«, sagte er und begann mein Notizbuch durchzublättern. Er studierte meine Entwürfe, dann sagte er: »Die sind ziemlich gut. Machst du das öfter?«

»Oh, das ist nur ein Hobby.«

»Echt?«

»Na ja, zumindest momentan. Eines Tages würde ich es gern beruflich machen.«

Mein Herz raste wie verrückt, als Isaac meine Zeichnungen wieder hinlegte und eine der Ketten in die Hand nahm, die ich gemacht hatte. Ich war so verlegen, weil wir einfach nicht in derselben Liga spielen, er aber jetzt mit mir redete, als ob es so wäre. Er zog den Stuhl neben mir heran und setzte sich rittlings darauf. Dabei spielte er immer noch mit der Kette, die er in der anderen Hand hielt.

»Erzähl mir, was es mit all diesem Zeug auf sich hat«, sagte er und nickte auf meinen niemals kleiner werdenden Berg von Schmuckperlen.

Also erzählte ich ihm von den Kommentaren bei YouTube und meiner *V-is-for-Virgin*-Kampagne. Er hörte höflich zu und schien sogar die Informationen über die *Nicht Alle Tun Es*-Kampagne zu überfliegen.

Schließlich kam ich zu dem von Cara erwähnten Problem, dass die anderen vielleicht zu viel Angst hätten, um damit einen Trend zu starten. Als ich fertig war, nickte Isaac nachdenklich und spielte mit dem V-Anhänger des Armbands, das er jetzt in die Hand genommen hatte. »Du denkst also, dass es helfen könnte, wenn ich deine Armbänder zu tragen beginne?«

Sein Tonfall war ernst. Ich lief so rot an, dass es schon ins Bläuliche ging, aber als ich aufsah, lächelte Isaac – er machte es mir wirklich nicht einfach.

»Ich werde auch noch Schlüsselanhänger machen, und diese kleinen Dinger, die man am Reißverschluss seines Rucksacks anbringen kann«, erklärte ich und war erleichtert, als mein Gesicht wieder seine normale Farbe anzunehmen begann.

»Und wenn ich einen davon mit mir herumtrage, werden die anderen Leute sich trauen, es ebenfalls zu tun?«

Ich zuckte mit den Schultern. »Es gibt einfach gewisse Personen, die alles cool aussehen lassen können. Selbst Jungfräulichkeit.«

»Und du denkst, ich könnte eine dieser Personen sein?«

»Nein. Du *bist* so eine Person.«

Danach sagte Isaac einen Moment lang nichts mehr. Er saß nur da und sah mir in die Augen. Ich konnte sehen, wie er über die möglichen Auswirkungen dessen nachdachte, um das ich ihn bat. Nach einer gefühlten Ewigkeit lehnte er sich näher an mich heran, blickte mir intensiv in die Augen, und fragte: »Und wenn ich keine Jungfrau mehr bin?«

Das überrumpelte mich. »Du meinst, du bist es nicht?«

Isaacs Mundwinkel zuckten, als ob er ein Lächeln unterdrücken würde, aber beantwortete die Frage nicht. Stattdessen sagte er: »Es ist eine gute Idee, aber ein bisschen voreingenommen, findest du nicht? Was ist mit all den Mädchen, von denen du mir erzählt hast, die sich schlecht fühlen, weil sie Sex hatten, aber noch nicht bereit waren? Wie hilft deine Kampagne ihnen?«

War *das* die Sache mit Isaac? War er einer von denen, die es zu früh gemacht hatten? Bereute er es? Aber es stimmte. Was ich tat, half diesen Leuten nicht.

Es musste eine Möglichkeit geben. Selbst wenn ich noch nicht wusste, wie die aussah, würde ich mir was ausdenken, weil ich diesen Leuten auch helfen wollte. Unbedingt. Ich dachte kurz nach und erwiderte dann seinen herausfordernden Blick genauso selbstbewusst. »Komm beim Herbstfest auf jeden Fall an meinem Stand vorbei«, sagte ich.

Nach einem weiteren Moment wurde Isaacs Starren zu einem Grinsen. »Werde ich«, sagte er, dann erhob er sich von seinem Stuhl und schlenderte aus dem Raum.

6

Die Challenge

Ich brauchte keine vierundzwanzig Stunden, um mir etwas auszudenken, und das verdankte ich einem Mädchen mit dem Nicknamen *NYCgirl861.* Ich war an diesem Tag aus der Schule nach Hause gekommen und hatte direkt den YouTube-Link aufgerufen, so wie jeden Tag, seit mir Robin die Kommentare gezeigt hatte. Heute war es ihrer, der meine Aufmerksamkeit auf sich zog:

> **NYCgirl861:** Sex ist ohnehin überbewertet. Seit mein Freund und ich entschieden haben, sexuell aktiv zu werden, ist das alles, was er noch tun will. Nichts als Sex, Sex, Sex. Vielleicht sollte ich mit ihm Schluss machen und mir jemanden suchen, der auch mal mit mir ausgeht.

Wegen dieses Kommentars fand ich mich am nächsten Tag in der Schule im Computerlabor wieder. »Hey!«, begrüßte mich Robin fröhlich, als ich hereinkam. »Hat Isaac dich gefunden?«

»Hat er. Darum bin ich hier.«

»Wird er dein Versuchskaninchen?«

Ich spielte kurz mit dem Gedanken, ihr zu sagen, dass

er das nicht konnte, weil er nicht mehr unberührt war, aber irgendwie hatte ich das Gefühl, dass ich sein Geheimnis bewahren sollte. »Er hat nichts Eindeutiges gesagt. Aber er hat einen interessanten Einwand gebracht.«

»Ach ja?«

»Er hat mich gefragt, wie meine Kampagne Leuten helfen soll, die ihre Unschuld bereits verloren haben.«

»Guter Punkt.« Robin runzelte die Stirn. »Das tut sie wohl nicht.«

»Noch nicht.«

»Hast du eine Idee?«

Ich holte Kette und Ohrringe heraus, die ich mitgebracht hatte. Robin runzelte erneut die Stirn, als sie sie sah. Beide hatten ein A integriert. »Ich dachte, die sollten alle ein V haben.«

»Die Vs stehen für ›Virgin‹, aber nicht jeder ist noch Jungfrau, also habe ich die hier gemacht.« Ich blickte auf das kleine, funkelnde A und lächelte. »A steht für Abstinenz.«

»Abstinenz?«

»Nur weil jemand Sex gehabt hat, bedeutet das nicht, dass es zu spät ist, um nein zu sagen. Wenn sie noch nicht dafür bereit waren, müssen sie es schließlich nicht weiter machen.«

»Cool. Problem gelöst. Und was bringt dich zu mir?«

»Na ja.« Ich lächelte. Es fühlte sich aufregend an, meinen Plan zu enthüllen. »Wie viel weißt du über das Erstellen von Webseiten?«

»Du willst deine Kampagne ins Internet stellen?«

»Oh ja«, sagte ich. »Wir werden einen Ort brauchen, an dem die Leute von ihren Fortschritten erzählen können.«

»Fortschritten?«

»In der Abstinenz-Challenge«, sagte ich und reichte Robin den Entwurf eines Flyers, den ich in der Nacht zuvor erstellt hatte, als ich nicht schlafen konnte.

Ich hatte das Gefühl, mich erklären zu müssen, während sich Robin die Einzelheiten der Challenge durchlas. »Es gibt im Leben mehr als nur Sex, und bei einer Beziehung sollte es genauso sein. Sex ist so stressig. Solltest du welchen haben? Oder besser nicht? Was ist, wenn du schwanger wirst? Oder dir eine Krankheit einfängst? Werden sich die anderen über dich lustig machen, wenn du es nicht tust? Oder dir fiese Namen geben, wenn doch? Es hört nie auf. Wir sind in der Highschool! Es gibt so viel anderes, um das wir uns Gedanken machen müssen, also schlage ich vor, dass sie versuchen sollen, den Sex aufzugeben. Nur fürs Erste. Nur um mal zu sehen, was passiert, wenn sie sich nicht die ganze Zeit deswegen stressen müssen. Wir bringen die Leute dazu, sich auf der Webseite für die Challenge einzutragen, natürlich anonym, und dann lassen wir sie online ihre Erfahrungen teilen. Es ist so was wie ein Experiment. Einige schaffen es vielleicht nur zwei Tage, andere zwei Jahre, und es könnte sich als die beste Sache herausstellen, die sie jemals gemacht haben. Oder die schlimmste. So oder so werden sie über das Thema nachdenken, und darüber, ob sie wirklich schon bereit sind, um mit jemandem zu schlafen.«

»Denkst du wirklich, dass da jemand mitmacht?«

»Ganz ehrlich?« Ich zuckte mit den Schultern. »Ich bezweifle es. Aber sie werden es auf keinen Fall tun, wenn wir ihnen nicht mal die Möglichkeit geben. Außerdem kann die Webseite auch ein Ort sein, an dem sich über alles Mögliche ausgetauscht werden kann – so wie auf YouTube. Schau dir nur an, wie viele Reaktionen dieses eine dämliche Video bekommen hat. Vielleicht wird die Sache ja über unsere Schule hinausgehen. Vielleicht können wir andere Leute in anderen Schulen dazu bringen, das mit dem Schmuck ebenfalls zu machen.«

Ich wollte mich von meiner eigenen Rede nicht so mitreißen lassen, aber je mehr ich darüber nachdachte, desto aufgeregter wurde ich. Natürlich hatte ich mit der Schülervertretung ein paar coole Dinge erreicht, aber noch nie zuvor hatte ich versucht, etwas zu tun, das mir so wichtig war. Es machte mich auf eine Art entschlossen, die ich vorher nicht gekannt hatte.

»Also, könntest du mir wohl dabei helfen, eine Website zu erstellen? Bitte?«, fragte ich und wartete mit angehaltenem Atem auf ihre Antwort.

Robin schaute zum unfertigen Layout der Schülerzeitung auf dem Computer hinter sich, dann wieder auf den Flyer, den ich ihr gegeben hatte. Ein Lächeln erschien auf ihrem Gesicht. »Bis Ende der Woche sind wir online.«

»Fantastisch!«

»*Fantastisch* ist korrekt!«, stöhnte Cara, während sie ins Computerlabor marschierte. Sie hätte wohl nicht ironischer klingen können. Genau genommen hätte *niemand* ironischer klingen können.

»Also gut.« Ich seufzte. »Her mit dem Drama.«

Im Laufe der Jahre war »her mit dem Drama« bei Cara und mir zu einer feststehenden Redewendung geworden. Das liegt daran, dass die Dinge in Caras Welt *immer* in einem Drama enden. Natürlich mag sie es genau so, denn das gibt ihr einen Vorwand, so zu tun, als wäre es das

Ende der Welt. Sie wird eines Tages einen Oscar gewinnen oder in einer Seifenoper landen. Beides wäre möglich.

»Also, Nate Cooper hat gefragt, ob seine Band beim Herbstfest spielen kann, okay? Aber ich habe ihm gesagt, dass ich sie erst spielen hören will. Und als Dustin Marshall herausgefunden hat, dass ich Nate vorspielen lasse, wollte er das auch.«

»Dustin Marshall ist in einer Band?«, fragten Robin und ich gleichzeitig.

»Wohl kaum.« Cara schnaubte. »Mein Hund kann besser spielen als die. Wisst ihr, wie das klingt, wenn man mit den Fingernägeln über eine Tafel kratzt?«

Der bloße Gedanke ließ mich erschauern. Cara nickte, als sie meine Reaktion sah. »Ja, genau.«

»Okay«, sagte ich. »Was ist mit Nate Coopers Band?«

»Na ja, sie ist besser als die von Dustin«, gab sie widerwillig zu. »Aber sie sind auf keinen Fall gut genug, um beim Herbstfest zu spielen.«

»Mist.«

»Und das ist nicht mal das Schlimmste. Es hat sich rumgesprochen, dass ich Auditions abhalte.«

»Das ist doch eigentlich gut, oder?«, fragte Robin, und ich nickte zustimmend.

»Ja, genau«, sagte ich. »Ich meine, du brauchst doch immer noch eine Band.«

»Ich habe mir diese Woche ganze vierzehn Möchtegern-Bands angehört und alle waren schlecht. Ich schwöre, Kyle Hamilton muss das einzige Talent gewesen sein, das jemals unserer ansonsten musikalisch inkompetenten Schule entsprungen ist. Wenn das so weitergeht, muss ich am Ende noch den Glee Club anheuern. Es ist hoffnungslos!«

»Es ist überhaupt nicht hoffnungslos«, lachte ich. Cara war wirklich eine Dramaqueen. »Wer ist der größte Musikfreak in Südkalifornien?«

Cara schniefte, sagte jedoch: »Ich.«

»Genau. Du wirst eine großartige Band finden. Das weiß ich ganz genau.«

Eine tiefe Stimme unterbrach unsere Unterhaltung. »Redet ihr immer noch von eurem kleinen Schulkonzert?«

Ich drehte mich um und konnte es kaum glauben. Verblüfft starrte ich den Neuankömmling an, bis Robin sagte: »Hey, ich kenne dich! Du bist doch der Typ von dieser Band. Die, die dieses eine Lied gesungen hat!«

»Ha!« Cara lachte. »Der Typ der Band, die dieses eine Lied gesungen hat. Ihr seid ja echt *richtig* berühmt.«

Kyle grinste Cara an. »Ich meine mich zu erinnern, du hättest gesagt, du seist unser größter Fan.«

Oh nein. Musste er sie so ärgern? Bevor Cara in ihren Beleidigungsmodus gehen konnte – der den ganzen Tag andauern konnte – ging ich zwischen die beiden und fragte Kyle: »Was willst du hier?«

Kyle schien äußerst erfreut zu sein, meine Aufmerksamkeit zu haben. Er grinste ein Lächeln, das so breit wie Texas war. »Du bist letzte Woche nicht zu unserem Auftritt geblieben.«

»Ach was?«, erwiderte ich trocken.

»Und du warst auch nicht beim Konzert im Key Club letztes Wochenende. Ich weiß das, weil ich nach diesen Beinen Ausschau gehalten habe.«

»Worauf willst du hinaus?«

»Du bist nicht zu mir gekommen, also musste ich zu dir kommen.«

»Warum? Haben die Jungs und du es euch anders überlegt?«

»So was in der Art.« Kyle lachte.

Ich nahm es ihm nicht ab, doch Cara, die von der Suche nach einer Band vollkommen verzweifelt war, und sich zudem noch einredete, ihre Besessenheit von Shane überwunden zu haben, schnappte hörbar nach Luft. »Du meinst, ihr werdet auf unserem Fest spielen?«

»Klar.« Kyle stellte sich neben mich und legte einen Arm um meine Schulter. »Wenn Legs hier mit mir ausgeht.«

Ich lachte so herzlich auf, dass ich fast in Betracht zog, Mrs. Feeneys Einladung in den Schauspielclub anzunehmen. »Das ist fantastisch«, sagte ich. »Echt witzig. Aber wir brauchen eine Band und keinen Komiker.«

Cara beendete meine gute Laune, als sie seinen Bedingungen zustimmte. »Sie macht es.«

»Cara!« Sobald ich den ersten Schock überwunden hatte, schüttelte ich hektisch den Kopf. »Das werde ich nicht tun.«

»Val«, jammerte Cara. »Es ist doch nur ein lausiges Date.«

»Wer hat hier was von lausig gesagt?«, fragte Kyle beleidigt.

»Der Kerl nennt mich Legs«, sagte ich zu Cara.

»Das ist viel besser als Virgin Val, und das weißt du auch.«

»Du fällst mir also einfach so in den Rücken? Mir? Deiner *besten* Freundin?«

»Warum denn nicht? Es wird dir guttun. Zach ist Geschichte. Du musst endlich wieder auf die Beine kommen.«

»Und du schlägst vor, dass ich das mit *ihm* mache?«

»Erinnerst du dich daran, was wir über die Chemie zwischen euch beiden besprochen haben?«

Kyles Blick wanderte überrascht zurück zu mir. »Du meinst wirklich, dass die Chemie zwischen uns gestimmt hat?«

Ich deutete auf Cara. »Sie hat das gesagt. Ich habe es abgestritten. Mehr als deutlich.«

»Du willst es dir also nicht eingestehen?«, fragte Kyle.

»Ja, ich … was? Nein!«

Kyle grinste. »Dann gibst du also zu, dass die Chemie zwischen uns stimmt.«

»Nein!« Ich spürte, wie meine Wangen ganz heiß wurden. »Ich meinte damit, dass es nichts gibt, was ich mir nicht eingestehen würde! Hör auf, mir die Worte im Mund zu verdrehen! Ich gehe nicht mit dir aus.«

Kyles Augen funkelten amüsiert. Es machte mich rasend. »Dann spielen wir nicht für euch«, sagte er zu Cara.

»Komm schon, V«, flehte Cara.

»Ja, komm schon, V«, wiederholte Kyle. Er kam so nah heran, dass ich seine Lippen an meinem Ohr spüren konnte. »Oder hast du Angst, dass du wegen mir deine Überzeugung, bis zur Ehe zu warten, über den Haufen wirfst und damit zur Heuchlerin wirst?«

Ich ignorierte den Schauer, der mir über den Rücken lief, und starrte böse zu Cara. Aber sie wollte unbedingt ihren Kopf durchsetzen. »Wir brauchen die Band«, sagte sie.

»Wir finden eine andere.«

»Aber sie sind eine *echte* Band. Sie werden viele Leute anlocken. Denk doch nur daran, wie viel Geld wir allein durch die Ticketverkäufe zusammenbekommen würden. Wahrscheinlich mehr, als wir beim letzten Herbstfest insgesamt eingenommen haben.«

Okay, ich liebe Cara, und es tat mir ja auch leid, dass sie solche Probleme hatte, eine Band zu finden, aber so langsam verlor ich meine Geduld. »Ich kann nicht glauben, dass du mich hier einfach so verkuppeln willst.«

»Und ich kann nicht glauben, dass du dich weigerst, diese eine Sache für mich zu tun. Es ist doch nur ein Date!«

»Dir ist klar, dass es mich quasi zu einer Prostituierten machen würde, wenn ich nur mit ihm ausgehe, damit wir beim Herbstfest mehr Geld machen, oder?«

Das brachte Kyle zum Lachen, und da er immer noch seinen Arm um meine Schulter gelegt hatte, war es sehr einfach für mich, ihm mit dem Ellbogen in die Rippen zu stoßen.

»Das könnt ihr vergessen«, sagte ich und riss mich von Kyle los.

Cara ballte ihre Hände zu Fäusten und stampfte mit dem Fuß auf. Dann drehte sie sich wütend zu Kyle um. »Könnt ihr nicht einfach trotzdem auftreten?«

»Nnnnnein.« Kyle hatte sichtlich Spaß an der Situation.

»Bitte?«

»Es ist ein Geben und Nehmen, Babe. Ihr wollt etwas. Ich will etwas.«

»Aber es wäre gute Werbung für euch«, sagte Cara. »KTLA News schickt ein Kamerateam, um über das Fest zu berichten. Du gibst ein Wohltätigkeitskonzert an deiner alten Highschool? Das schafft es bestimmt in die Hauptnachrichten.«

»Alles schon mal gemacht«, sagte Kyle, dann warf er mir wieder einen schamlosen Blick zu, als würde er es mir am liebsten hier und jetzt besorgen.

Ich kniff die Augen zusammen. »Wir sind hier fertig. Du kannst jetzt gehen.«

»Das ist dann also ein Nein?«, fragte Kyle, der sein Lachen kaum zurückhalten konnte.

»Raus hier!«

Das war der Punkt, an dem Olivia den Raum betrat. »Was soll denn dieses Geschrei?«

Olivia Lewis war die letzte Person, die ich in diesem Augenblick sehen wollte, aber als ihr klar wurde, wer vor ihr stand, vergaß sie einfach, dass ich existierte. »*Kyle Hamilton?*«, kreischte sie mit ihrer schrillen Barbiestimme. »Was machen Sie denn hier?«

»Nichts«, sagte er. »Ich bin hier offenbar fertig.«

»Sie gehen schon?«, fragte Olivia.

Oh, sie legte sich wirklich ins Zeug. Es war erbärmlich. Kyle musterte sie, und da Olivias Aussehen nun mal nicht zu verachten war, nickte er knapp und sagte: »Begleitest du mich nach draußen?«

»Oh, natürlich!«, rief Olivia. »Ich wollte sowieso gerade gehen.«

Kyle lachte, dann drehte er sich noch mal zu mir um. »Dein Pech, Legs.«

»Ich bin mir sicher, dass ich darüber hinwegkommen werde.«

Kyle legte seinen Arm um Olivias Taille und fragte sie

nach ihrem Namen, während er an mir vorbei zum Ausgang ging.

»Ich heiße Olivia und ich bin Ihr *größter* Fan. Ich bin absolut verrückt nach Ihnen! Ich kann all Ihre Liedtexte auswendig!«

Ich sah, wie Kyle zusammenzuckte. Er ging zwei weitere Schritte, dann blieb er stehen und schnaubte frustriert. Er wirbelte herum und sah zu Cara. »Also gut! Ihr habt eure Band.«

Ich weiß nicht, wer erstaunter war, aber Cara gelang es viel früher als mir, sich wieder zusammenzureißen. »Wirklich?«, quietschte sie.

Kyle wirkte von sich selbst angewidert, als er nickte. »Ja. Wirklich.«

Cara kreischte und stürzte sich auf Kyle, der Olivia loslassen musste, um sie zu aufzufangen. Cara sprang in seine Arme, schlang ihre Beine um seine Taille und gab ihm einen dicken, fetten Schmatzer auf den Mund. »Danke! Danke! Danke!«

Kyle schien die gleiche Schwäche für Cara zu haben wie ich, denn sein grimmiger Blick wurde von einem Lachen abgelöst. Sein Gesichtsausdruck, als er die Fassung verloren hatte, war absolut bezaubernd gewesen. »Gern geschehen«, sagte er lachend. Dann sah er mich an. »Wirst du jetzt mit mir ausgehen? Bitte?«

Fast hätte ich eingewilligt. Nach dem, was er für Cara getan hatte, wollte ich es irgendwie, aber etwas hielt mich davon ab. »Du würdest wirklich ein ganzes Konzert *umsonst* spielen, nur um mit mir auszugehen?«

»Sieht wohl so aus, oder?«

»Warum?«, fragte ich.

Kyles Blick wanderte kurz zu dem V, das an meinem Hals hing, und sein Stirnrunzeln wurde zu einem frechen Grinsen. »Ich kann einer guten Herausforderung einfach nicht widerstehen.«

Genau das hatte ich mir gedacht. »Tja, dann hast du wohl leider ein Problem, Kyle.«

»Und welches wäre das?«

»Ich gebe selten klein bei.« Ich sah ihn trotzig an. »Mich wirst du niemals ins Bett bekommen.«

»Ah, aber es gibt doch noch so viele andere Orte, an denen man schöne Dinge tun kann, findest du nicht?«

»Und auch die kannst du vergessen.«

Kyle verschränkte die Arme, und seine Augen funkelten schelmisch. »So wird das jetzt also laufen?«

Ich spiegelte seine Haltung und wiederholte seine eigenen Worte. »Sieht wohl so aus, oder?«

Kyle starrte mich noch einen Moment länger an, dann kam er mit einem Raubtiergrinsen langsam auf mich zu. Ich fühlte mich wie in einer dieser Naturdokus auf dem Discovery Channel. Mein Puls beschleunigte sich mit jedem Schritt, den er näherkam, und unwillkürlich wich ich nach hinten, bis ich gegen eine Wand prallte.

Plötzlich standen wir uns Auge in Auge gegenüber. Sein Körper war mir so nahe, dass mir das Atmen schwerfiel. Ich konnte seine Wärme spüren, und dabei berührten wir uns nicht mal. Was passierte hier gerade?

Kyle sah den überwältigten Ausdruck in meinen Augen und schmunzelte. Er beugte sich vor und strich mit seinen Lippen so federleicht über meine, dass ich hörbar einatmete.

Mein Körper reagierte schneller als mein Kopf. Ich

lehnte mich in seine Richtung, als wäre er mein neues Gravitationszentrum. Ich schloss die Augen und wartete auf einen Kuss, der einfach nicht kam. Seine Lippen bewegten sich über meine und reizten mich auf die grausamste Weise, bis ich so vor Verlangen brannte, dass ich zu zittern begann.

Kyle lachte heiser. »Du bist mir doch schon längst verfallen, Virgin Val.«

Er hatte so recht. Es war, als würde ich in seinem Bann stehen. Seine Wirkung auf mich war erschreckend, und er hatte sich dafür nicht mal besonders ins Zeug legen müssen.

Doch ich durfte diesen Kampf nicht verlieren, ganz egal, wie sehr mein Körper es in diesem Moment wollte. Ich sammelte all meine Kräfte und stieß ihn entschlossen von mir weg. »Du weißt also, wie man ein Mädchen anmacht. Nicht weiter überraschend, schließlich hast du jedes Wochenende eine andere.« Ich wollte wütend klingen, um zu überspielen, wie sehr er mich durcheinandergebracht hatte. »Aber es gibt eine Sache, die ich dir trotz deiner ganzen Erfahrung noch beibringen kann – und werde.«

Meine Drohung amüsierte ihn. »Und was soll das sein?«

»Zurückweisung.«

Kyle lachte vollkommen selbstsicher. »Nur für den Fall, dass du es verpasst haben solltest, aber das gerade war alles andere als Zurückweisung.«

»Wird nicht wieder vorkommen«, versprach ich, vielleicht mehr mir als ihm. »Du hast dir in die Karten schauen lassen, Kyle. Jetzt wo ich weiß, womit ich es zu tun habe, wirst du mich nie wieder so überrumpeln können.«

»Wir werden sehen.« Kyle warf mir einen Luftkuss zu und ging zur Tür. Kurz bevor er hinausging, drehte er sich noch mal um und schenkte mir ein letztes schiefes Grinsen. »Trag beim Herbstfest was Scharfes für mich.«

Dann war er weg. Einen Moment lang standen wir alle nur da und starrten auf die leere Tür, bevor mir Olivia einen bösen Blick zuwarf und davoneilte, wahrscheinlich in der Hoffnung, Kyle noch einzuholen, bevor er das Gebäude verließ.

»O MEIN GOTT!«, rief Cara, nachdem beide fort waren. »Das war unglaublich HEISS!« Sie stieß ein tiefes Seufzen aus. »Val, du steckst richtig in Schwierigkeiten.«

»Mit dem komme ich schon klar.«

»Tust du nicht.«

»Oh doch«, sagte ich genervt. »Tue ich.«

Cara schüttelte den Kopf. »Sag es ihr, Robin.«

Robin, die kein Wort mehr gesagt hatte, seit Kyle aufgetaucht war, verzog ihr Gesicht. »Das war … ähm …« Sie fächelte sich Luft zu. »Ja, viel Glück.«

»Wir müssen uns irgendwas ausdenken«, sagte Cara.

»Ich habe schon eine Strategie. ›Sag einfach nein‹. Ein Klassiker.«

»Das wird nicht reichen. Du musst ihn mit seinen eigenen Waffen schlagen. Wir haben viel Arbeit vor uns. Als Erstes müssen wir dir ein Outfit fürs Herbstfest besorgen.«

»Angefangen mit einem Keuschheitsgürtel«, murmelte Robin.

7

Der Brief

»Ich habe mit Kyles Manager alle Details besprochen«, sagte ich, als ich mich am nächsten Tag beim Treffen der Schülervertretung neben Cara setzte. »Er hat es wirklich ernst gemeint. Sie werden für uns spielen.«

»Weißt du, Val, du solltest dem Kerl ein bisschen entgegenkommen und mit ihm ausgehen. Es war ja fast herzzerreißend, wie er nachgegeben hat, obwohl er eigentlich nicht wollte. Es war fast so, als ob er nicht anders konnte.«

»Es war wirklich süß«, gab ich zu. »Aber dann hat er ja schon die Bombe platzen lassen, dass er mich eigentlich nur in Bett bekommen will. Du hast doch gesehen, was passiert ist! Ich *kann* nicht mit ihm ausgehen. Aber *ihr* saht gestern einfach bezaubernd aus, als du ihn angesprungen hast. Vielleicht solltest *du* mit ihm ausgehen.«

Cara winkte ab, als sei das völlig absurd. »Oh bitte. Du weißt, wie ich bin, wenn ich mich freue. Dann knutsche ich jeden ab.«

»Und du denkst, ich bin die Schlampe?« Olivia schnaubte, und ließ sich neben mich fallen. Ich war ziemlich verwundert, als sie mich mit einem breiten Lächeln begrüßte. Ich wartete auf eine nachgeschobene Beleidigung, aber die blieb überraschenderweise aus. »Wie geht es dir, Val?«

Ich wusste nicht, wie ich reagieren soll. »Äh, gut. Und dir?«

»Fantastisch.« Sie seufzte wie ein liebeskrankes Hündchen, als ich auf einmal eins und eins zusammenzählte.

»Du hast Kyle also gestern noch eingeholt.«

Olivia war mir egal, aber ich war neugierig. Vielleicht wäre Kyle ja nicht so versessen darauf, mich zu entjungfern, wenn Olivia ihn ablenkte.

Olivias Lächeln wurde noch breiter. »Wir sind einen Kaffee trinken gegangen und haben geredet.«

»Geredet?« Cara schnaubte. »Na sicher.«

»Wir haben nur geredet«, beharrte Olivia. »Du bist diejenige, die hier jeden abknutscht, weißt du noch?«

»Wirklich?« Ich wollte Olivia mit meiner Skepsis nicht beleidigen, aber irgendwie konnte ich es nicht glauben. »Ihr habt nur geredet? Kyle und du?«

»Er war gestern nicht in der Stimmung, um auszugehen. Dafür war er viel zu sauer auf dich, Val.« Olivia zog einen kleinen Spiegel aus ihrer Tasche und trug neuen Lipgloss auf, bevor sie uns den Rest ihrer Neuigkeiten erzählte. Sie presste die Lippen zusammen, packte den Spiegel wieder weg und sagte: »Aber er hat nach dem Herbstfest dieses Wochenende was mit mir vor.«

»Wenn ich du wäre, würde ich mir keine allzu großen Hoffnungen machen.« Ich konnte nicht anders, als sie zu warnen. »Ich habe das Gefühl, Kyle Hamilton läuft so ziemlich allem hinterher, was zwei Beine hat.«

»Eifersüchtig, hm?« Die Arroganz war in Olivias Stimme zurückgekehrt. Ich entschied, es zu ignorieren. Wenn sich Olivia wie ein Groupie aufführen wollte, meinetwegen. Sie konnte nicht behaupten, dass ich sie nicht gewarnt hätte.

Ich zuckte mit den Schultern, und sie fuhr damit fort, jedem zu erzählen, mit wem sie gestern einen Kaffee getrunken hatte, bis Eric sie schließlich zur Ordnung rief. Es war das letzte Treffen der Schülervertretung vor dem Herbstfest, also gingen wir unsere Fortschritte durch und besprachen die Punkte, die noch erledigt werden mussten. Als wir beim Thema Musik ankamen, drehte sich Eric mit einem breiten Lächeln zu mir um. »Und wie läuft es bei der Musik, Val?«

Ich grinste Cara an. »Tralse hat zugesagt, beim Fest zu spielen.«

»Tralse!«, wiederholte Eric überrascht und beeindruckt. »Im Ernst, das ist großartig! Gute Arbeit, Val.«

»Das ist alles Caras Verdienst. Ihr Bruder hat uns Backstage-Pässe für eines ihrer Konzerte besorgt.«

»Oh bitte«, sagte Cara und zwinkerte mir zu. »Zuerst wollten sie nicht, aber Kyle ist vollkommen besessen von unserer lieben V. Er konnte ihr einfach nichts abschlagen.«

Olivia schnaubte.

»Es stimmt«, witzelte ich. »Er will mich unbedingt.« Ich zuckte mit den Schultern in Olivias Richtung, mit so viel falschem Mitleid, wie ich nur aufbringen konnte. »Wie gesagt, er liebt alles was zwei Beine hat.« Und weil ich nicht widerstehen konnte, sagte ich: »Er ist nur deshalb mit dir ausgegangen, weil ich nicht wollte.«

»Hm«, schob Cara hinterher. »Ein bisschen so wie Zach.«

Das rief bei allen Anwesenden eine Reaktion hervor.

Eric war gezwungen, sich einzumischen, obwohl er wie alle anderen lachen musste. Glücklicherweise half ihm Bethany, die Herausgeberin unserer Schülerzeitung, indem sie unser Treffen unterbrach. »Hey! Klingt, als würde hier eine Party stattfinden«, sagte sie, als sie hereinkam.

»Hier drin ist immer Party. Du solltest darüber nachdenken, den stickigen Zeitungsraum hinter dir zu lassen und dich den Leuten anzuschließen, die in dieser Schule tatsächlich was verändern«, sagte Eric. Aus irgendeinem Grund herrschte zwischen der Zeitung und dem Schülerrat eine schon ewig andauernde Rivalität.

»Anders als ihr Politiker nehmen wir Journalisten unseren Job ernst.«

»Na klar.« Eric lachte. »Was bringt dich denn in feindliches Territorium?«

»Erstaunlicherweise macht ihr zur Abwechslung mal etwas Berichtenswertes. Na ja, zumindest eine von euch.«

Bethany schob ihre Brille die Nase hinauf und lächelte mich an.

»Du willst einen Artikel über mich schreiben?«

»Machst du Witze? Du bist das heißeste Thema, das die Schule das ganze Jahr hatte. Du weißt, dass ich mich nicht dazu herablassen würde, über Klatsch und Tratsch zu berichten, aber diese ganze V-is-for-Virgin-Sache ist eine tolle Story.«

Bevor ich etwas erwidern konnte, begann Craig Sanchez zu lachen. »V is for Virgin?«

Die gesamte Schülervertretung begann zu kichern, und ich stöhnte und sagte leise: »Jetzt geht's los.«

Gleichzeitig schlug Cara mit den Fäusten auf den Tisch. »Robin!« Sie machte sich nicht die Mühe, es leise zu sagen. »Dieses hinterhältige kleine … siehst du? Man kann niemandem in der Zeitungs-AG trauen. Die können einfach nicht den Mund halten. Nicht mal die Layouterin!«

Ich lächelte Bethany entschuldigend an. Cara ist ein nettes Mädchen, aber wenn man sie nicht gut genug kennt, ist man von neunzig Prozent der Dinge, die sie sagt, leicht beleidigt.

»Wir wollen es doch gar nicht geheim halten«, sagte ich zu Cara. »Weißt du noch? Es geht doch darum, über die Sache zu sprechen.«

»Ach so.« Jesse Andrews lachte. »Dann erkläre es uns doch, *Virgin Val.*«

Jesse gab Craig ein High-Five, und Olivia hatte in ihrem ganzen Leben nie zufriedener ausgesehen.

Ich musste an diesem Nachmittag beim Treffen der Schülervertretung ziemlich was einstecken. Aber ich hatte es ja auch nicht anders gewollt. Mir war klar gewesen, dass die Leute über die Idee lachen und deswegen rumsticheln würden. Ich wusste, dass der Spott nicht ernst gemeint war, schließlich waren das hier meine Kollegen der Schülervertretung, aber es reichte aus, um mich davon zu überzeugen, dass ich meine Zeit verschwendete. Natürlich hielten sie mich alle für verrückt. Und vielleicht war ich das ja auch. Ich meine, wem wollte ich etwas vormachen? Meine Klassenkameraden würden niemals diese Ketten tragen oder bei der Abstinenz-Challenge mitmachen.

Ich gab Bethany ein Interview, aber es war klar, dass sie nur deshalb an der Story interessiert war, weil sie polarisierte und sie auf diese Weise in der Schülerzeitung über

Sex schreiben konnte. Mein Vorhaben war ihr eigentlich egal.

Als ich nachmittags nach Hause ging, war ich ziemlich niedergeschlagen. Dieses Projekt war mir wichtiger als alles, was ich je zuvor gemacht hatte. Es fühlte sich so an, als würde jeder, der über meine Idee lachte oder sich über mich lustig machte, meine leibliche Mutter angreifen, und das tat weh.

Zuhause nahm ich den Brief heraus, den ich sicher in meinem Schmuckkästchen verwahrte. Auch wenn ich ihn schon tausendmal gelesen hatte und auswendig konnte, setzte ich mich aufs Bett und flüsterte die Worte vor mich hin.

Liebes Baby,
ich bin gerade erst sechzehn geworden und schwanger. Ich habe viele schlechte Entscheidungen getroffen, aber die dümmste war, auf eine Party zu gehen, mich zu betrinken und schwanger aufzuwachen. Es war mein erstes Mal, und ich erinnere mich kaum daran. Ich weiß nicht mal, mit wem ich geschlafen habe.
Ich bereue es nicht, dich in diese Welt zu bringen. Ich bereue, dass es zu früh ist. Glaub mir, wenn es eine Möglichkeit gäbe, mich selbst um dich zu kümmern, würde ich es tun. Es wird mich umbringen, mich von dir zu verabschieden, aber du sollst nicht müssen, nur weil ich einen Fehler gemacht habe. Ich habe die besten Menschen, die ich finden konnte, ausgesucht, damit sie deine Eltern werden. Ich weiß, dass sie dich genauso lieben werden, wie ich es tue.
Ich weiß, dass ich es nicht verdiene, aber wenn du jemals etwas für deine Mama tun willst, lerne aus meinen Fehlern. Mach es richtig. Versau dir nicht dein Leben, wie ich es getan habe. Ich

hoffe, dass du mir eines Tages verzeihen kannst. Ich werde für den Rest meines Lebens jeden Tag an dich denken.
In ewiger Liebe,
Mama V

Mir war nicht klar, wie sehr ich weinte, bis ich ein Klopfen hörte. »Valerie?«, rief meine Mutter durch die Tür. »Alles okay bei dir? Kann ich reinkommen?«

»Ja, Mom. Komm rein.« Schnell wischte ich mir die Tränen von den Wangen. »Ich bin okay.«

Meine Mutter setzte sich zu mir auf die Bettkante. Sie erkannte den Brief sofort. Es war nicht das erste Mal, dass sie mich dabei erwischt hatte, wie ich ihn weinend las.

»Sie war ein tolles Mädchen«, sagte meine Mom, wie sie es immer tat, wenn ich nach meiner leiblichen Mutter fragte. Sie seufzte und reichte mir ein Taschentuch. »Sie sah genauso aus wie du, weißt du?«

»Ach ja?«

Meine Mutter nickte und wir verfielen in Schweigen. Sie ist sehr gut darin, einfach für mich da zu sein, ohne mich zu bedrängen. Sie scheint einfach wie auf magische Weise zu wissen, was ich brauche, und auch dieses Mal war es so. Sie wartet darauf, dass ich zu reden anfange, und hat dann immer die richtigen Antworten parat.

»Warum hast du mir den Brief gegeben?«, fragte ich. »Du hättest mir nicht mal sagen müssen, dass ihr mich adoptiert habt. Ich hätte es doch niemals herausgefunden.«

Meine Mutter dachte sorgfältig nach, bevor sie mir antwortete. »Erinnerst du dich an den Tag, an dem dein Vater und ich dir deine Kette gegeben haben?«

Ich überlegte, aber mir fiel nicht ein, wann ich meine

Kette mal nicht gehabt hatte. Als ich den Kopf schüttelte, seufzte meine Mutter. »Als du drei Jahre alt warst, haben wir beide mit einer Spielgruppe, in der wir waren, einen Ausflug zum Long Beach Aquarium gemacht. Ich habe mit ein paar Müttern geredet und nicht gemerkt, dass du aus dem Kinderwagen geklettert bist. Es können höchstens ein paar Minuten gewesen sein, aber es war an diesem Tag so viel los, dass ich dich nicht finden konnte.«

Meine Mutter brauchte einen Moment, um ihre Stimme zu beruhigen, bevor sie weitersprach. Ich war überrascht, dass ich diese Geschichte noch nie zuvor gehört hatte, aber gleichzeitig klang meine Mutter so beschämt, dass ich nicht weiter nachfragte.

»Du warst eine halbe Stunde lang weg. Es waren die absolut schlimmsten dreißig Minuten meines Lebens. Ich drehte vollkommen durch. Ich wusste kaum noch, was ich tat, so verrückt vor Sorge war ich. Als man dich schließlich fand, hattest du genau das getan, was ich dir gesagt hatte, als wir dort angekommen sind. Du warst zu einem Sicherheitsmitarbeiter gegangen und hast ihm gesagt, dass du deine Mami nicht finden kannst. Du hattest überhaupt keine Angst. Du hast nicht mal geweint. Du warst so tapfer. Es war das erste Mal, dass ich dir ins Gesicht gesehen und deine leibliche Mutter erkannt habe.« Ich schnappte nach Luft. Ich konnte nicht anders. Ihre Worte jagten einen bittersüßen Schmerz durch mein Herz. Die Tränen kehrten in meine Augen zurück, und meine Mutter griff nach meiner Hand.

»Ich habe deine leibliche Mutter nur zweimal getroffen, doch von der ersten Sekunde an wusste ich, dass sie stark und tapfer ist. Und nachdem ich so viel von ihr in dir gesehen habe, war mir klar, wie wichtig es ist, dass du die Wahrheit kennst. An diesem Tag habe ich dir die Kette gegeben und dir gesagt, dass du adoptiert bist. Du warst damals noch zu klein, um das alles zu verstehen, also habe ich dir den Brief erst gegeben, als du mich das erste Mal nach deinen richtigen Eltern gefragt hast.«

An diesen Tag erinnerte ich mich. Ich war in der ersten Klasse und meine Lehrerin hatte uns gerade eine Geschichte über Adoption vorgelesen. Ich kannte das Wort, und als ich meine Klassenkameraden stolz darüber informierte, dass ich adoptiert wurde, fragte mich Tommy Fisher, warum meine Eltern mich weggegeben hatten. Meine Adoptiveltern hatten mich immer so sehr geliebt, dass mir dieser Gedanke bisher nie in den Sinn gekommen war, aber damals war ich so wütend und durcheinander, dass mich die Lehrerin zum Direktor schickte und meine Mutter mich abholen musste.

»Hältst du mich für verrückt, weil ich ein Versprechen halten will, dass ich einer mir unbekannten Frau gegeben habe? Die anderen in der Schule machen sich wegen dieser V-is-for-Virgin-Sache so über mich lustig, dass ich nicht weiß, ob es überhaupt funktionieren wird. Irgendwie habe ich das Gefühl, dass ich sie enttäusche, wenn es nicht klappt.«

»Valerie«, sagte meine Mutter nachdrücklich. »Du musst niemandem etwas beweisen außer dir selbst.«

Ich verdrehte unwillkürlich die Augen, was meine Mutter nicht ausstehen konnte. »Hältst *du* denn das, was du tust, für richtig?«, fragte sie.

Ich runzelte die Stirn, dachte aber an meine leibliche Mutter, die geweint hatte, während sie dem Baby, das sie liebte, einen Abschiedsbrief schrieb. Ich dachte an all diese Mädchen – bitte verzeih mir, Lacrosse4life – an all diese Leute bei YouTube, die zugegeben hatten, zu leiden. Dann dachte ich daran, wie ich mich gefühlt hatte, als Zach mit mir Schluss machte – wie verletzt ich gewesen war und wie wütend. Ich kannte die Antwort auf die Frage meiner Mutter. »Ja.«

»Dann musst du es tun, egal wie viel du damit bewirkst.«

Ich seufzte. »Ich weiß.«

Und ich wusste es. Ich wusste, dass ich diese Sache bis zum Ende durchstehen musste. Ich hatte damals nur noch keine Ahnung, wie weit das alles gehen würde.

8

Das Herbstfest

Ich verstaute gerade ein paar leere Kisten unter dem Tisch am Stand, als jemand sagte: »Wow, du hast es wirklich durchgezogen. Ich hatte gehört, dass du einen Stand beim Herbstfest haben wirst, aber ich dachte nicht, dass es stimmt. Gut gemacht, Valerie.«

Vor mir stand ein dünnes, ganz in Schwarz gekleidetes Mädchen – von ihren Haaren bis zu den Kampfstiefeln und ihrem Nagellack. »Kenne ich dich?«, fragte ich, obwohl ich mir sicher war, dass ich sie nie zuvor gesehen hatte.

»Cindy Lewkowski«, informierte sie mich. »Ich bin Studentin.«

»Hältst du mich für verrückt?«

Cindy schien nicht der Typ zu sein, der lächelte, aber sie sah mich so offen an, dass ich das als Lächeln wertete.

»Ich denke, du hast Mumm.«

Ich ließ eine schwarze A-Kette und ein schwarzes V-Armband vor ihr baumeln. »Wie wär's, willst du auch Mumm haben?«

»Klar«, sagte sie und gab mir eine Fünf-Dollar-Spende.

Ich wollte ihr den schwarzen Schmuck reichen, doch sie griff nach einem knallroten Armband mit einem ziemlich großen V daran. »Es soll doch auffallen«, sagte sie, während sie es der Unmenge anderer Armbänder hinzufügte, die sie bereits trug.

»Danke!«, rief ich ihr nach, während sie davonging, dann drehte ich mich mit einem begeisterten Lächeln zu meiner besten Freundin um. »Ist das zu glauben?«, fragte ich Cara und gab ihr die fünf Dollar. Ich hatte sie zu meiner Schatzmeisterin gemacht.

»Ganz ehrlich? Ich bin immer noch total baff, dass sich Lacy und Devon für die Abstinenz-Challenge eingetragen haben.«

»Krass, oder?« Ich drehte mich um und schnappte mir mehr »Nicht Jeder Tut Es«-Flyer und ein Armband, um das zu ersetzen, was Cindy gekauft hatte. »Ich dachte, ich würde vielleicht zwei, drei verkaufen, aber – AUTSCH!«

Ich wirbelte herum, um zu sehen, warum mich Cara angestoßen hatte, und stand plötzlich vor Isaac Warrens Lächeln. »Wie läuft's, Virgin Val?«

Ich brauchte einen Moment, um meine Sprache wiederzufinden, und selbst dann brachte ich nicht mehr als ein einziges Wort heraus. »Großartig!«

»Dann läuft der Stand gut?«

»Oh.« Ich errötete. »Na ja, du weißt schon. Wir hatten dreimal so viele Leute hier, die sich über uns lustig gemacht haben, als etwas zu kaufen, aber trotzdem. Ich kann nicht glauben, dass überhaupt jemand den Schmuck haben will.«

»Warum nicht?«

»Weil sich die anderen nonstop über mich lustig machen, seit die ganze V-is-for-Virgin-Geschichte angefangen hat. Ich dachte nicht, dass mir jemand zuhören oder mich sogar unterstützen würde. Klar sind da die Leute auf YouTube, aber das ist ja anonym.«

Isaac zuckte mit den Schultern. »Ja, aber jetzt ist es anders. Du nimmst dir die Kommentare der Leute nicht zu Herzen und unternimmst sogar auch noch etwas dagegen. So wie du gesagt hast. Jemand muss mit gutem Beispiel vorangehen. Du machst den anderen Mut.«

»Danke«, sagte ich schüchtern. »Ich hatte trotzdem nicht erwartet, heute viel Resonanz zu bekommen. Ich dachte wirklich, ich könnte die Anzahl der Verkäufe an einer Hand abzählen, aber ich bin bis jetzt schon knapp vierzig Stück losgeworden.«

»So viele!«, staunte Isaac, überspielte seine Überraschung aber schnell und begann zu lachen. »Ich hätte nie gedacht, dass es noch so viele Leute an unserer Schule gibt, die noch keinen Sex hatten.«

»Vielleicht gibt es die auch nicht.« Lachend reichte ich Isaac den Flyer, den ich für die Abstinenz-Challenge gemacht hatte. »Wir haben genauso viele von den As verkauft wie von den Vs.«

»Die Abstinenz-Challenge?«, fragte Isaac mit einem Lächeln, das mich wieder erröten ließ. Glücklicherweise bemerkte er es nicht, weil er sich den Flyer tatsächlich durchlas.

Meine Stimme klang leicht verlegen, als ich erklärte: »Du hast da letztens ein sehr gutes Argument gebracht. Wieso sollte der ganze Spaß nur Jungfrauen vorbehalten sein?«

Statt den Flyer wieder auf den Stapel zu legen, faltete Isaac ihn zusammen und steckte ihn sich in die Gesäßtasche – was Caras und meinen Blick auf seine Jeans lenkte, die von seinem Motorrad auf sehr ästhetische Weise abgenutzt war. Als es mir gelang, meinen Blick loszureißen und ihm wieder in die Augen zu schauen, bemerkte ich, dass er mich mit dem gleichen intensiven Blick ansah, mit dem er mich schon einmal bedacht hatte. »Gut gemacht«, sagte er mir. »Eine Abstinenz-Challenge ist eine super Idee.«

»Ja, ist es«, meldete sich Cara zu Wort. Ich war überrascht, dass sie uns nicht schon früher unterbrochen hatte. »Lacy und Devon haben sich tatsächlich dafür eingetragen!« Sie kam einfach nicht darüber hinweg.

Isaacs lächelte wissend, als er nachfragte: »Haben sie das?«

Cara musste Isaacs Blick ebenfalls bemerkt haben, denn sie sagte: »Hey, Moment mal. Ist Devon nicht mit dir im Baseballteam?«

Isaac zwinkerte ihr zu, und ich war mir ziemlich sicher, dass sie davon fast einen Herzinfarkt bekam.

»Womit hast du ihn bestochen?«, gelang es mir zu scherzen, als Isaac wieder zu mir sah.

»Ich habe zu Devon kein einziges Wort gesagt«, erwiderte er unschuldig. Zu unschuldig. »Das müssen deine hervorragenden Überredungskünste gewesen sein.«

Ich zwang mich, ruhig zu bleiben, atmete tief durch und sagte: »Meine hervorragenden Überredungskünste, hm?« Ich nahm einen Schlüsselanhänger mit einem A aus der Kiste, den ich insgeheim für ihn gemacht hatte. »Können dich meine Überredungskünste überzeugen, den hier anzunehmen?«

Isaac tat so, als würde er einen Moment lang darüber nachdenken, aber dann verzogen sich seine Mundwinkel zu einem Lächeln. »Nein«, sagte er und steckte einen Zwanziger in die Spendenbox, die Cara ihm hinhielt. »Dafür ist allein dein Charme verantwortlich.«

Er ignorierte den Schlüsselanhänger in meiner Hand und wählte stattdessen einen Rucksackanhänger mit einem kleinen V aus, der der Kette an meinem Hals ähnelte.

Ich konnte es nicht glauben. Er war wirklich noch unberührt und hatte mich letztens einfach ein bisschen auf den Arm genommen. Meine Verwirrung ließ ihn schmunzeln, dann zwinkerte er mir zu. Mein Herz setzte einen Schlag aus, als er davonging.

Als er außer Hörweite war, sank ich auf meinen Klappstuhl.

Cara gab mir einen Moment, doch dann fragte sie mich: »Was war denn das? Seit wann gehst du denn so ran?«

»Was?«

»Du warst gerade so lässig. Als wärst du einem dieser ›Zehn Wege, um ihn um den Finger zu wickeln‹-Artikel entsprungen!«

Findest du?« Mich überkam eine kleine Welle der Erleichterung, weil ihre Übertreibungen meistens auf einem Fünkchen Wahrheit beruhten. »Denn ich bin mir wie der letzte Idiot vorgekommen.«

»Auf keinen Fall, V. Ich denke, du könntest wirklich eine Chance bei ihm haben.«

»Ich? Eine Chance bei *Isaac Warren?*«

Cara und ich wurden von einer schrecklich vertrauten Stimme aus unserer Unterhaltung gerissen. »Ist das der Trottel, der gerade hier war?«, fragte Kyle. Er klang nicht gerade eifersüchtig, eher vollkommen unbeeindruckt. »Du gibst mir wegen *diesem Typen* einen Korb?«

»Er ist nicht der Grund, warum ich dir einen Korb gebe.« Ich war sauer, dass sich wegen ihm das warme Gefühl in meiner Brust verflüchtigte, und durch nichts als Unzufriedenheit ersetzt worden war.

»Tja, das ist eine Erleichterung, denn du hast auf jeden Fall was Besseres ver-«

»Versteh mich nicht falsch«, unterbrach ich ihn. »Ich würde dich jederzeit wegen ihm abschießen, aber du hast mir bereits eine Million anderer Gründe geliefert.«

»Nenn mir einen!«

Ich hatte keine Ahnung, wo ich auch nur anfangen sollte, also fragte ich stattdessen: »Was machst du überhaupt hier?«

»Ich gebe nachher ein Konzert, weißt du noch? Du hast mich *angefleht*, für euch zu spielen.«

»*Ich* habe dich nicht angefleht«, korrigierte ich ihn und deutete auf Cara. Sie begann zu protestieren, doch dann runzelte sie nur die Stirn, weil sie es nicht abstreiten konnte. »Ich meinte, was machst du *hier?*« Ich hielt einen Schlüsselanhänger mit einem großen roten A daran hoch. »Willst du dich nicht für unsere Abstinenz-Challenge anmelden? Weißt du, wenn du mir hier und jetzt versprichst, bis zu unserer Heirat abstinent zu bleiben, würde ich darüber nachdenken, mit dir auszugehen.«

Darüber lachte Kyle so sehr, dass er vergessen zu haben schien, worüber wir gerade noch gesprochen hatten. »Du wirst den Stand doch dichtmachen, wenn wir spielen, oder? Ich habe dir und der Göttin dort Plätze in der ersten

Reihe reserviert.« Zu Cara gewandt sagte er: »Shane hat nach dir gefragt.«

Ich öffnete den Mund, um etwas zu erwidern, doch Cara riss Kyle die Armbänder aus der Hand, bevor ich Kyles Angebot ablehnen konnte. »Natürlich kommen wir zum Konzert«, sagte sie.

Es gelang mir, mich mit dem Stand zu beschäftigen und Kyle zu ignorieren. Offenbar gefiel ihm das aber ganz und gar nicht, denn er packte mich am Handgelenk und fragte: »Das bedeutet, du kommst auch, oder?« Er schien sich nicht sicher zu sein, ob sich Caras Versprechen, ihn spielen zu sehen, auch auf mich bezog.

Ich sah warnend auf die Stelle, wo er mich berührte, damit er mich losließ, aber stattdessen ergriff er meine Hand. Ich wollte sie wegziehen, doch er war zu schnell. »Ich hoffe, du weißt, dass ich dieses Konzert heute nur für dich gebe, Legs.« Er hob meine Hand an seine Lippen. »Und ich hoffe, dass ich beim Singen dein hübsches Gesicht sehe, das mich anlächelt.«

»Meinetwegen«, brummte ich und riss meine Hand weg. Es war natürlich eine Lüge. Ich würde *nicht* sein kleiner Groupie in der ersten Reihe sein.

»Gut.«

Er ging immer noch nicht. Als ich ihn fragte, was er denn noch hier wollte, sagte er zu Cara: »Du siehst aus, als könntest du eine Pause vertragen.«

Erschrocken sah Cara zwischen Kyle und mir hin und her, dann schüttelte sie den Kopf. »V würde mich umbringen.«

»Ich habe Shane in der Pizzaschlange stehen lassen. Wahrscheinlich ist er gerade ziemlich einsam.«

Cara riss die Augen auf.

»Lass mich nicht im Stich!«, zischte ich.

»Sorry, V, der Mann kämpft mit schmutzigen Mitteln. Ich bin in zehn Minuten zurück, versprochen!«

»Verräterin!«, rief ich ihr hinterher, als sie mich mit Kyle allein ließ.

Sie warf mir einen Luftkuss zu. »Ich bringe dir ein Stück Pizza mit.«

Als ich mich wieder umdrehte, war Kyle hinter den Stand gekommen und setzte sich auf meinen Stuhl, als würde ihm der Laden gehören.

»Das ist mein Platz.«

Kyle klopfte auf seinen Schoß. »Ich halte dich nicht davon ab, dich zu setzen.«

Ich verdrehte die Augen und setzte mich auf Caras Stuhl. »Diese schlechten Anmachsprüche werden dich bei mir nicht weiterbringen, aber bitte – gib mir mehr davon. Du bist viel leichter zu ignorieren, wenn du dich wie ein Idiot aufführst.«

»Ich hab mich nicht wie ein Idiot aufgeführt. Das war mein unwiderstehlicher Charme.«

»Großartig. Das bedeutet, dieses kleine Spielchen, dass du da treibst, wird ein Klacks für mich.«

Kyle schüttelte den Kopf. »Gib es zu, ein bisschen charmant findest du mich schon.«

»Früher war das auch so«, gab ich zu.

»Früher?«

»Als du noch auf die Huntington gegangen bist.« Kyle war davon so überrascht, dass ihm zur Abwechslung mal keine ironische Antwort einfiel. »Ich bin in die Unterstufe gekommen, als du schon in der Oberstufe warst«, erklärte ich. »Ich erinnere mich an dich.«

»Echt? Ich kann mich gar nicht an dich erinnern.«

»Würde mich auch wundern«, lachte ich. »Als wir zusammen zur Schule gegangen sind, war ich noch viel kleiner, hatte viel weniger Highlights in den Haaren und eine Zahnspange.«

Kyle schüttelte sich. »Kein Wunder. Ich hab dich bestimmt mit Absicht aus meinem Gedächtnis verbannt.«

Ich überraschte uns beide, als ich in sein Lachen einstimmte.

»Sind wir uns je begegnet?«, fragte Kyle neugierig.

»Nicht so richtig. Einmal hast du eine Tür für mich aufgehalten, weil ich beide Hände voll hatte.«

»Wie ritterlich von mir.«

»Das war es. Du hast gesehen, wie ich einen Stapel Bücher getragen habe, also bist du an mir vorbeigeeilt, hast die Tür aufgerissen und mit einer Verbeugung gesagt: ›Nach dir.‹«

»Bei dir klingt das irgendwie, als wäre es albern gewesen.«

»Machst du Witze? Ich habe noch ein ganzes Jahr danach für dich geschwärmt.«

»Im Ernst? Du hast für mich geschwärmt? Wenn das alles ist, was du willst, was machen wir dann noch hier? Lass uns eine Tür suchen.«

Wieder musste ich lachen, und im selben Moment verfluchte ich mich dafür. Warum musste er jetzt nur so sympathisch sein? »*Damals*, als du noch charmant und aufmerksam warst.«

»Und was bin ich jetzt?«, fragte Kyle. Er klang immer noch neugierig.

Ich zuckte mit den Schultern. »Ein arroganter Playboy.«

Zuerst dachte ich, das würde Kyle kränken, doch stattdessen lachte er auf. »Okay, das stimmt. Aber ich bin immer noch charmant und aufmerksam.«

»Du bist *nicht* charmant.«

»Sag das, ohne zu lächeln.«

Ich bemühte mich erfolglos, ein ernstes Gesicht zu machen. »Meinetwegen. Du hast deine Momente. Selten. Aber aufmerksam? Ziemlich weit hergeholt.«

»Ich spiele heute ein ganzes Konzert nur für den guten Zweck.«

»Oh bitte!« Ich lachte. »Das machst du schließlich aus reinem Eigennutz.«

»Okay, du hast recht. Deshalb habe ich vielleicht zugestimmt, aber letzte Woche erst habe ich das Leck im Bewässerungssystem im Garten meiner Großmutter repariert, weil mein Vater zu alt ist. Du musst zugeben, dass das aufmerksam von mir war.« Er sah mich hoffnungsvoll an. »Und ein kleines bisschen sexy.«

In meinem Kopf tauchte ungewollt ein Bild auf: Kyle, ohne Shirt, schmutzig und verschwitzt, wie er Erde schaufelte, um seiner Großmutter und seinem Vater zu helfen. Das *war* aufmerksam. Und ziemlich sexy.

»Du lächelst schon wieder«, sagte Kyle, was mich zu meinem Verdruss noch breiter grinsen ließ.

»Meinetwegen«, gab ich nach. »Du bist zu etwa zwei Prozent charmant und aufmerksam, aber zu achtundneunzig Prozent arrogant und der totale Playboy.«

»Das bedeutet, dass du mich zu mindestens zwei Prozent magst.«

»Nicht die besten Gewinnquoten, Kyle.«

»Du wirst in einer Woche in mich verliebt sein.«

Ich rollte erneut mit den Augen.

»Okay, jetzt bin ich dran«, sagte Kyle. »Weißt du, was du bist?«

»Eine Jungfrau?«, riet ich trocken.

Kyle lachte. »Das auch, aber ich wollte eigentlich stur und unverblümt sagen. Was ich in deinem Fall *äußerst* sexy finde.«

Plötzlich lag eine von Kyles Händen auf meinem Oberschenkel, während mir die andere den Pony aus den Augen strich. »Geh mit mir nach dem Konzert noch was trinken.«

Kyles Körper machte schon wieder dieses Schwerkraftding. Ich hüpfte von dem Klappstuhl, versuchte die Schmetterlinge in meinem Bauch zu ignorieren, und begann einen Stapel Flyer zu sortieren. »Tut mir leid, aber ich kann nicht.« Ich bemühte mich, unbeeindruckt zu wirken. »Ich muss bis zum Ende des Fests bleiben und aufräumen.«

Ein Finger strich meine Wirbelsäule entlang, dann war plötzlich Kyles Atem heiß in meinem Nacken. Ich zuckte zusammen, als ich seine Lippen auf meiner Haut spürte. »Dann lass uns danach ausgehen«, sagte er leise.

Ich wirbelte zu ihm herum, doch er wich nicht zurück. Er legte seine Hände rechts und links von mir gegen den Stand und kesselte mich so ein. Ich musste mich so weit zurücklehnen, um seinen Lippen auszuweichen, dass ich fast mein Gleichgewicht verlor.

Ich tat alles, um diesen Moment zu beenden, weil Kyles Blick seltsame Dinge in mir auslöste. Meine Hand schloss sich um ein Armband, und ich schob es ihm ins Gesicht. Es war ein einfaches schwarzes Lederband mit einem winzigen A daran. Perfekt. »Hier, nimm das, Kyle. Keine Spende nötig. Glaub mir, du brauchst es.«

Kyle nahm das Armband und musterte es, während er mich weiterhin zwischen seinen Armen gefangen hielt. »Niedlich«, sagte er, dann strich er über die Kette, die ich trug. »Aber ich will das hier.«

Ich wusste, dass er damit nicht die Kette, sondern meine Jungfräulichkeit meinte, aber dennoch umklammerte ich meinen Anhänger fest. »Okay, Kyle.« Ich musste schlucken. »Das war ja ganz witzig, aber genug ist genug. Ich denke, du solltest mich jetzt mal wieder in Ruhe lassen.«

»Und ich denke, du willst mich küssen.«

Ich versuchte die Tatsache zu verbergen, dass mein Puls in die Höhe geschossen war. Ich hasste es, dass mein Körper und mein Kopf so grundverschiedene Dinge wollten. Und ich hasste es, dass ich beinahe vergaß, was Kyles eigentlich Absicht war… Ich hoffte inständig, dass er meine Gedanken nicht in meinem Gesicht lesen konnte. «Das denkst du nur, weil du so arrogant bist«, sagte ich.

Kyles Lippen verzogen sich zu einem Lächeln. »… und der totale Playboy, vergiss das nicht.«

Wie um dieser Bezeichnung gerecht zu werden, bewegte er seine Hände nun zu meinen Hüften. Ich schnappte hörbar nach Luft, als eine seiner Hände zu meinem Hintern wanderte und sich in meine Gesäßtasche schob. Ich stieß ihm fest gegen die Brust und schubste ihn erneut, bis er sich zurückzog.

»Entspann dich, Virgin Val.« Er lachte und winkte mit meinem Handy vor meinem Gesicht herum. Er hatte es aus meiner Tasche gezogen.

Ich schlug ihn noch mal. »Idiot!«

Kyle ignorierte mich und speicherte seine Nummer ein. »Ruf mich an, wenn du heute Abend fertig bist.«

»Ha! Auf keinen Fall.«

»Okay, dann rufe ich dich an.« Er benutzte mein Handy, um sich anzurufen, damit er meine Nummer hatte.

»Ich werde nicht drangehen.«

»Bitte lächeln«, sagte er und schoss ein Foto von mir.

Ich bin mir sicher, dass der Ausdruck in meinem Gesicht, alles andere als freundlich war.

»Hey Leute.« Cara war zurück und hatte Shane mitgebracht. Beide beobachteten uns.

»Jetzt weiß ich, was du meinst«, sagte Shane zu Cara.

Ich wollte gar nicht wissen, worum es ging.

»Wie läuft's denn hier so?«, fragte Cara kichernd.

»Großartig«, sagte Kyle. »Val und ich haben heute Abend ein heißes Date.«

»Wohl kaum. Er hat mich praktisch belästigt!«

Kyle schnaubte.

»Du gehst jetzt wohl besser, Romeo«, sagte Cara und hielt mich zurück, als hätte sie Angst, dass ich ihm eine Ohrfeige verpassen würde. Und da ich auch genau das vorhatte, war es gut, dass er ihren Rat befolgte und verschwand.

»Erste Reihe, Mitte!«, rief er mir im Gehen noch zu. »Ich werde Ausschau halten.«

9

Das Lied

Zwei Stunden später, kurz vor dem Konzert, versuchte Cara mich immer noch zu überreden, mit ihr die Show anzusehen. »Bitte«, flehte sie. »Du kannst doch einfach mitkommen und ihm die ganze Zeit den Mittelfinger zeigen oder so.«

»Er würde das als Einladung verstehen.«

»Dann komm mit und tu so, als würdest du schlafen. Das würde ihn richtig ärgern.«

Diese Idee klang verlockend, aber es würde ihn immer noch mehr ärgern, wenn ich gar nicht auftauchte. »Geh du. Hab viel Spaß, Shane anzuhimmeln. Ich komme schon klar.«

»Ich will aber nicht allein gehen.«

»Du wirst nicht allein sein. Dein Freund steht nur ein paar Meter entfernt auf der Bühne.«

Cara verdrehte die Augen, konnte jedoch ein Grinsen nicht unterdrücken.

»Es muss ohnehin jemand hierbleiben und sich um den Stand kümmern«, fuhr ich fort.

Cara runzelte die Stirn. Die anderen Stände waren seit einiger Zeit verlassen. Alle waren drüben beim Footballfeld und warteten darauf, dass das Konzert anfing. In diesem Moment begann die Menge zu jubeln und wir hörten, wie Kyle mit seiner Heuchelei begann, wie dankbar er war, an seiner alten Schule ein Konzert für den guten Zweck spielen zu dürfen.

»Meinetwegen!«, rief Cara und marschierte ohne mich davon.

»Wow, die ist aber ganz schön angepisst«, lachte da eine Stimme hinter mir.

Als ich mich umdrehte, sah ich Lacy, Devon und eine ganze Reihe der beliebtesten Leute der Schule, einschließlich Isaac. »Ihr seid spät dran fürs Konzert.« Ich war überrascht, sie zu sehen.

»Die Mädels waren noch auf der Toilette«, brummte Devon. »Ich hab euch doch gesagt, dass wir nicht auf sie warten sollten.«

»Die spielen doch noch nicht mal«, erwiderte Olivia. Aber in diesem Moment erklangen die ersten Töne der Musik.

Es überraschte mich, dass sie mit ihrem bekanntesten Song anfingen, dem, der auch im Radio gespielt wurde. Ich hätte gedacht, dass sie ihn sich für den Schluss aufhoben.

»Oh, ich liebe dieses Lied!«, sagte Lacy und zerrte Devon davon. »Kommt schon, Leute! Val, was ist mit dir? Willst du bei uns sitzen?« Mit dieser Einladung hatte ich nun nicht gerechnet. Isaacs Freundeskreis stand im sozialen Status ein paar Stufen über mir. Na ja, eigentlich waren sie ein paar Stufen über *jedem.* Die Vorstellung, mir das Konzert mit Isaac anzusehen, war äußerst verlockend, aber Cara würde mich *umbringen*, wenn ich hinging, nachdem ich mich geweigert hatte, sie zu begleiten, also sagte ich:

»Oh, nein danke. Aber ihr solltet euch besser beeilen, sonst verpasst ihr alles.«

Sie winkten zum Abschied und eilten davon. Ich begann, mein Zeug zusammenzupacken und bemerkte gar nicht, dass Isaac nicht mit seinen Freunden mitgegangen war, bis seine Stimme erklang. »Und du willst dir das Konzert gar nicht ansehen?«

»Nein.«

»Kein Fan von Tralse?«

»Kein Fan von Kyle Hamilton.«

»Wirklich?« Isaac konnte seine Überraschung nicht verbergen. »Ich hab dich doch vorhin mit ihm reden sehen. Es sah so aus, als würdet ihr euch ziemlich gut kennen.«

»Das hätte er wohl gern«, murmelte ich, und die Verärgerung schlich sich in meine Stimme zurück.

Isaac lachte, kam hinter meinen Stand und setzte sich auf Caras Stuhl. »Du wirst das Konzert verpassen«, stammelte ich.

»Man kann es doch auch gut von hier hören.« Isaac sah zu mir auf. »Außer du willst, dass ich gehe.«

»Nein, bitte bleib. Ich bin zwar kein Fan von Kyle, aber ich bin definitiv ein Fan von Gesellschaft.«

»Cool.«

Cool. Was für eine Untertreibung. Isaac Warren ließ seine Freunde stehen und verpasste das Tralse-Konzert, um *mir* Gesellschaft zu leisten.

Wir unterhielten uns das ganze Konzert lang, und er war genauso perfekt wie man ihm nachsagte. Es war der buchstäbliche Himmel auf Erden, bis die Menge auf einmal ruhig wurde und klar und deutlich Kyles Stimme ertönte.

»Ich dachte, wir beenden die heutige Show mit einem brandneuen Song, zu dem mich jemand von euch inspiriert hat. Ich nenne ihn ›Cryin' Shame.‹« Einen Moment lang war es still, doch dann rief er mit einem fast aufgebrachten Lachen: »Dieser Song ist Virgin Val gewidmet! Das wird dich umhauen! One! Two! Three! Four!«

Die Band spielte ein kurzes Intro, dann begann Kyle zu singen.

She's smokin' hearts with a burnin' flame
She's got a wild side without a name
And when she's riled it's a cryin' shame
Yeah! Yeah! Yeah! I've got it bad
Yeah! Yeah! Yeah! I'm goin' mad
Cause in your head you've got it right
Won't go to bed without a fight
You think you're wise, you think it shows
So show me wise without those clothes

Isaac sah mich mit hochgezogener Augenbraue an, aber ich konnte nicht mal mehr mit den Schultern zucken. Ich war wie erstarrt. Mein Herz schlug nicht mehr. *Alles* war wie erstarrt.

She's playin' hardball and it's nothin' new
Short skirts so enjoy the view
She's a coldblooded tease baby through and through
Yeah! Yeah! Yeah! I've got it bad
Yeah! Yeah! Yeah! I'm goin' mad
Cause in your head you've got it right
Won't go to bed without a fight

You think you're wise you think it shows
So show me wise without those clothes
Come on Legs don't go to waste
I could be your only savin' grace
Put those morals on the back burner
Something tells me you're a fast fast learner

Während mich der Refrain immer wieder verspottete und der Song schließlich seinen Höhepunkt fand, vergaß ich irgendwie zu atmen.

Cara sagte immer, dass ich nicht so ein Musikfreak wie sie bin, weil bisher nie ein Lied meine Welt so richtig erschüttert hat. Sie sagt, dass Songs sowas wie Seelenverwandte sind. Dass es da draußen viele gibt, von denen man denkt, dass man sie liebt, aber dann hört man diesen einen Song und weiß es einfach. Dieser eine Song würde alle vorherigen Meinungen zerschmettern, die man über seine Lieblingslieder hatte, und die Art ändern, wie man über Musik denkt.

Tja, ich kann bestätigen, dass mich Kyles Song bis ins Mark erschütterte. Und er änderte definitiv die Art, wie ich über Musik dachte. Doch diese euphorische Freude, die man laut Cara empfinden sollte, wenn einen dieses Lied verändert? Ja … nein, nicht wirklich. Kyle war mit Sicherheit das genaue Gegenteil meines Seelenverwandten. Ich hatte Olivia immer für die Reinkarnation des Bösen gehalten. Doch ich hatte mich geirrt. Kyle war viel böser.

Jetzt jubelte die Menge, obwohl es sich anfühlte, als hätte das Lied schon vor Stunden geendet.

»Hey, alles klar?«

»Oh!« Ich riss mich aus meiner Starre. Ich hatte ganz

vergessen, dass Isaac noch da war. »Alles bestens«, versicherte ich ihm. »Ich werde ihn nur umbringen müssen.«

»Ach, vergiss es doch einfach.«

»Du hast leicht reden. Du bist ja nicht derjenige, für den er ein ganzes Lied geschrieben hat, um dich zu verspotten.«

Isaac lachte, hatte aber keine Gelegenheit, mir zu antworten, weil seine Freunde zurückkamen. »Da bist du ja!«, rief Stephanie DeWitt.

Stephanie ist natürlich wunderschön. Und nett. Sie wäre meine Hauptkonkurrentin, wenn ich es ernsthaft auf Isaac abgesehen hätte – nicht, dass ich auch nur den Hauch einer Chance haben würde.

Mein Herz wurde schwer, als sie ihre Hand ausstreckte und er sich von ihr aufhelfen ließ. Doch das Gefühl ließ ein wenig nach, als sie sagte: »Ich dachte mir schon, dass wir dich hier finden würden.« Dann drehte sie sich mit einem breiten Lächeln zu mir um. »Ist das zu fassen, Valerie? Kyle Hamilton hat ein Lied für dich geschrieben! Das ist der Hammer!«

»Der Hammer«, stimmte ich halbherzig zu. Es war leichter, als zu erklären, was ich wirklich darüber dachte.

»Wow, hast du ein Glück«, seufzte sie. »Wirst du mit ihm ausgehen?«

Ich lachte auf. »Nein, danke. Außerdem wird er heute Abend mit Olivia ausgehen, wenn ich mich richtig erinnere.«

Alle sahen zu Olivia, die ganz hinten stand und offensichtlich über Kyles neues Lied wütend war. Mit einem breiten, falschen Lächeln sagte ich zu ihr: »Ich würde mich niemals an deinen Mann heranmachen. Ich finde, er ist perfekt für dich.«

Ihr entging meine Ironie, denn sie begann zu strahlen, als wäre sie über meine Rücksicht gerührt. »Danke, Val«, sagte sie mit ihrer ekelerregend süßlichen Heulstimme. »Ich habe schon befürchtet, du wärst sauer, weil er heute Abend mit mir statt mit dir ausgehen will.«

Ich dachte ein paar Stunden zurück, als er mich praktisch angebettelt hatte, mit ihm auszugehen. Ich hatte den Verdacht, dass er Olivia versetzen würde.

Es fiel mir schwer, ihr nicht ins Gesicht zu lachen, besonders als ich sah, dass auch Isaac ein Grinsen unterdrücken musste. »Oh nein«, sagte ich. »Natürlich bin ich nicht sauer. Ich meine, kannst du dir vorstellen, dass ein krasser Rockstar wie er mit einer wie *Virgin Val* ausgeht?«

»Oh! Apropos«, unterbrach Stephanie. »Ich habe es vorher nicht geschafft, zu deinem Stand zu kommen. Bin ich zu spät?«

»Wolltest du was kaufen?«, fragte ich und war so überrascht, wie ich es jedes Mal gewesen war, wenn jemand an diesem Tag etwas gekauft hatte.

»Ja! Lacys Kette ist so süß, und ich finde das, was du hier machst wirklich großartig.«

»Ach ja?«

»Na klar! Wir Mädchen müssen einfach öfter Stellung beziehen und für uns selbst eintreten. Ich interessiere mich für Feminismus, weißt du? Ich will Frauenforschung studieren.«

»Das ist ja cool!«

»Genau wie das hier. Was du tust, könnte der feministischen Bewegung wirklich helfen, Val.«

Stephanies Energie war ein bisschen überwältigend. »Es gibt eine feministische Bewegung?«, stammelte ich.

»Na klar! Ich gehöre der nationalen Organisation für Frauen an. Das ist die Organisation, die wir auch drüben beim Cheerleaderstand unterstützen. Du solltest mich zum nächsten Treffen begleiten. Das würde perfekt zu dir passen. Wir brauchen dringend Leute, die Eigeninitiative zeigen.«

»Eine feministische Organisation?« Mason Hewlett lachte. »Du bist echt schräg, Steph.«

Mason war einer derjenigen, die mich im letzten Monat am meisten schikaniert hatten.

»Halt die Klappe, Mason«, erwiderte Stephanie. »Als ob du mit deinen Proteinshakes und Erdnussbutter-Bananen-Sandwiches nicht schräg wärst.«

»Ja, aber anderen einzureden, keinen Sex zu haben?«, meinte Jeff McCormick. Er war in unserem Footballteam und meiner Meinung nach einer der größten Dummköpfe in unserer Stufe – aber dennoch beliebt. »Zumindest schadet Mason mit seinen ekligen Sandwiches niemandem.«

»Außer den Leuten, die seinen Atem riechen müssen«, scherzte Devon, was die ganze Gruppe über den armen Mason lachen ließ. Masons einzige Antwort war eine sehr unhöfliche Geste in Devons Richtung.

Ich ignorierte die dämlichen Beleidigungen und holte für Stephanie ein paar Ketten heraus. »Welchen Anhänger möchtest du?«

»Oh.« Stephanie hob ihre Hand, als würde sie im Zeugenstand stehen. »Ich bin noch Jungfrau. Zumindest bis ich den Richtigen gefunden habe.«

»Das kann ich beheben, Steph«, bot Mason an.

Warum ist das immer die erste Reaktion eines Jungen, wenn er erfährt, dass ein Mädchen noch keinen Sex hatte? Stephanie mochte ich nach ihrer Antwort jedoch ein bisschen mehr. »Träum weiter«, lachte sie in Masons Richtung. »Als ob du jemals mein Erster sein würdest.«

»Als ob dich überhaupt jemals eine ranlassen würde«, fügte Lacy hinzu.

Offenbar war es in diesen Kreisen üblich, seine Zuneigung in Form von Beleidigungen zu zeigen. Vielleicht war ich ja doch keine so große gesellschaftliche Außenseiterin, wie ich bisher gedacht hatte.

»Ooh, die hier ist hübsch!«, sagte Stephanie und gab mir das Geld. Dann drehte sie sich zu Jeff um und bat ihn, ihr die Kette anzulegen.

»Ich fasse das Ding nicht an!«, rief er und sprang zurück. »Dieses ganze Enthaltsamkeitsding scheint ansteckend zu sein.« Er richtete einen anklagenden Zeigefinger auf mich. »Du hast es vielleicht geschafft, Isaac in einen Messdiener zu verwandeln, Virgin Val«, sagte er. »Aber mich bekommst du nicht! Ich werde nicht wie Devon bei irgendeiner bescheuerten Abstinenz-Challenge enden.«

Mason lachte und stieß Devon in die Rippen. »Du bist so ein Waschlappen, Alter«, sagte er, worauf Devon einen leichten Schlag versetzte.

»Können wir jetzt gehen, bevor niemand mehr Sex haben darf?«, jammerte Jeff.

»Ja, ja«, sagte Stephanie, nachdem Lacy ihr mit der Kette geholfen hatte. »Danke, Val! Und hey, ich meine das ernst mit der Frauenorganisation. Wenn du mal mitkommen willst, ruf mich an.«

»Das werde ich«, versprach ich.

Ich konnte immer noch nicht glauben, was da gerade passiert war. Es fühlte sich an, als ob ich von der B-Liste auf die A-Liste befördert worden war.

Wie um es mir zu bestätigen, sagte Lacy: »Hey Val, wir gehen zu Ruby's am Pier. Willst du mitkommen?« Und die ganze Gruppe stimmte zu.

»Ja«, sagte Isaac. Er war während der ganzen Unterhaltung so still gewesen, dass ich ihn fast vergessen hatte. »Du solltest besser von hier verschwinden, bevor Kyle kommt und dich fragt, was du von seinem Lied hältst.«

Ich war von dem Angebot so überrascht, dass ich kein Wort herausbrachte.

»Komm schon, ich spendiere dir auch einen Milchshake«, sagte Isaac und hielt mir seine Hand hin.

Wo war Cara, wenn ich sie brauchte? Isaac Warren bat mich quasi um ein Date! Ich brauchte meine beste Freundin nicht nur, um mich zu kneifen. Sondern auch, um auf den Stand hier aufzupassen, damit ich seine Einladung annehmen konnte. Doch so wie ich Cara kannte, würde sie heute Abend nicht mehr zu mir zurückkehren. Sie war nicht nur sauer, weil ich nicht mit ihr in der ersten Reihe gesessen hatte. Ihr Traummann hatte auch noch nach ihr gefragt. Wahrscheinlich waren die beiden bereits auf dem Weg nach Vegas, um zu heiraten.

»Ich wünschte, ich könnte«, sagte ich. »Aber ich muss bis zum Ende des Fests bleiben. Irgendjemand muss schließlich die Enthaltsamkeitskrankheit weiterverbreiten«, neckte ich Jeff.

»Wie schade«, sagte Stephanie und klang aufrichtig enttäuscht.

»Dann beim nächsten Mal.« Isaac nickte. »Bis später dann, Val.«

Wer hätte gedacht, dass die beliebten Schüler so anstrengend sein konnten? Nachdem sie gegangen waren, setzte ich mich wieder. Lange konnte ich mich jedoch nicht ausruhen, denn Kyles Lied hatte mich im Handumdrehen zum Star des Abends gemacht.

Eine Menge Leute kamen zum Stand, um mir zu gratulieren und um mich zu fragen, woher ich Kyle kannte. Sie fragten mich, ob wir ein Paar seien. Viele kauften Schmuck, ob sie es vorgehabt hatten oder nicht. Am Ende wurde ich alles los und hatte fast tausend Dollar für die »Nicht Jeder Tut Es«-Organisation gesammelt.

Ja, ich war sauer wegen des Lieds, aber ich musste zugeben, dass die Aufmerksamkeit, die durch Kyle aufgekommen war, ihre Vorteile hatte. Und ironischerweise hatte Kyle sich indirekt zum größten Unterstützer meiner Sache gemacht. Ich nahm mir vor, ihm zu danken, wenn ich ihn jemals wiedersehen würde.

10

Die Nachrichten

Nach dem Aufräumen wollten Eric und ich nicht direkt nach Hause, also gingen wir noch in ein Café. »Auf ein erfolgreiches Herbstfest«, prostete er mir zu, während er seinen Becher Kakao hochhielt.

Es war tatsächlich ein sehr erfolgreiches Event gewesen. Durch das Tralse-Konzert vielleicht sogar das erfolgreichste Herbstfest in der Geschichte der Huntington High.

Da Eric Schulsprecher war und ich seine Stellvertreterin, waren wir beide als Erste um acht Uhr morgens vor Ort gewesen und nun die letzten, die um dreiundzwanzig Uhr gegangen waren. Nach diesem langen Tag hatten wir deshalb entschieden, in den Starbucks zu gehen, um ein bisschen abzuschalten.

Nachdem wir bestellt hatten, setzten wir uns auf ein bequemes Sofa, und ich war mir ziemlich sicher, dass ich mich nie wieder würde bewegen können. »Darauf, dass es vorbei ist«, sagte ich und war kaum noch in der Lage, meinen Caramel Apple Cider zu halten.

»Amen. Der Rest des Jahres sollte jetzt deutlich entspannter werden.«

»Vergiss nicht, dass immer noch der Abschlussball ansteht.«

Eric stöhnte. Er war zu erschöpft, um auch nur daran zu denken. »Können wir den nicht einfach an Olivia und Cara abtreten?«

»Klar, wenn wir dafür verantwortlich sein wollen, dass sie sich gegenseitig umbringen.«

»Ich weiß.« Eric seufzte. »Darum haben die Leute wohl uns gewählt, nehme ich an.«

»Ja.« Ich seufzte ebenfalls. »Wir sind einfach ein gutes Team.«

»Ich sonne mich nur in deinem Erfolg. Dieses Fest war allein dein Verdienst, Val.«

»Wovon redest du da? Du hast für diese Sache doppelt so viel geschuftet wie ich.«

»Ja, aber durch deinen Stand und Tralse verdanken wir dir fast die gesamten Einnahmen.«

»Oh nein. Mit Tralse hatte ich nichts zu tun. Dafür ist allein Cara verantwortlich.«

»Da hab ich aber was anderes gehört.«

Ich stöhnte innerlich über Erics neckenden Tonfall. Ich wusste, worauf er anspielte, also fragte ich nicht weiter nach, aber er sprach es trotzdem aus: »Cara meinte, dass du der einzige Grund warst, warum die Band zugesagt hat.« Ich erwiderte immer noch nichts, also fuhr er fort: »Ich hab sie nach dem Konzert getroffen, und ihr Frontmann war ziemlich unglücklich. Er hat immer wieder gemault, dass die ganze Sache Zeitverschwendung gewesen sei.«

»Gut.«

»Dann ist er nicht dein Typ?«

Ich beantwortete Erics Frage nur mit einem eindeutigen Blick, und er musste lachen. »Das war ein echt eingängiger Song.«

Ich rieb meine erschöpften Augen und versank tiefer im Sofa. »Das war der längste Monat meines Lebens.«

»Na ja«, sagte Eric und nippte an seinem Kakao. »Aber wie du ja schon gesagt hast – er ist jetzt vorbei. Oh, hey! Schau mal!«

Ich nahm die Hände vom Gesicht, um zu sehen, was er meinte, und entdeckte den Fernseher in einer Ecke des Cafés. Es war schon spät am Abend, und KTLA berichtete über das Herbstfest.

»Könnten wir das bitte lauter machen?«, fragte Eric und nachdem er das Okay bekommen hatte, stand er auf und stellte die Lautstärke höher.

Ich sah, wie diverse vertraute Gesichter auf dem Bildschirm erschienen, und der Reporter sprach mit einigen Standbetreibern. Mir hatte er ebenfalls ein paar Fragen gestellt, doch ich war nicht überrascht, dass stattdessen die Cheerleader und ihr Zuckerwattestand gezeigt wurden. Cara hatte sich beim Interview wie eine Hollywood-Diva gegeben, während ich nur rot geworden war und herumgestottert hatte, um die Abstinenz-Challenge zu erklären.

»Doch die eigentliche Neuigkeit des Abends«, sagte die Stimme im Fernsehen gerade, als es Eric endlich gelang, ihn lauter zu stellen, »war der Sänger der erfolgreichen Band Tralse.«

Sie zeigten die Stelle des Konzerts, in der Kyle darüber log, wie sehr er sich freute, wieder daheim zu sein und für einen guten Zweck zu spielen.

»Tralse, deren Debütalbum dank ihres Songs ›Broken Passion‹ inzwischen Platinstatus erreicht hat, überraschte die Zuschauer mit ihrem ersten neuen Lied nach drei Jahren. Es erregte ziemliches Aufsehen, als Kyle erklärte, dass der Song für eine der Schülerinnen vor Ort geschrieben wurde.«

»Oh nein«, sagte Eric, als er sich wieder zu mir aufs Sofa gesellte. »Das ist nicht gut.«

Und natürlich folgte ein Clip, in dem Kyle rief: »Dieser Song ist Virgin Val gewidmet!«

Ich starrte wie gebannt auf den Bildschirm, unfähig, etwas zu sagen. Das Lied war so viel schlimmer in Kombination mit Kyles Mimik und Gestik.

Ich kehrte in die Realität zurück, als Eric plötzlich aufschrie. »Au! Au! Val! Deine Nägel.«

»Sorry!«, schnell ließ ich Erics Hand los. Ich hatte gar nicht gemerkt, dass ich sie genommen hatte, und noch viel weniger, dass ich meine Fingernägel in sie gekrallt hatte.

»So schlimm ist es auch wieder nicht«, sagte Eric und nickte zum Fernseher, um mich zu trösten.

Doch damit hatte er es nur herausgefordert, denn in diesem Moment wurde Kyles Gesicht von meinem abgelöst, und die Stimme des Reporters begann erneut. »Valerie Jensen, die stellvertretende Schülersprecherin der Huntington High, unter ihren Klassenkameraden auch als Virgin Val bekannt, ist es nicht nur gelungen, die Aufmerksamkeit von Kyle Hamilton auf sich zu ziehen, sondern sie hat mit ihrem kontroversen Schmuck auch fast eintausend Dollar gesammelt.«

Nun war zu sehen, wie ich zwei verschiedene Armbänder hochhielt. »Das V steht für Jungfräulichkeit und das A für Abstinenz«, erklärte ich in die Kamera.

Mein Fernseh-Abbild lächelte, doch ich konnte nur

noch mein Gesicht in den Händen vergraben. »Laut einer Freundin«, fuhr der Reporter schonungslos fort, »beendete Valeries Freund die Beziehung wegen ihrer Entscheidung, bis zur Ehe Jungfrau zu bleiben. Der daraus folgende Kummer hat sie dazu gebracht, sich gegen Teenagersex auszusprechen.«

»Es wird Jugendlichen viel zu viel Druck gemacht, sexuell aktiv zu werden«, hörte ich mich selbst sagen. »Ich will damit nicht sagen, dass alle meinem Beispiel folgen und bis zur Ehe warten sollen, sondern nur, dass niemand Angst haben oder sich schämen sollte zuzugeben, dass sie noch nicht bereit sind für Sex. Die Leute sollten wissen, dass es nicht jeder macht.«

Ich riskierte einen vorsichtigen Blick zum Fernseher, gerade rechtzeitig, um zu sehen, wie der lächelnde Reporter wieder auf dem Bildschirm erschien. »›Nicht alle tun es‹ ist absolut richtig. Tatsächlich ist dies der Name der gemeinnützigen Organisation, an die Valerie ihre Einnahmen spendet. Mehr über Valeries Projekt erfahren Sie auf VIsForVirgin.com, und wenn Sie das von Virgin Val inspirierte Lied verpasst haben, keine Sorge. Ich habe so ein Gefühl, dass wir es in nächster Zeit ziemlich oft hören werden.«

Glücklicherweise übergab der Reporter endlich zurück ans Studio, und es folgte die Berichterstattung über eine Schießerei in Echo Park.

Ich starrte auf den Apple Cider in meiner Hand, aber mir war der Appetit vergangen. Es war ziemlich überwältigend, mein Sexleben als Hauptthema in den Nachrichten zu sehen. Jetzt war ich nicht mehr nur für meine Mitschüler Virgin Val. Dank des Reporters kannte mich jetzt die gesamte Los Angeles Metro Area – vielleicht sogar ganz Südkalifornien.

Als ich den ersten Schock einigermaßen überwunden hatte und Eric endlich wieder in die Augen blicken konnte, lächelte er mich an. »Wie es aussieht, ist KTLA unserer Zeitungsredaktion zuvorgekommen.« Sein Lächeln wurde schadenfroh. »Bethany wird ausrasten.«

Ich wollte nicht lächeln, denn ich war nicht in der Stimmung, aber ich konnte nicht anders. Eric heiterte mich auf und sorgte dafür, dass ich über die ganze Situation lachen konnte.

Für meine Mitschüler war es ohnehin keine Neuigkeit, und was machte es schon, wenn ganz L.A. die Story gesehen hatte? Eine Schießerei in Echo Park war viel aufregender als ich, also hatte man mich wahrscheinlich schon vergessen. Zumindest versuchte Eric mich davon zu überzeugen, bevor er mich zu Hause absetzte, und mit diesem Gedanken ging ich schließlich ins Bett. Meine fünfzehn Minuten Ruhm waren vorbei, und es war gar nicht so schlimm gewesen.

Nur, dass meine fünfzehn Minuten gerade erst angefangen hatten.

Es begann mit den E-Mails. Mein Postfach wurde über Nacht von praktisch jedem geflutet, der meine Adresse hatte, um mir zu sagen, dass sie mich in den Nachrichten gesehen hatten oder den Song liebten, und dass ich so cool war oder solches Glück hatte.

Die E-Mails überraschten mich nicht, doch später kam Robin zu mir auf die Arbeit und hatte Neuigkeiten im Gepäck, die mich absolut fertig machten.

Ich saß mit Margret an der Kasse und zeichnete Entwürfe für eine V-is-for-Virgin-Schmucklinie – nicht, dass ich konkrete Pläne hätte. Es war nur mal wieder absolut nichts los.

»Das da ist ziemlich hübsch«, lobte Margret. »Schlicht, aber elegant. Du hast wirklich Talent.«

»Es wäre toll, wenn ich eines Tages meine eigene Schmuckkollektion hätte.«

»Ich bin mir ganz sicher, dass es mal so kommen wird. Du wirst nach New York gehen, eine berühmte Designerin werden und die gute alte Margret vergessen.«

»Niemals!«, protestierte ich. »Ich werde exklusiv in Ihrem Geschäft verkaufen und Sie mit mir berühmt machen. Wir werden Tiffany's vom Markt verdrängen.«

»Abgemacht, Süße.«

Ich zeigte Margret mehr von meinen Entwürfen und versuchte ihr die ganze V-is-for-Virgin-Sache zu erklären – Margret isst wie die meisten Senioren um halb fünf zu Abend und geht um sieben ins Bett, also hatte sie meinen TV-Auftritt verpasst – als Robin mit ihrem Laptop hereinkam.

»Hey!« Ich freute mich über den Besuch. »Woher weißt du, dass ich hier arbeite?«

»Deine Mutter hat es mir gesagt.« Robin sah zu Margret, während sie den Computer auf den Ladentisch stellte. »Ist es okay, dass ich hier bin?«

»Cara kommt dauernd vorbei.« Ich lächelte. »Sie bringt mir aber normalerweise einen Smoothie mit.«

»Hm.« Robin schien unnötig lange über die Sache mit dem Smoothie nachzudenken. »Vielleicht können wir uns ja nach deiner Arbeit einen holen. Ich hoffe, du hast heute keine weiteren Pläne, denn wir haben viel zu tun.«

»Wovon redest du?«

»Habt ihr hier drinnen WLAN?«, fragte Robin, während sie ihren Laptop hochfuhr.

»Äh, ich glaube, das ganze Einkaufszentrum hat welches.«

»Klasse, wir sind online.« Als Robin den Laptop zu mir umdrehte, konnte sie ihre Begeisterung kaum zügeln. »Schau dir das mal an!«

Ich hatte keine Ahnung, was ich mir da ansah. »Ähm, cool?«

Robin deutete auf das Diagramm vor mir und sagte: »Achtzigtausend Klicks, seit wir gestern online gegangen sind! Das muss ein Rekord sein!«

»Sprichst du von unserer Website?«, fragte ich. »VIs-ForVirgin.com?«

Robin nickte. »Ja, durch die Nachrichtensendung gestern und die Tralse-Fans wurde unsere Seite über Nacht nach oben katapultiert!«

»Die Tralse-Fans?«, fragte ich. Allein die Erwähnung des Bandnamens ging mir auf die Nerven.

»Ja, Tralse hat Videos ihres Auftritts gestern auf ihre Webseite gestellt. Die Fans lieben den neuen Song. Natürlich wollen alle wissen, was es mit dem Mädchen auf sich hat, für das er geschrieben wurde.«

»Okay, aber der Song wurde nicht *für* mich geschrieben, sondern *über* mich.«

»So oder so bringst du die weiblichen Fans von Kyle Hamilton ganz schön durcheinander.«

»Na großartig«, stöhnte ich. »Ich kann mir genau vorstellen, was die *Kyle*-Fans über Virgin Val sagen.«

Robin verzog ihr Gesicht. »Äh, ja, das ist noch eine andere Sache, die wir heute erledigen müssen.«

»Was?«

»Wir müssen das Format der Seite ändern, denn der Kommentarbereich, in dem sich die Leute über ihre Erfahrungen austauschen sollten, wurde von eifersüchtigen Fans geflutet. Ich denke, das einfachste wäre eine Art Forum, damit wir das ganze Gerede von den Antworten zur Abstinenz-Challenge getrennt halten können. Oh, und wir müssen ganz schnell einen Wortfilter einbauen!«

»Einen Wortfilter?«, fragte ich.

»Eifersüchtige Fans können ziemlich vulgär sein«, sagte Robin sachlich. »Ich habe heute Morgen schon viel gelöscht, aber ich allein kann da auf keinen Fall Schritt halten.«

»Warum regen die sich überhaupt so auf? Kyle und ich sind schließlich nicht zusammen oder so.«

»Machst du Witze?« Robin lachte.

Ich wollte mit meinen Fragen nicht dumm klingen, aber es fiel mir sehr schwer, all das zu begreifen.

Als Robin wieder das Gesicht verzog, bereitete ich mich innerlich darauf vor, dass sie mir nichts Gutes zu berichten hatte.

»Du hast die Tralse-Webseite heute noch nicht gesehen.« Es war keine Frage, sondern eine Feststellung.

Ohne ein weiteres Wort – offenbar konnten sie das bevorstehende Grauen ohnehin nicht erklären – rief Robin die Bandseite auf. Neben den Videos vom gestrigen Konzert hatte Kyle auch einen neuen Blogeintrag gepostet.

»*Zehn Gründe, warum Virgin Val unfassbar nervt?*«, kreischte ich.

Ein Pärchen, das gerade am Geschäft vorbeiging, sah erschrocken auf, also biss ich mir auf die Zunge, um nicht noch selbst ein paar Flüche hinterherzuschicken.

Ich klickte den Eintrag an. Es gab keine Möglichkeit, ihn nicht anzuklicken.

Zehn Gründe, warum Virgin Val unfassbar nervt

10. Sie hat mich ein One-Hit-Wonder genannt.
9. Sie weiß meinen liebenswerten Spitznamen für sie nicht zu schätzen.
8. Wegen ihr schreibe ich morgens um vier einen dämlichen Blogeintrag.
7. Sie ermuntert die Leute dazu, keinen Sex zu haben.
6. Sie hat mir einen Korb gegeben, als ich sie nach einem Date gefragt habe.
5. Sie steht auf irgendeinen Vollidioten.
4. Sie geht nicht ans Telefon, wenn ich anrufe.
3. Ihre »Nur gucken, aber nicht anfassen«-Einstellung ist bescheuert.
2. Ich habe ein ganzes Konzert für sie gespielt, und sie hat es sich nicht mal angesehen, obwohl sie gesagt hat, dass sie es tun würde.
(Du bist so eine Lügnerin!)
Und der Nummer-eins-Grund, warum Virgin Val scheiße ist?
Trotz allem will ich sich immer noch.

Eine volle Minute verging, während ich schweigend auf den Bildschirm starrte, immer wieder blinzelte und hoffte, dass das nächste Mal, wenn ich meine Augen schloss, der Blogeintrag verschwinden würde.

»Das ist eigentlich ziemlich süß …«, sagte Robin. »Wenn man so darüber nachdenkt.«

Mein Kiefer klappte herunter, und ich sah sie entgeistert an. »Süß?« Mir ging das Wort kaum über die Lippen. »Ich werde ihn UMBRINGEN!«

Ich zog mein Handy heraus und schrieb »WO STECKST DU??? WIR MÜSSEN REDEN!!! SOFORT!!!« an Cara. Ich hatte seit dem Konzert gestern nichts mehr von ihr gehört, was mir ein wenig Sorgen machte, aber sie war schließlich erwachsen und ich nicht ihr Babysitter.

»ICH WERDE IHN UMBRINGEN!«, rief ich erneut. Robin und Margret erschreckten bei diesem weiteren Ausbruch, aber ich konnte einfach nicht anders. Noch nie in meinem Leben war ich so wütend gewesen. Ich musste genauso fertig ausgesehen haben, wie ich mich fühlte, denn Margret tätschelte meine Schulter und sagte: »Valerie, Liebes, vielleicht machst du mal eine Viertelstunde Pause. Du brauchst bestimmt einfach etwas frische Luft.«

»Tut mir leid, Margret.« Ich seufzte und versuchte mich etwas zu entspannen. Ich wollte sie nicht so beunruhigen – nicht, dass sie einen Herzinfarkt bekam. »Ich bin okay.«

»Unsinn, Liebes. Geh mit deiner Freundin und beruhige dich ein bisschen.« Sie sah sich im leeren Geschäft um und lächelte. »Ich denke, ich werde es auch allein schaffen, bis du wiederkommst.«

»Danke, Margret.«

Ich zerrte Robin zum Foodcourt, und sie brachte mich auf den neuesten Stand, während ich meinen üblichen Orangensmoothie bestellte. Danach zerrte ich sie zum Laden, in dem man Frozen Yoghurt bekam. Ich hatte Glück, denn gerade arbeitete Reggie, ein Typ, der immer mit mir flirtete und vielleicht sogar ein bisschen auf mich stand, so dass er mir öfters etwas Schokoladeneis in meinen Smoothie machte, wenn sein Boss nicht hinsah.

»Hey Valerie«, säuselte er, während ich ihm meinen Becher reichte.

Als Robin begriff, was Reggie da tat, rümpfte sie die Nase. »Ist ja widerlich.«

»Mach es nicht schlecht, bevor du es nicht probiert hast«, sagte ich. »Wenn die Kombi nicht gut wäre, würde es zu Weihnachten nicht überall diese Schokoladenorangen geben.«

Robin runzelte weiter angewidert die Stirn, während mir Reggie meinen Becher zurückgab. Dann deutete er stolz auf seine Schürze. »Siehst du?«, sagte er. »Darum brauchte ich das Armband.«

Gestern beim Herbstfest war Reggie zu meinem Stand gekommen und hatte ein weißes Armband gekauft. Danach hatte er mir noch gesagt, dass ich ihn auf der Arbeit besuchen soll. Er hatte das Armband an seiner Schürze befestigt, und die weißen Perlen hoben sich von der schwarzen Schürze gut ab. Es würde allerdings niemanden im Foodcourt besonders überraschen, dass Reggie noch Jungfrau war.

»Ich erkläre es allen schon den ganzen Tag!«

»Das ist ja großartig, Reggie.«

Ich wollte gerade weggehen – ein kostenloses Eis hier und da war zwar nett, aber er sollte sich schließlich nicht einreden, dass wir zusammen zum Abschlussball gehen – doch er rief mich zurück. »Hey, Valerie, wenn du noch ein paar der Flyer von gestern übrig hast, kannst du sie gern vorbeibringen. Ich lege sie dann bei uns auf die Theke.«

»Danke, Reggie, das ist echt süß von dir, aber ich bin alle losgeworden. Jetzt muss ich wieder zurück zur Arbeit. Bis nächstes Mal.«

»Da hat wohl jemand seinen eigenen Fanclub«, sagte Robin, als wir zurückgingen.

»Ja, das ist Reggie. Ich fühle mich ein bisschen schlecht, weil ich ihn ausnutze, um an Gratiseis zu kommen, aber es ist ja nicht so, als wäre ich besonders freundlich. Er bietet es nur an.«

»Ich spreche nicht von dem Joghurttypen«, sagte Robin. Sie deutete in den Schmuckladen.

Zuerst sah ich nur eine Menge Leute und hatte ein schlechtes Gewissen, dass ich Margret allein gelassen hatte. Es ist nicht so, dass sie nicht wüsste, was sie zu tun hat, aber sie bezahlt mich, obwohl sie die Hilfe eigentlich nicht braucht. Also sollte ich wenigstens meine Arbeit erledigen. Wenn es denn welche gibt.

Doch die Leute im Laden waren nicht da, um Schmuck zu kaufen. Als wir näher kamen, sahen wir das Kameraequipment zu ihren Füßen. Außerdem wurden Scheinwerfer aufgestellt, und ein Mann hatte eines dieser langen Mikrofondinger dabei. Auf ihren Westen prangte das Logo von KTLA.

»Warum sind die denn schon wieder hier?«, flüsterte

Robin, als wir das Geschäft betraten. Ich bekam gar keine Gelegenheit, auf ihre Frage zu reagieren.

»Oh! Da ist sie ja!«, rief Margret erfreut. Sie lächelte so stolz, als wäre ich ihre eigene Enkeltochter. »Valerie! Diese netten Leute wollen einen Bericht über dich machen.«

11

Das Interview

»Hallo Valerie!«

»Ähm, hi?«

»Du wirst lauter sprechen müssen, wenn die Kamera läuft, Süße – mit Selbstbewusstsein. Und steh gerade. Das Outfit ist ganz nett, aber wir müssen irgendwas mit deiner Frisur anstellen.«

»Was ist denn mit meiner Frisur?« Ich fand die Frau ziemlich unhöflich.

»Die ist wirklich … nett«, versicherte mir die Reporterin, »aber die Kamera wird dir nicht im Geringsten schmeicheln, wenn deine Haare weiter so dein Gesicht einrahmen, vertrau mir. Ich sage nur Mondgesicht. Hat jemand eine Haarklammer? Wir müssen ihre Wangenknochen sehen.«

Bevor ich reagieren konnte, griff Margret nach einer mit Edelsteinen besetzten Spange.

»Hast du Make-up in deiner Handtasche? Du bräuchtest eine kleine Auffrischung«, fuhr die Reporterin fort.

»Äh … kann sein?«

»Versuch vor der Kamera nicht dauernd ›äh‹ und ›ähm‹ zu sagen.«

Als die Frau nach dem Kragen meiner Bluse griff, um

ihn zu richten, hatte ich genug. »Lassen Sie mir doch mal ein bisschen Raum zum Atmen!«, blaffte ich.

Die Frau wirkte beschämt. Journalisten. Wenn Eric jetzt hier gewesen wäre, hätte er mit mir gemeinsam die Augen verdreht. Doch Robin fand das alles äußerst aufregend.

»So. Und jetzt versuchen wir es noch mal«, sagte ich, nachdem ich nun die Aufmerksamkeit der Reporterin hatte. »Sie wollen mich interviewen?«

Die Frau nickte. Sie war immer noch ein wenig verblüfft über die Art, wie ich die Führung übernommen hatte.

»Also gut. Warum fragen Sie mich dann nicht einfach, ob Sie das dürfen? Und vergessen Sie nicht, bitte zu sagen. Dann können wir uns vielleicht unterhalten.«

Die Frau wirkte immer noch überrascht, doch ihr Stirnrunzeln wurde zu einem Lächeln. »Mir gefällt deine Art«, sagte sie und streckte mir ihre Hand entgegen. »Destiny Williams. *KTLA Eyewitness News.* Ich würde sehr gern ein Interview mit dir führen, Valerie.«

Ich sah sie mit hochgezogener Augenbraue an.

»Bitte?«, fragte sie lachend.

»Und um was soll es in diesem Interview gehen?«

Meine Frage verwirrte sie. »Um dich natürlich.«

»Sie meinen meine V-is-for-Virgin-Kampagne?«

»Ja, und den Schmuck und die Webseite …«

Die Art, wie sie den Satz nicht zu Ende sprach, machte mich misstrauisch. »Und Kyle Hamilton und sein neues Lied über mich?«

Destiny errötete. Ich hatte sie erwischt.

»Kein Kommentar«, sagte ich und ging hinter den Ladentisch zurück.

»Okay, in Ordnung, kein Kyle Hamilton.«

Ich warf ihr einen misstrauischen Blick zu. »Und nichts, was irgendwie mit Tralse zu tun hat.«

»Und nichts, das mit Tralse zu tun hat«, wiederholte sie, auch wenn ihr anzusehen war, dass ihr das ganz und gar nicht gefiel. »Versprochen.«

Ich sah zu Robin, die begeistert nickte.

Eine Viertelstunde später hielt Destiny von KTLA Eyewitness News ihr Versprechen und erwähnte weder Tralse, dieses dämliche neue Lied oder Kyle und seinen tollen Blogeintrag – von dem sie bestimmt noch gar nichts wusste, sonst hätte sie es mir nicht versprochen.

Ich wollte ihm dafür am liebsten immer noch den Hals umdrehen.

Über Kyle wollte ich nicht sprechen, aber ich erzählte ihr von Zach, als sie nach ihm fragte. »Es war nicht allein seine Schuld«, erklärte ich und war selbst überrascht, dass ich ihn verteidigte. »Ich habe ihn nicht angelogen, aber ich habe es ihm auch nicht direkt gesagt. Ich habe ihn damit überrumpelt, und ich glaube, das hat seine Gefühle verletzt. Es ist nur so, dass ich immer zu viel Angst hatte, ihm die Wahrheit zu sagen. Wenn er von Anfang an gewusst hätte, dass ich nicht mit ihm schlafen würde, wäre es vielleicht anders gelaufen.«

Ich klang optimistisch, aber da Zach praktisch fünf Minuten nach unserer Trennung mit Olivia Lewis herumgeknutscht hatte, bezweifelte ich es stark. »Aber genau darum geht es mir ja«, sagte ich. »Wenn ich mir meiner Entscheidung nicht schon so lange sicher gewesen wäre, hätte ich ihm vielleicht gegeben, was er wollte, weil ich mich nicht getraut hätte, ihm die Wahrheit zu sagen. Das passiert andauernd.«

Dann erzählte ich ihr von dem YouTube-Video und all den Kommentaren darunter. Schließlich waren sie es gewesen, die mich inspiriert hatten, nicht Zach. Ich erklärte ihr meinen Stand beim Herbstfest und wie gut er angekommen war, danach erzählte ich ihr sogar von Reggie am Eisstand, der eines meiner Armbänder trug, und schlug vor, dass sie ihn auch interviewen sollte, da er so begeistert zu sein schien.

Das Interview verlief ungefähr so wie das beim Herbstfest, nur dass es diesmal deutlich mehr Tiefe hatte. Am Ende fragte sie mich dann noch, was ich über das Geld dachte, welches ich eingenommen hatte, und über all die Medienaufmerksamkeit, die ich derzeit bekam.

»Ich bin regelrecht geschockt«, sagte ich. »Es ist alles ziemlich überwältigend. Ich wollte doch nur meinen Mitschülern etwas beweisen, die sich über mich lustig gemacht haben. Ich hatte gehofft, dass ich es vielleicht für andere, die in einer ähnlichen Situation sind, leichter machen könnte. Nie hätte ich zu träumen gewagt, dass es über die Huntington High hinausgehen würde. Auf Fernsehinterviews könnte ich verzichten, aber ich glaube, dass es ein wichtiges Thema ist, und ich bin froh, dass so viele Menschen Interesse daran haben.«

Dann stellte mir Destiny eine letzte Frage. Und die hatte ich mit Sicherheit nicht erwartet. »Und wo können unsere Zuschauer nun deinen Schmuck kaufen?«, fragte sie und deutete auf die Kette, die ich trug.

»Was meinen Sie?«

»Nach dem Bericht gestern Abend wurde der Sender mit Anrufen und E-Mails von Zuschauern überhäuft, die wissen wollten, wo sie ihre eigene V-is-for-Virgin-Kette herbekommen.«

»Wirklich?«

Wieder war ich zu einer stotternden Idiotin geworden, nur weil ich es nicht glauben konnte. Leute, die mich nicht kannten – die nicht wussten, was passiert war, und die keine Ahnung hatten, wie cool Isaac Warren war, oder dass sich Devon und Lacy für die Abstinenz-Challenge eingetragen hatten – wollten *meinen* Schmuck tragen?

»Sieh's endlich ein, Virgin Val, du bist ein Riesenerfolg!«

Dieser Kommentar kam gefährlich nahe an das Kyle-Thema heran. Destiny verstand den eisigen Blick, mit dem ich sie bedachte. Sie seufzte und kehrte zu einem sicheren Thema zurück. »Also? Wo können sich die Zuschauer mit deinem Schmuck eindecken?«

Ich schüttelte den Kopf und wollte ihr gerade sagen, dass ich keine mehr hatte, dass ich meinen gesamten Bestand beim Herbstfest verkauft hatte, doch da kam Margret dazu und legte ihren Arm um mich. »Wir arbeiten daran«, sagte sie der Reporterin. Ich sah sie an, und sie zwinkerte mir zu. »Valerie wollte schon immer ihre eigene Schmuckkollektion haben. Sie hat bereits eine Menge Entwürfe gemacht und sobald der Schmuck fertig ist, wird er hier bei uns zu kaufen sein.«

»Und über die Website!«, rief Robin dazwischen. »Wir bessern sie gerade aus, um mit dem unerwartet hohen Datenverkehr zurechtzukommen. Die neue Seite wird in ein paar Tagen online sein und dann gibt es dort mehr Infos über Valeries Schmuckkollektion.«

Ich sah zwischen Margret und Robin hin und her, dann zurück zu Destiny, die darauf zu warten schien, dass ich etwas sagte. Ich zuckte hilflos mit den Schultern. »Stimmt.«

»Großartig!«

Sobald das Nachrichtenteam zusammengepackt hatte und gegangen war, wandte ich mich an Margret. »Wovon haben Sie da nur gesprochen? Wir machen doch gar keine neue Schmuckkollektion.«

»Warum denn nicht, Süße? Wie es aussieht hast du bereits potentielle Kunden, die nur darauf warten, etwas kaufen zu können. Ich rufe morgen ein paar meiner Zulieferer an. Ich bin sicher, dass irgendjemand bereit ist, zumindest ein paar Beispielexemplare anzufertigen.«

»Das ist ja so aufregend!«, quietschte Robin. »Val, wir haben einiges zu tun!«

»Aber Leute, das geht nicht so einfach. Ich meine, ich kann doch nicht mal eben Zeug über das Internet verkaufen. Es gibt Gesetze. Man braucht einen Gewerbeschein und all sowas.«

»Das bekommen wir schon alles hin, Liebes«, beharrte Margaret. »Ich betreibe bereits ein Gewerbe. Es kann nicht so schwer für mich sein, auch im Internet zu verkaufen.«

»Aber …«

»Val«, sagte Robin erneut. »All diese kostenlose PR? So eine Gelegenheit kannst du dir doch nicht entgehen lassen. Du könntest eine richtige Schmuckdesignerin werden. Du hast gesagt, du willst etwas bewirken. Stell dir nur mal vor, wie viel Gutes du damit tust. Jugendliche im ganzen Land würden deinen Schmuck tragen. Du könntest ja auch einen Großteil der Profite an die Nicht-Alle-Tun-Es-Organisation spenden.«

Robin und Margret sahen mich beide flehend an. Wie konnte ich da nein sagen? Es war ja auch nicht so, als würde ich es nicht auch wollen. Das alles klang unheimlich aufregend, es passierte nur so furchtbar schnell.

Plötzlich war mir ganz anders. Ich wusste, dass es mein Leben verändern würde, wenn ich den Schritt wagte, aber war es nicht eh schon längst passiert? Fernsehinterviews … Rockstars, die Lieder über mich schrieben … Isaac Warren, der mir einen Milchshake ausgeben wollte! Ob ich diese Sache nun durchzog oder nicht, die Zukunft hatte sich für mich doch sowieso schon vollkommen verändert. Warum also dabei keine eigene Schmuckkollektion herausschlagen?

»Denken Sie wirklich, dass wir jemanden dazu bekommen, meine Entwürfe herzustellen?«, fragte ich Margret.

»Das hoffe ich doch«, sagte sie und sah sich in ihrem leeren Geschäft um. »Wie sollen wir denn sonst Tiffany's vom Markt verdrängen?«

»Also gut«, sagte ich. »Versuchen wir es.«

Wir machten uns direkt an die Arbeit. Margret zog sich in ihr Büro zurück, um mit ihren Zulieferern zu telefonieren. Zusammen mit Robin saß ich hinter dem Ladentisch und ging die Details unserer Webseite durch. Ich stand nur gelegentlich auf, um Kunden zu helfen, die sich in unseren Laden verirrten.

Robin hatte mich vor den vielen Kommentaren der eifersüchtigen Tralse-Fans gewarnt, also waren sie keine

Überraschung mehr, aber vom Rest hatte sie nichts erwähnt. »Was ist *das?*«, fragte ich zum zigsten Mal an diesem Nachmittag.

»Weißt du noch, wie wir den Kontakt-Knopf auf das untere Ende der Seite programmiert haben?«

»Ja?

»Na ja, das sind all die Leute, die uns kontaktiert haben.«

»Aber dieses Postfach ist voll.«

»Ich weiß! Ich habe die Mails heute Morgen schon ein bisschen überflogen, bin aber nicht weit gekommen. Es sieht so aus, als würde es sich hauptsächlich um Schmuckinteressenten handeln, gemischt mit irren Fans, die deine neue beste Freundin werden wollen. Da war sogar so ein Kerl dabei, der wollte, dass wir Kyle seine Demo-CD weiterleiten.«

»Ich werde ihn umbringen«, murmelte ich vor mich hin.

»Hey«, erwiderte Robin. »Du schuldest ihm was. Wenn er dieses Lied nicht geschrieben hätte, wärst du nicht in die Abendnachrichten gekommen, und Devon und Lacy wären immer noch die einzigen, die bei der Abstinenz-Challenge mitmachen würden.«

Ich zuckte trotzig mit den Schultern. »Dann werde ich mich halt erst bei ihm bedanken und ihn *dann* umbringen.« Da dämmerte mir etwas. »Hast du gesagt, dass noch jemand außer Devon und Lacy bei der Abstinenz-Challenge mitmacht?«

Robin lächelte mich an und rief die entsprechende Homepage auf. »Dreizehn Leute werden heute weniger Sex haben. Von denen vier angeblich Männer sind.«

»OscarTheAbstinentGrouch?« Ich musste lachen, als ich die Liste der Pseudonyme durchging.

»Ich habe seinen ersten Eintrag gelesen.« Robin kicherte. »Er ist nicht besonders glücklich über die ganze Angelegenheit, doch seine Freundin hat sich angemeldet, also sagt er, da er ohnehin keinen Sex hat, kann er sich auch gleich hier anmelden und sich vor einem Publikum beschweren.«

»Zumindest hat er sich nicht direkt von ihr getrennt.« Ein Punkt für ihn.

Ich ging noch viele weitere Kommentare durch, und Robin hatte recht. Neunzig Prozent schrieben, dass ich jemanden wie Kyle Hamilton nicht verdiente. Offenbar hatte ich ihm das Herz gebrochen, und das machte mich zur größten … na ja, den Rest könnt ihr euch sicher vorstellen. Was natürlich lächerlich ist, weil Kyle Hamilton kein Herz zu besitzen scheint.

»Oh, hey«, sagte ich, als mir ein spezieller Kommentar ins Auge fiel. »Da ist ja Lacrosse4life.«

> **Lacrosse4life:** Wie cool von dir, Val. Ich wünschte, ich wäre auch so mutig wie du. Hoffentlich werde ich mich eines Tages trauen, mich wegen meiner Jungfräulichkeit zu outen.«

Eine geheime Jungfrau. Süß. Der arme Kerl. »Wir sollten einen speziellen Bereich des Forums nur für Jungs einrichten«, sagte ich. »Es klingt, als würden sie einen Rückzugsort brauchen.«

»Eine gute Idee, aber dieser arme Kerl wird dann da wahrscheinlich allein sitzen.«

»Ja«, seufzte ich. »Kann sein.«

»Wo wir gerade davon sprechen, sollen wir auch eine Seite hinzufügen, die erklärt, wie alles angefangen hat? Ich würde das YouTube-Video gern auf unserer Seite verlinken.«

»Du willst diese Monstrosität auf unsere Webseite packen?«

»Hey«, sagte Robin grinsend. »Es war eine ziemlich eindrucksvolle Darbietung, Val.« Ernster fügte sie hinzu: »Dieses Video regt zur Diskussion an. Die Leute lieben es, wie du wortwörtlich für dich einstehst. Auf dem Kantinentisch … du bist so was wie die Jeanne d'Arc der Jungfrauen. Außerdem gefällt mir die Vorstellung zu sehen, wie Olivia Lewis vor tausenden von Leuten öffentlich gedemütigt wird.«

Sie hatte recht. Das allein war es schon wert.

Robin und ich lachten aufgekratzt. Wir hatten viel Spaß, die neue Gestaltung der Seite zu planen, bis Margret wieder aus ihrem Büro kam. »Du hast eine Woche, um deine Entwürfe zu perfektionieren, Miss Valerie. Ich habe für Samstag drei verschiedene Meetings ausgemacht.«

»Wirklich?«

Mein Herz machte einen Sprung, aber ich konnte nicht genau definieren, ob es Freude oder Angst war. Margret hatte gesagt, dass sie ein paar Anrufe machen würde, und ich wusste, dass sie schon lange in der Branche arbeitete, sodass sie jeden Schmuckhersteller im Großraum Los Angeles kannte – aber ich hätte nicht gedacht, dass man sie wirklich ernst nehmen würde.

»Aber ich bin nur ein Teenager und keine richtige Designerin.«

»Was soll ich sagen? Alles ist leicht, wenn man eine Berühmtheit ist.«

»Eine Berühmtheit?«

Margret zuckte mit den Schultern. »Die drei, die dich treffen wollen, haben dich alle gestern Abend in den Nachrichten gesehen.«

»Tja, vielen Dank, Kyle Hamilton«, murmelte ich.

12

Das Date

Ich sah und hörte nichts von Cara, bis wir uns am Montag in der Schule sahen. Das war nicht die längste Zeit, die wir nicht miteinander gesprochen hatten, aber es waren die ereignisreichsten Tage meines Lebens gewesen, und bei ihr offenbar ebenfalls. Keine Macht im Universum hätte uns beide in diesem Moment stoppen können. Natürlich erst, nachdem wir mit dem Streiten fertig waren.

»Wo hast du gesteckt?«, fragte ich, nachdem sie ins Klassenzimmer getorkelt war. Und wenn ich sage getorkelt, dann meine ich es auch so. Sie wäre fast über ihre eigenen Füße gestolpert. Sie sah aus, als hätte sie seit dem Herbstfest nicht mehr geschlafen.

Als sie mich sah, hellte sich ihr Gesicht auf. Zuerst stieß sie nur ein aufgeregtes Quietschen aus. Als sie endlich in der Lage war, zu sprechen, klang es in etwa wie »HeiligeScheißeValeriedaswirstdujetztnichtglauben!«

Gut, dass ich fließend Cara spreche. »Lass mich raten«, brummte ich. »Du bist nach dem Konzert mit Shane ausgegangen und ihr habt die ganze Nacht in einem Club getanzt. Dann habt ihr euch den ganzen nächsten Morgen getextet, bis ihr beide eingepennt seid. Ein paar Stunden später seid ihr wieder aufgewacht, seid zusammen essen gegangen und habt entschieden, dass ihr Seelenverwandte seid. Und jetzt seid ihr offiziell ein Paar.« Als Cara die Stirn runzelte, lachte ich nur. »Habe ich was vergessen?«

»Stiehl mir ruhig die Show, V.«

»Tut mir leid. Aber du hast es verdient, weil du mich nicht zurückgerufen hast. Ich hab dich tausendmal angerufen und dir getextet!«

»Ich war ein bisschen beschäftigt.«

»Du warst beschäftigt«, wiederholte ich. »Über deine beste Freundin wurde ein Lied geschrieben, Isaac Warren hat sie um ein Date gebeten, sie landet in den Hauptnachrichten, wird vom besten Freund deines Schwarms in einem Blogeintrag öffentlich heruntergemacht, bekommt hunderte von Hasskommentaren von wütenden Fangirls und gleichzeitig die Chance, ihre eigene Schmuckkollektion zu verwirklichen, aber *du* kannst dir keine fünf Sekunden nehmen, um mir zu antworten?«

»Hey! Das ist nicht fair! Du weißt, dass Shane – Moment mal, *was?*«

»Du hättest mich zurückrufen sollen«, zischte ich und drehte mich um, als würde ich zur Abwechslung mal auf den Lehrer achten.

In dem Moment, als ich mich von Cara wegdrehte, war Olivia Lewis da und sah sehr entschlossen und verdammt wütend aus. Ich fragte mich, was ich diesmal wieder getan hatte, um mir ihren Zorn zu verdienen, aber überraschenderweise hatte sie es gar nicht auf mich abgesehen. Sie war hier, um ihr Herz auszuschütten. »Bitte entschuldige, Val«, sagte sie. »Du hattest so recht mit Kyle.«

»V«, zischte Cara und tippte mich an. »V!«

»Ich bin beschäftigt!«, fauchte ich sie sie an.

Cara für Olivia abzukanzeln, war zwar gemein, aber ich war ziemlich wütend, dass sie auf keinen einzigen meiner Anrufe reagiert hatte. Nicht mal mit einer kurzen Nachricht. Sie war einfach zum Konzert davongestürmt, heute Morgen wieder aufgetaucht und meinte dann auch noch, dass ich ihr all meine Aufmerksamkeit schuldete.

»Was ist passiert, Olivia? Ich dachte, ihr würdet am Samstag ausgehen?«

»V!«, zischte Cara erneut, dieses Mal noch dringlicher. Ich ignorierte sie.

»Er hat mich versetzt«, sagte Olivia fassungslos. »*Mich!*«

Ich hatte mir so was schon gedacht, schließlich war er viel zu beschäftigt gewesen, gemeine Blogeinträge zu verfassen. Dennoch tat ich überrascht. »Wie kann man *dich* nur versetzen?«

Wie gewöhnlich war Olivia zu sehr mit sich selbst beschäftigt, um die Ironie zu bemerken. »Ich weiß!«, sagte sie. »Ja, er ist ein berühmter Sänger und so weiter, aber *so* berühmt ist er nun auch wieder nicht!«

»Es tut mir leid, Olivia. Ich habe euch beiden so die Daumen gedrückt.« Das hatte ich wirklich. Wenn Olivia und Kyle zusammenkommen würden, wäre ich sie vielleicht beide auf einen Schlag los.

»VALERIE JENSEN!«, explodierte Cara. »Du hörst sofort auf, mich zu ignorieren! Es tut mir leid, okay? Du *weißt*, dass ich besessen bin! Ich konnte nicht anders.«

Ich vergaß, dass Olivia vor mir saß. »Das ist keine Entschuldigung!«, rief ich zurück. »Man darf seine beste Freundin nicht wegen eines Jungen ignorieren. Niemals. Das ist die oberste Regel. Und das solltest du wissen, weil du sie selbst aufgestellt hast!«

Cara und ich starrten einander an, bis ihre Wut verraucht war. Da wir uns beide genauso häufig streiten wie wir uns vertragen, war uns der Moment klar, in dem ich ihr vergab. »Wenn ich mich richtig erinnere«, neckte sie mich, als wir uns wieder beruhigt hatten, »lautete die Regel, dass *du* deine beste Freundin niemals für einen Jungen ignorieren darfst. Mit mir hatte das rein gar nichts zu tun.«

»Aber auch nur theoretisch, weil du damals keinen Freund hattest.«

»Ach ja? *Theoretisch* habe ich die Regel nicht gebrochen, Also darfst du auch nicht sauer auf mich sein.«

»Meinetwegen, aber ab jetzt gilt die Regel Nummer eins auch für dich, und da dein Freund gleichzeitig deine lebenslange Obsession ist, gilt sie doppelt.«

»Ich verspreche, dass ich sowas nie wieder tun werde.«

Ich sah sie nur an.

»Ich schwöre es hoch und heilig. Wenn es noch mal passiert, darfst du Shane und mich auseinanderbringen.«

»Denk ja nicht, dass ich das nicht tun würde«, warnte ich sie, musste aber lachen.

Es klingelte. Im nächsten Kurs würden wir uns nicht so einfach unterhalten können. Cara sah mich panisch an. »Rede schnell und geh langsam.«

»Okay, wo soll ich anfangen?«

Cara öffnete den Mund, um etwas zu sagen, doch bevor sie anfangen konnte, sahen mich Stephanie, Lacy und ein paar der anderen Cheerleaderinnen. »Hey Val!«, rief Lacy. Sie und Stephanie trugen beide ihre V-Halsketten. Sie hatten ihre Outfits darauf abgestimmt.

Cara war zunächst nur verwundert, dass mich Lacy grüßte, schien dann aber regelrecht unter Schock zu stehen, als ich mit ihr zu reden begann. »Hi Leute«, sagte ich. »Wie war es im Ruby's?«

»Oh, du hättest mitkommen sollen! Devon hat Jeff fünf Dollar in Aussicht gestellt, wenn er die Kellnerin nach ihrer Nummer fragt, und die war schon locker vierzig! Es war zum Totlachen.«

»Beim nächsten Mal«, erwiderte ich lächelnd.

»Auf jeden Fall«, stimmte Stephanie zu. »Wie lief es denn noch beim Herbstfest? Hast du noch ein paar Sachen verkauft?«

»Ich bin alles losgeworden.«

»Alles?«, fragte Cara fassungslos, während Stephanie sagte: »Wow, das ist ja großartig!«

»Kyles Lied ist dafür verantwortlich«, sagte ich als Antwort auf beide. Wir hatten das Ende des Flurs erreicht und Stephanie und Lacy gingen in die entgegengesetzte Richtung weiter. Als die beiden außer Hörweite waren, packte mich Cara am Ärmel. »Was war *das* denn?«

»Oh, übrigens gehöre ich jetzt wohl zur A-Liste.«

»Unmöglich«, erwiderte Cara.

»Warum? Ich bin doch kein Nerd oder so was. Ich war halbwegs beliebt.«

»Ja, aber doch nicht auf der A-Liste. Niemand wird einfach so in Stephanie DeWitts Clique aufgenommen. Da muss man reingeboren werden.«

Ich versuchte, mir Caras Kommentare nicht zu sehr zu Herzen zu nehmen, aber ich klang dennoch ein bisschen patzig, als ich sagte: »Tja, ich *wurde* aber aufgenommen. Ich glaube, das hatte nicht mal was mit dem Lied und den Nachrichten zu tun, denn sie haben schon vor dem Konzert mit mir geredet. Isaac hat sogar das Konzert sausen lassen, um mir Gesellschaft zu leisten.«

»Hat er nicht!«

»Oh doch. Ist das ganze Konzert über bei mir geblieben und hat dann noch angeboten, mir im Ruby's einen Milchshake auszugeben.«

»V! Das ist ja praktisch ein Date! Warte mal, Isaac Warren will mit dir ausgehen und du sagst nein?«

»Tja, ich wäre ja mitgegangen, aber *jemand* ist nie zurück zum Stand gekommen, also musste ich bleiben.«

»Ich bin die schlechteste Freundin aller Zeiten«, tadelte sich Cara selbst und ließ sich im Klassenzimmer auf ihren Stuhl sinken.

»Du konntest es ja nicht wissen«, sagte ich verständnisvoll. »Trotzdem, wenn es irgendjemand anders als Shane gewesen wäre …«

»Also vergibst du mir?«, fragte Cara.

Ich tat so, als würde ich darüber nachdenken. »Ich vergebe dir.«

Dann begann der Kurs, und Cara und ich hatten den ganzen Tag über keine Gelegenheit mehr, zu reden. Jedenfalls nicht so, wie wir wollten, denn es waren ständig Leute um uns herum. Sobald die Schule vorbei war, entschieden wir, irgendwohin zu gehen, wo wir in Ruhe quatschen konnten.

Wir begannen mit einem Schaufensterbummel in Huntington Beach. Nachdem wir so lange im Eingang eines Geschäfts gestanden hatten, bis man uns verscheuchte, weil wir so in unsere Unterhaltung vertieft waren, setzten wir uns schließlich auf die nächste Bank.

Cara ignorierte die ständigen Textnachrichten von Shane. Ich musste ihr das zugutehalten, denn Shane war für sie, was Tom Cruise für meine Mutter war, und ich wusste genau, dass es sie innerlich umbrachte, nicht zu antworten.

Irgendwann hatte sie die Nachrichten schon so lange ignoriert, dass er sogar anrief. Sie sah mich mit ihren großen, verzweifelten Welpenaugen an, und ich gab nach. »Meinetwegen. Geh ran. Ich besorge uns eine Cola. Meine Stimme ist schon ganz heiser vom vielen Reden.«

»Für mich eine Diätcola!«, rief sie mir nach.

Auch wenn ich wusste, dass Shane jetzt ihr Freund war, kam es mir seltsam vor, als sie den Anruf mit »Sorry, Baby, ich bin nur gerade mit V unterwegs«, entgegennahm.

Als ich zurückkam, stellte ich überrascht fest, dass sie nicht mehr telefonierte. »Wow, ich war fest davon überzeugt, mir jetzt erst mal zehn Minuten lang ›Nein, ich liebe dich mehr‹ anhören zu müssen, bevor du auflegst«, scherzte ich. Dann bemerkte ich ihren schuldbewussten Blick. »Das hast du nicht«, sagte ich, weil mir bereits klar war, was sie getan hatte.

»Ich musste ihn einladen. Er war schon fast hier. Er ist den ganzen Weg aus L.A. hergefahren, um mit mir zu Abend zu essen.«

»Meinetwegen.« Ich seufzte. »Lass mich im Stich. Schon wieder.«

»Nein, V. Komm doch einfach mit.«

»Ich werde nicht herumsitzen und das dritte Rad am Wagen eines Pärchens sein, das erst seit zwei Tagen zusammen ist. Igitt.«

»Ich verspreche, dass wir uns benehmen werden.«

»Ja klar.«

»V«, wimmerte sie. »Du musst. Ich will, dass du ihn kennenlernst.«

»Ich hab ihn schon getroffen, weißt du noch?«

»Ja, aber nur für zwei Sekunden. Du warst viel zu sehr damit beschäftigt, mit Kyle zu flirten. Er ist so süß, V. Du wirst ihn lieben. Er ist überhaupt nicht wie ein Rockstar.«

»Er ist aber einer.«

»Ich weiß, was du von Rockstars hältst, Val, und davon, dass ich mit einem zusammen bin.«

»Weil ich weiß, wie du dich immer aufführst. Da läuft irgendeine Art chemische Reaktion ab, die dein Hirn davon abhält, logisch zu denken. Du drehst komplett durch. Und du erkennst nicht mehr, was das eigentlich für furchtbare Typen sind.«

»Hör zu«, schnaubte Cara. »Ich *wusste*, dass wir dieses Gespräch mindestens einmal haben würden, aber ich will es nicht ständig wiederholen. Und genau darum solltest du bleiben und mit uns essen. Du hast recht, ich bin total voreingenommen, aber dieses Mal bin ich mir sicher, Val. Ich *weiß* es einfach. Shane ist zwar ein Rockstar, aber er benimmt sich nicht *wie* ein Rockstar. Ich weiß, dass du mir niemals glauben wirst, also musst du es mit eigenen Augen sehen. Er ist wirklich nett.«

Sie hatte nicht ganz Unrecht. Ich musste ihn wohl selbst kennenlernen, um zu sehen, was für ein Mistkerl er war, und zu verhindern, dass er Cara das Herz brach. »Also gut, aber wenn ihr rumknutscht, bin ich raus.«

»Ich werde mich benehmen. Versprochen.«

Ich hatte meine beste Freundin noch zehn Minuten für mich, dann tauchte Shane auf.

Mit Kyle.

»Na so was, wenn das mal nicht Legs ist. Was für eine Überraschung.«

Er meinte es offensichtlich ironisch, also erwiderte ich: »Das ist es *wirklich*, nicht wahr?«, und sah Cara so böse an, wie ich konnte.

»Val«, flüsterte sie. »Ich schwöre, ich hatte keine Ahnung.«

Wenn Cara nicht hundertprozentig aufrichtig geklungen hätte, ohne eine Spur von Trotz, Belustigung oder Ironie in der Stimme, hätte ich sie umgebracht. Doch das Mitgefühl, das sie zeigte – und zu dem sie sonst eher selten fähig war – machte es mir unmöglich, ihr nicht zu glauben. Ich konnte nicht wütend auf sie sein.

Dennoch war ich alles andere als zufrieden. »Ich ruf dich später an«, brummte ich, und das akzeptierte Cara ausnahmsweise sofort.

Doch plötzlich versperrte mir eine Hand den Weg. »Wo willst du denn hin?«, fragte Kyle.

»Weg von dir.«

»Du wirst mich nicht mit den beiden allein lassen.« Kyle deutete auf Cara und Shane, die sich begrüßten, als hätten sie sich jahrelang nicht mehr gesehen. »Ich musste das schon den ganzen Samstagabend ertragen, weil du mich sitzengelassen hast. Du schuldest mir was.«

»Ich habe niemanden sitzenlassen. Du hattest Pläne mit Olivia.«

»Wem?«

»Dem Mädchen, mit dem du dich verabredet hast? Groß, blondierte Haare, aus meiner Schule?«, soufflierte ich. »Die größte Schlampe von Orange County?«

Langsam dämmerte es ihm. »Ach ja«, sagte er und verzog sein Gesicht. »Ups.« Eine halbe Sekunde lang schien ihm sein Fehltritt leid zu tun. Dann zuckte er mit den Schultern und schüttelte den Kopf. »Wie auch immer. Du wusstest, dass ich am Samstagabend große Pläne für dich hatte.«

»Du meinst *mit mir?*«

Kyle versuchte ein Grinsen zu unterdrücken. »Klar.«

Ich machte mir nicht die Mühe, zu antworten. Ich schob ihn aus dem Weg, kam aber nur zwei Schritte weiter, bevor er wieder vor mich sprang. »Mach dich mal locker, Legs.« Er lachte. »Ich mach doch nur Witze.«

»Du hast einen kompletten Blogeintrag verfasst, wie scheiße ich doch bin!«

»Das bist du ja auch«, erwiderte er. »Du hast gesagt, du würdest zum Konzert kommen.«

»Ich habe gelogen, damit du weggehst.«

»Darum der Blogeintrag.«

»Okay, meinetwegen. Du hast recht. Ich bin scheiße. Und warum bist du dann jetzt hier?«

Kyle zuckte mit den Schultern. »Jagdfieber?«

»Meinst du damit, dass du mich in Zukunft in Ruhe lässt, wenn ich jetzt mit dir ausgehe?«

»Gut möglich«, sagte Kyle nachdenklich. »So läuft es normalerweise.«

Normalerweise wäre ich auf so etwas nicht eingegangen, doch Kyle wirkte so vollkommen ernst, und die Chancen standen gut, dass er sofort das Interesse verlieren würde, wenn ich aufhörte, mich ihm zu widersetzen. »Meinetwegen. Du hast gewonnen. Ich bleibe. Was willst du tun?« Kyle begann zu grinsen, also fügte ich schnell hinzu: »Alles außer das.«

Und so hatte ich schließlich doch auf einmal ein Date mit Kyle Hamilton.

Eine Stunde später fiel es mir schwer, mein Essen hinunterzubekommen, während wir in einem ziemlich verlassenen mexikanischen Restaurant saßen und ich Shane und Cara dabei zusehen musste, wie sie idiotisch kicherten und sich süße Nichtigkeiten zuflüsterten. Es war regelrecht widerwärtig.

Das einzig Überraschende an der Situation war die Tatsache, dass Cara bezüglich Shane recht hatte. Wenn ich nicht bereits gewusst hätte, dass er in einer Band war, hätte ich es niemals geglaubt. Shane kam mir wirklich wie ein anständiger Kerl vor, und Cara hatte ihn vollkommen um den Finger gewickelt. Außerdem stand er bereits viel zu sehr unter ihrem Pantoffel, um wie … na ja, Kyle zu sein.

Nachdem wir minutenlang zugesehen hatten, wie sich Cara und Shane gegenseitig die Zunge in den Hals steckten, hatte Kyle genug von meinem Schweigen. «Du bist ja heute so still, Legs«, sagte er und legte seinen Arm um meine Schulter.

Ich schüttelte ihn ab. »Mir war gar nicht klar, dass du dich für Konversation interessierst.«

»Das hängt davon ab, ob die Konversation stimulierend ist.«

»Und wie definierst du stimulierend?«

»Na ja, praktisch alles, was jemals aus deinem Mund gekommen ist, hat mich in irgendeiner Weise belebt.«

Wieder legte er seinen Arm um mich, und wieder schüttelte ich ihn ab. »Warum muss bei dir immer alles irgendwie mit Sex zu tun haben?«

»Das stimmt doch gar nicht. *Das* zum Beispiel …« Er

deutete auf Cara und Shane, »… ist alles andere als stimulierend. Komm schon, lass uns abhauen.«

Was für eine Zwickmühle. Die Vorstellung, von den beiden Turteltäubchen wegzukommen, war sehr verlockend, aber war es das auch wert, den Rest des Tages mit Kyle verbringen zu müssen?

»Sie wird es nicht mal merken«, sagte Kyle, der mein Zögern missverstand.

Ich sah wieder zu Cara und entschied, es zu riskieren, also erhob ich mich von meinem Platz. Wahrscheinlich war das gerade ein Riesenfehler, doch ich fühlte mich besser, als ich in Kyles überraschtes Gesicht blickte.

»Ernsthaft?«, fragte er, als ich mir den Tragegurt meiner Handtasche über die Schulter zog.

»Willst du lieber bleiben?«

Kyle sprang auf. »Nein. Ich hätte nur nicht gedacht, dass du dich traust, dich von deiner Freundin zu entfernen.«

»Na ja, so nützt sie mir auch nicht viel, oder?«

Kyle hob abwehrend die Hände. »Hey, ich beschwere mich ja gar nicht.«

Als wir das Restaurant verließen, hielt mir Kyle die Tür auf. Er sah mich fragend an, als ich lachte. »Du hast die Verbeugung vergessen.«

»Du schwärmst wohl wirklich noch nicht wieder für mich, oder?«, fragte er sichtlich enttäuscht.

»Nicht mal in deinen Träumen.«

Wir gingen die Straße Richtung Strand hinunter. Es war ein bisschen kühl, doch wir entschieden, dass es uns egal war, und spazierten trotzdem den Pier entlang. Ich steckte die Hände in meine Jackentaschen, und wir verfielen eine Zeit lang in angenehmes Schweigen.

»Also, Virgin Val«, sagte Kyle schließlich. Er klang genauso entspannt, wie ich mich fühlte. »Was lässt dich denn ins Schwärmen geraten?«

Ich lächelte. »Das ist eine Information, die der Mann selbst herausbekommen sollte.«

»Typisch Frau«, seufzte Kyle. »Dann sag mir etwas, das ich nicht selbst herausbekommen muss.«

»Okay. Äh, ich spiele Volleyball.«

»Am Strand oder in der Halle?«

»Beides.«

»Aha! Das erklärt also deine scharfen Beine.«

Ich verdrehte die Augen und trieb die Unterhaltung voran. »Außerdem lese und zeichne ich gern. Ich jobbe in einem Schmuckgeschäft im Einkaufszentrum, ich bin stellvertretende Schülersprecherin, und ich verbringe den größten Teil meiner Freizeit mit Lernen. Ich will nach Stanford. Mein Studienberater meint, ich hätte gute Chancen.«

»Ahh, *das* erklärt das Jungfrauending. Geheimnis gelüftet.«

»Halt die Klappe.«

»War nur ein Witz. Ich steh voll auf kluge Mädchen. Intelligenz ist sexy.«

»Was ist mit dir? Mal daran gedacht, deinen Abschluss nachzuholen?«

Kyle zuckte mit den Schultern. »Eigentlich nicht. Ich mache beruflich ja schon das, was ich liebe, also sehe ich keinen Sinn darin, einen Collegeabschluss zu machen.«

»Aber was ist mit der Highschool? Stört es dich nicht, dass du abgebrochen hast?«

»Kannst du ein Geheimnis bewahren?« Kyle sah mich verschmitzt an. Als ich nickte, grinste er. »Ich hab nicht abgebrochen. Nach dem Plattenvertrag bin ich an eine Fernschule gewechselt, um den Abschluss online zu machen, während ich unterwegs war. Ich hab mich sogar für ein paar Collegekurse wie BWL und Unterhaltungsrecht angemeldet – so Sachen, die mir in der Branche nützlich sind.«

Ich blieb stehen und starrte Kyle überrascht an. Das brachte Kyle zum Lachen. Er hakte sich bei mir ein und zog mich weiter. »Unwissenheit ist gefährlich in meinem Gewerbe«, erklärte er.

»Und warum behauptest du dann, Schulabbrecher zu sein? Ist es dir wirklich so wichtig, das Image des großen bösen Rockstars zu pflegen?«

Kyle seufzte. »Image ist leider fast so wichtig wie Talent. Als ›Broken Passion‹ es ins Radio geschafft hat und es so aussah, als würde Tralse richtig durchstarten, haben meine Manager diese Schulabbrechergeschichte vorgeschlagen. Sie haben mich auch dazu gebracht, mit meiner Freundin Schluss zu machen.«

»Wirklich?«

Kyle zuckte mit den Schultern, als wäre es keine große Sache.

»Das ist ja schrecklich.«

»So läuft es nun mal, wenn man berühmt ist. Man muss sexy wirken. Und ein Typ mit ’nem Notendurchschnitt von 1,4 und einer Freundin schreit nicht gerade sexy Rockstar.«

»Tja, das erklärt deinen Playboy-Status.« Ich meinte es nur zur Hälfte scherzhaft.

»Es gibt schlimmere Rollen, die man spielen kann, *Virgin Val.* Außerdem mache ich ja nichts Schlimmes. Hübsche Mädchen werfen sich mir jeden Tag an den Hals. Sie wollen es. Sie *betteln* regelrecht darum. Wir haben beide ein bisschen Spaß, niemand wird verletzt, und ich verkaufe mehr CDs. Es ist eine Win-win-Situation.«

Ich versuchte es von seiner Perspektive aus zu sehen. Wie sollte ein Mann so einer Versuchung auch widerstehen, wenn die Leute ohnehin genau das von ihm erwarteten?

»Wenn du so eine Art Leben okay findest, ist das wohl dein gutes Recht«, sagte ich. »Irgendwie verstehe ich es auch. Ich finde es nur nicht besonders reizvoll. Und ich habe wirklich überhaupt kein Verlangen danach, nur die nächste Kerbe in deinem Bettpfosten zu werden.«

»Wer sagt denn, dass du nur das wärst?«

»Oh, keine Ahnung. Die achtzigtausend Mädchen, die vor mir kamen?«

Kyle grinste. »Achtzigtausend?«

»Mehr oder weniger.« Es gelang mir ganze drei Sekunden, ein ernstes Gesicht zu machen, dann mussten wir beide lachen.

Wir hatten das Ende des Piers erreicht. Ich lehnte mich gegen das Geländer und betrachtete den Sonnenuntergang. Ich schloss die Augen, atmete die würzige Meeresluft ein und genoss den frischen Wind in meinem Gesicht.

Nach einem Moment der Ruhe zog sich Kyle die Beanie vom Kopf und setzte sie mir auf. »Du siehst aus, als wäre dir kalt«, sagte er, während er lächelnd die Haare unter der Mütze gerade strich. »Deine Nase ist schon ganz rosa.«

Die Geste kam überraschend, berührte mich aber auf seltsame Art und Weise. »Danke.«

»Keine Ursache.« Kyle lehnte sich neben mich ans Geländer und stieß mir sanft seinen Ellbogen in die Seite. »Danke, dass du geblieben bist.«

»Es war hart«, scherzte ich. »Aber so, wie es aussieht, werde ich es wohl überleben.«

»Überleben? Du magst mich inzwischen zu mindestens fünfundsiebzig Prozent.«

»Höchstens zu zwanzig.«

Ich lachte, lehnte dann jedoch, ohne groß darüber nachzudenken, meinen Kopf gegen seine Schulter, während wir zusahen, wie die Sonne hinterm Horizont versank.

Kyle legte seinen Arm um mich und zog mich näher an sich heran. Die Geste wirkte zur Abwechslung mal natürlich und nicht wie pure Begierde. Wir verfielen in eine weitere friedliche Stille, bis Kyle nach ein paar entspannten Minuten sagte: »Wie hat dir der Song eigentlich gefallen?«

Ich wusste nicht so recht, wie ich antworten sollte. Er hatte die Frage so formuliert, als wäre es eindeutig eine gute Sache. »Sehr eingängig.« Verärgerung schlich sich in meine Stimme. Ich war ziemlich enttäuscht, dass die gute Stimmung dahin war. »Ich bin mir sicher, er wird ein Hit.«

Kyle ließ mich los, um mich ansehen zu können. Er runzelte die Stirn. »Das habe ich nicht gemeint. Ich habe ihn für dich geschrieben.«

»Ja«, sagte ich ironisch. »Ist mir aufgefallen.«

Kyle schien meine Reaktion zu überraschen. »Magst du ihn nicht?« Verwirrung und Enttäuschung mischten sich in seinen Tonfall.

Ich war vollkommen ratlos. »Ich sollte ihn mögen?«, fragte ich. »Ich dachte, du hättest ihn geschrieben, weil du sauer auf mich bist, weil ich nicht mit dir ausgehen wollte. Ich dachte, das wäre so eine Art seltsame Rache.«

Kyle zuckte überrascht zurück. »Wie bist du denn auf die Idee gekommen?«

»Hast du ihn dir schon mal angehört? Es ist ein ziemlich wütender Song.«

»Es ist ein Liebeslied.«

»Dann ist es ein *wütendes* Liebeslied. Du warst offensichtlich ziemlich sauer, als du den Song geschrieben hast.«

»War ich nicht! Sexuell frustriert vielleicht, und eventuell wollte ich auch einfach irgendwie deine Aufmerksamkeit bekommen, aber das ist eben die Wirkung, die du auf mich hast. Ich habe nur geschrieben, was ich empfunden habe.«

»In dem Song geht es darum, mich ins Bett zu bekommen!«

»Ganz genau.« Wieder wirkte Kyle verwirrt. »Ist das denn etwas Schlechtes?«

»Zu sagen, dass ich mich selbst vergeude, weil ich keinen Sex habe, und dass es mich retten würde, meine persönlichen Ansprüche aufzugeben?«

Kyle drehte sich wieder zum Wasser um und brummte: »Ich habe nur das gesagt, was ich empfinde.«

»Das kannst du doch nicht wirklich glauben?!«

»Was? Dass es dir guttun würde, mal flachgelegt zu werden?« Kyle war jetzt ebenso wütend wie ich. »Davon bin ich felsenfest überzeugt. Du bist viel zu verkrampft. Du bist ein leidenschaftlicher Mensch, Val, aber du lenkst diese Leidenschaft in eine vollkommen sinnlose Sache. Das *ist* eine Schande. Du verpasst einen der besten Aspekte des Lebens, weil du Angst vor Intimität hast. Ich *könnte* dich retten. Ich könnte dich erwecken. Wie willst du jemals Liebe finden, wenn du dich immer so wie ein Eisklotz benimmst?«

»*Das* denkst du also von mir? Es geht dir wirklich nur darum, mich zu erobern, oder? Warum sonst solltest du dich überhaupt zu einem Eisklotz wie mir hingezogen fühlen?« Stinksauer stapfte ich über den Pier zurück. Nach einem Moment kam Kyle mir nachgelaufen. »Ich denke, du bist nur nach außen hin kalt. Ich weiß, dass du im Inneren anders bist.«

Ich wirbelte herum, so dass ich ihm ins Gesicht brüllen konnte. »Und du denkst, die einzige Möglichkeit, das Mädchen im Inneren zu erreichen, ist *durch deinen Penis?*«

»Ich denke, dass dir diese Jungfräulichkeitssache im Weg steht, um die zu sein, die du wirklich bist!«, brüllte Kyle zurück. »Ich denke, dass du sie als Schutzmauer benutzt, weil du Angst davor hast, verletzt zu werden!«

»Falsch! Sie steht mir nicht im Weg. Sie ist Teil dessen, was ich bin. Du kannst das nur nicht akzeptieren. Ich bin kein Eisklotz! Ich bin nur kalt zu dir, weil mir deine Methoden nicht gefallen, um mich kennenzulernen!«

»Du bist einfach unglaublich.«

»Ich?« Inzwischen war ich so wütend, dass ich zitterte. Ich schüttelte den Kopf. »Du respektierst *mich* nicht! Du respektierst meine Entscheidung nicht!«

»Weil es eine dämliche Entscheidung ist!«

Ich seufzte. Das war es nicht wert. »Es sind Leute wie du, die *V is for Virgin* und die Abstinenz-Challenge erst notwendig machen. Weißt du, was eine echte Schande ist, Kyle? Irgendwo tief in dir steckt dieser unglaubliche Kerl, aber er ist so besessen von Sex, dass er überhaupt nicht verstehen kann, was echte Intimität ist.«

»Wohin gehst du?«, fragte er, als ich wieder losmarschierte.

»Nach Hause. Tut mir leid, Kyle. Das sind einfach unüberbrückbare Differenzen. Das mit uns würde niemals funktionieren.«

Kyles Gesicht lief knallrot an. »So was von dickköpfig«, murmelte er und stürmte dann in die andere Richtung davon.

Was erste Dates angeht, hatte ich schon bessere gehabt.

13

Das Angebot

Bevor ich wusste, wie mir geschah, war ich Valerie Jensen, Schmuckdesignerin. Im Handumdrehen war der Samstag gekommen und mit ihm meine Treffen mit den örtlichen Zulieferern. Vor allem der Termin mit Lance Cartwright und Maxwell Jackson von C&J Jewels verblüffte mich. Ihr Unternehmen war führend in L.A., und sie waren ganz begeistert von meinen Entwürfen.

»Ich kann nicht glauben, dass das alles wirklich passiert«, sagte ich zu Margret, als wir später nach Huntington Beach zurückfuhren.

»Ich bin so stolz auf dich, Valerie. Das war eine wirklich überzeugende Präsentation, wie hätten sie da ablehnen können?«

»Und so schnell.« Ich stand immer noch ein bisschen unter Schock. »Dass wir wirklich schon in zwei Wochen mit dem Verkauf anfangen können.«

»Na ja, es ist ziemlich ungewöhnlich, aber sie müssen schließlich so schnell wie möglich handeln, um den Medienrummel mitzunehmen. Außerdem ist es ja nur das eine Set.«

Mr Cartwright und Mr Jackson hatten sich meine Präsentation angehört und sich die Entwürfe angesehen. Am

Ende des Treffens hatten sie zugestimmt, eines meiner Designs als Test produzieren zu lassen. Es war ein Set bestehend aus Halskette, Armband und Schlüsselanhänger, jeweils in der Jungfräulichkeits- und Abstinenzvariante. Es waren schlichte Stücke, die mit Leichtigkeit im großen Stil produziert werden konnten. Und es war mein Design. Meine Schmuckkollektion. Wenn sie sich gut verkauften, konnte man darüber nachdenken, die Kollektion zu erweitern. »Trotzdem … ich kann es einfach nicht fassen, dass sie zugestimmt haben.«

So plapperte ich den Rest der Heimfahrt und praktisch das ganze restliche Wochenende vor mich hin, während ich meinen Eltern, Cara und Robin die Neuigkeiten erzählte.

Am Montag nach der Schule war ich mit Margret, ihrem Buchhalter, ihrer Anwältin und meinen Eltern die rechtlichen Details durchgegangen. Als dann am Dienstag der Unterricht vorbei war, stürmte ich direkt ins Computerlabor. »Val!«, rief Cara mir nach, weil ich den Kurs so hastig verlassen hatte.

»Komm mit, wenn du reden willst. Ich habe es eilig.«

»Was ist denn so dringend?«

»Ich muss noch was mit Robin erledigen.«

Als Cara den Namen Robin hörte, seufzte sie dramatisch. »Schon wieder diese dämliche Webseite? Wann seid ihr denn endlich damit fertig?«

Ihre Bemerkung traf mich. »Es ist ein fortlaufendes Projekt, Cara. Das weißt du auch. Ich verspreche, dass es nicht mehr so viel sein wird, wenn die neue Seite online geht.«

»Wann soll das sein? Ich habe die Schnauze voll davon, dass mir Robin meine Valerie-Zeit stiehlt.«

»Robin stiehlt dir nicht deine Valerie-Zeit. Jedenfalls nicht besonders.« Cara runzelte die Stirn, also fügte ich hinzu: »Die neue Webseite sollte in ein paar Tagen fertig sein, und dann ist sie auch nicht mehr so zeitaufwendig. Außerdem kannst du den Rest des Tages mit mir verbringen.«

»Dann kommst du also mit?«, fragte Cara begeistert. Sie wirkte so glücklich, dass sie beinahe platzte, doch ihr Lächeln verschwand ebenso schnell, wie es gekommen war. »Moment mal, ich hab dir doch noch gar nicht von der Party erzählt.«

»Party?«, fragte ich. »Welche Party? Du hast gesagt, dass du mich heute nach Pasadena fahren würdest. Ich treffe mich da mit den Leuten von *Nicht Alle Tun Es.*«

»Ach ja. Das hab ich vergessen, V, aber es ist schon okay. Wir können es immer noch schaffen. Wir fahren erst nach Pasadena und danach zur Party.«

»Was ist das für eine Party?«, fragte ich erneut.

»Reids Geburtstag. Die Jungs schmeißen eine Riesenfeier für ihn im Viper Room, und wir beide haben VIP-Status.«

»Wer ist Reid?«

Cara stöhnte genervt. »Der Drummer von Tralse?«

»Ach ja. Richtig. Ähm, ich passe, danke.«

»Du passt? Du kannst nicht passen.«

»Okay. Wie wäre es mit dankend ablehnen?«

»V, komm schon. Das wird lustig.«

»Klar. So lustig wie letztes Mal, als ich mit dir und Shane abhängen sollte.«

»Du bist einfach abgehauen!«

»Ich frage mich, warum!« Plötzlich starrten Cara und ich uns böse an. »Du hast versprochen, dass du dich zusammenreißen würdest, doch stattdessen hatte ich *Kyle* am Hals, während Shane und du euch die Zunge in den Hals gesteckt habt.«

»Ich hab doch gesagt, dass mir das leid tut«, jammerte Cara. »Es war nur einfach alles noch so frisch. Jetzt sind wir schon eine ganze Woche zusammen. Diesmal läuft es anders.«

Ich glaubte ihr – aber dennoch. »Vielleicht. Aber trotzdem ist es mir wirklich unangenehm, Kyle zu sehen.«

»Kyle ist doch schon längst drüber weg. Außerdem werden auf der Party jede Menge Tussis sein, um ihn abzulenken.«

»Wow, diese Party klingt ja immer besser«, sagte ich so ironisch, wie ich nur konnte.

»V! Du musst mitkommen! Wenn wir bis Pasadena rausfahren, habe ich keine Zeit mehr, dich nach Hause zu bringen und danach noch zur Party zu gehen.«

»Schon gut.« Ich seufzte. »Geh du zur Party. Ich bin mir sicher, dass Robin mich auch fahren kann.«

Cara kniff die Augen zusammen. »Meinetwegen. Ich rufe Shane an. Ich sollte unter der Woche eh nicht so lange ausgehen. Wir machen einfach was anderes am Wochenende.«

»Cara.« Wieder seufzte ich. »Geh doch hin. Es ist eine große Party. Du bist VIP. Ich will, dass du Spaß mit deinen Freunden hast.«

»Aber …«

»Geh einfach. Ich lasse mich von meiner Mom fahren. Ihr macht das nichts aus.«

Da unterbrach uns eine tiefe Stimme. »Brauchst du eine Mitfahrgelegenheit, Val?«

»Das ist meistens so«, sagte ich und bemühte mich, lässig zu bleiben, egal was Isaacs Lächeln mit mir anstellte. »Einer der Nachteile, wenn man kein eigenes Auto hat.«

»Ich kann dich überall hinbringen, wohin du auch willst.«

Einer der Vorteile, eine beste Freundin wie Cara zu haben besteht darin, dass wir uns wortlos verstehen. Cara und ich sahen einander an und es war eindeutig – ihr hatte die Vorstellung, dass Robin mich hinbrachte, nicht gefallen, aber sie wollte unbedingt, dass ich mit Isaac fuhr.

Ich schenkte Isaac mein bestes Lächeln, damit er nicht dachte, ich würde *ihn* abweisen, wenn ich sein Angebot ablehnte. »Oh, schon okay, Isaac. Vielen Dank, aber …«

»Das ist wirklich kein Problem«, beharrte er. »Wenn du wegen des Motorrads nervös bist, mein Haus ist nur ein paar Blocks entfernt. Wir könnten einfach dorthin laufen und das Auto meines Dads nehmen.«

»Nein, das ist es nicht. Aber ich muss bis nach Pasadena raus. Ich kann dich nicht bitten, mich so weit zu fahren.«

»Was ist denn in Pasadena?«

»Die ›Nicht Alle Tun Es‹-Stiftung. Ich will ihnen den Scheck über das Geld geben, das ich eingenommen habe, und sie dazu bringen, ein paar Unterlagen für mich zu unterschreiben.«

Isaac nickte und sah mich dann noch einen Moment länger an. Seine Augen schienen in meinen nach etwas zu suchen. Sein Blick war ziemlich intensiv, so wie beim ersten Mal, als wir miteinander gesprochen hatten, aber nicht auf eine unheimliche Weise. Na ja, wenn man's genau nahm war das Kribbeln, dass sich in meiner Magengrube ausbreitete, ziemlich unheimlich.

Gerade als ich dachte, ich würde wirklich gleich explodieren, zuckte Isaac mit den Schultern. »Also, ich fahre dich gern«, sagte er. »Aber wir sollten das Auto meines Dads nehmen. Ich fahre nicht gern zu zweit auf dem Motorrad über den Highway.«

Ich blinzelte. Nicht dass ich ihm das ausreden wollte, aber ich konnte nicht anders. »Du willst mich den ganzen Weg nach Pasadena fahren? Das ist fast eine Stunde entfernt. Ganz zu schweigen davon, dass wir auf dem Heimweg wahrscheinlich in den Stau kommen werden. Du musst das wirklich nicht tun.«

»Wir leben in Südkalifornien. Da ist Stau normal.« Wieder zuckte Isaac mit den Schultern, als wäre das überhaupt keine große Sache – nur eine Fahrt zum Ende der Straße. »Ich habe heute wirklich nichts anderes vor, und ich finde diese Stiftung interessant. Es wäre nett, sie mir mal anzusehen.«

»Also abgemacht!«, schaltete sich Cara begeistert ein. »Das ist wirklich supernett von dir!« Sie drehte sich zu mir um und sagte: »Außer du willst, dass ich dich fahre. Ich lasse die Party für etwas Cara-und-Val-Zeit gern sausen.«

Seltsamerweise war es die Tatsache, dass Cara bereit war, auf ihren Freund und eine mit Promis gespickte VIP-Party zu verzichten, die mich dazu brachte, Isaacs Angebot vollkommen entspannt anzunehmen.

»Wenn du dir wirklich sicher bist«, sagte ich zu Isaac.

Er lächelte, und ich spürte, wie ich weiche Knie bekam. Ich senkte schüchtern meinen Blick. Gott sei Dank war Cara dabei. »Wir holen die Cara-und-Val-Zeit nach«, sagte ich ihr. »Hab ganz viel Spaß heute Abend. Und sorge dafür, dass du in irgendwelchen Klatschblättern auftauchst. Richte Reid Geburtstagsgrüße von mir aus und sag Shane, es tut mir leid, dass ich es nicht schaffe.«

Cara grinste albern und flüsterte mir »Ich will morgen alle Details« ins Ohr, bevor sie Isaac und mich allein vor der Tür des Computerlabors stehen ließ.

Einen Moment lang waren wir beide zu verlegen, um etwas zu sagen, dann deutete Isaac in Richtung Ausgang. »Sollen wir?«

»Bevor wir aufbrechen, muss ich nur noch kurz ein paar Dinge mit Robin klären. Dauert bestimmt nicht länger als zehn Minuten. Ist das okay?«

»Klar. Dann fahre ich schnell mein Motorrad nach Hause und warte mit dem Auto am Eingang auf dich.«

Ich informierte Robin kurz über mein Treffen mit der Anwältin und dem Buchhalter gestern und ging die Liste der Dinge durch, die auf der Webseite zu finden sein mussten.

Ein Teil von mir wollte so schnell wie möglich fertig werden, während der andere unser Gespräch in die Länge zog. Ich wusste nicht, wovor ich mehr Angst hatte. Dass ich draußen feststellen würde, dass Isaac weg war und mir einen sehr grausamen Streich gespielt hatte, oder dass er dort geduldig auf mich wartete.

Natürlich wartete er auf mich, so, wie er es mir versprochen hatte, im Range Rover seines Vaters. Er sah nach unten und bemerkte mich nicht, als ich aus der Schule trat.

Das war gut, denn so hatte ich einen Moment, um meine Nerven zu beruhigen. Ich atmete tief durch, schluckte und sammelte all den Mut zusammen, den Virgin Val mir verleihen konnte, dann öffnete ich die Beifahrertür.

»Das ging ja schnell«, sagte Isaac fröhlich, während er die Textnachricht abschickte, die er verfasst hatte. Ich warf einen Blick auf die Uhr im Armaturenbrett. Es waren eher fünfzehn Minuten gewesen als die zehn, die ich ihm angekündigt hatte.

Sehr verlegen schnallte ich mich an. »Noch mal vielen Dank, dass du das machst, Isaac. Wirklich.«

»Du weißt ja, was man sagt. ›Wenn wir unseren Mitmenschen dienen, dann dienen wir Gott.‹ Also keine Ursache. Ich helfe wirklich gern.«

»Was …«, stammelte ich, verblüfft von dem, was ich gerade gehört hatte.

Isaac verzog keine Miene, während er darauf wartete, dass ich etwas sagte. Ich brauchte einen Moment, um etwas zu erwidern, weil es so seltsam war, einen so normalen, beliebten Jungen aus einer der heiligen Schriften zitieren zu hören. »Wow!« Ich lachte. »Du bist wirklich religiös, oder?«

Meine Neckerei brachte ihn zum Schmunzeln. »Stört dich das?«, fragte er. Er neckte mich zurück, aber ich konnte ihm ansehen, dass er neugierig war.

Ich nahm an, dass es Isaac gefallen würde, wenn ich ehrlich war, also bedachte ich ihn ebenfalls mit einem prüfenden Blick und dachte genau nach, bevor ich ihm antwortete: »Es ist ein bisschen seltsam«, gab ich zu. »Aber es passt zu dir. Und außerdem sagt das genau die Richtige.

Schließlich war ich es, die sich auf einen Kantinentisch gestellt und öffentlich ihre Jungfräulichkeit verkündet hat.«

Er sah mich an und sein Mundwinkel ging nach oben. »Du bist in Ordnung, Val.«

Du bist in Ordnung, Val. In Ordnung? Ich war überhaupt nicht in Ordnung. Ich bekam gerade einen Herzinfarkt! War es falsch, dass mich eine so einfache Aussage so glücklich machte, dass mir quasi die Luft wegblieb?

Wieder war ich sprachlos, doch Isaac kam mir zu Hilfe, indem er nach meiner Volleyballkarriere fragte. Er wechselte das Thema mit einer solchen Leichtigkeit, dass ich darauf gewettet hätte, dass er genau wusste, welche Wirkung er auf sein Umfeld hatte. Aber er war wohl Profi darin, unangenehme Momente zu überspielen.

Es war unmöglich, mich in seiner Gegenwart nicht zu entspannen, und als wir vor dem kleinen Büro in einer heruntergekommenen Einkaufsmeile hielten, konnte ich kaum fassen, dass wir bereits angekommen waren. Ich war ein bisschen enttäuscht, schon aussteigen zu müssen.

Schweigend betraten wir das Gebäude. Isaac fiel ein paar Schritte zurück, um mich mein Ding machen zu lassen. Er wanderte zu einem kleinen Tisch voller Flyer und begann sie durchzublättern, während ich weiter zum Empfang ging.

Dort saß eine junge Frau, die Mitte zwanzig zu sein schien. Sie schnappte nach Luft, als sie mich sah. »Virgin Val!«, rief sie, dann: »Darla, sie ist es! Sie ist hier!«

Als die Frau auf mich zugestürmt kam, tauchte eine zweite, viel ältere Frau auf, die genauso aufgeregt zu sein schien. »Wir hatten gehofft, dass Sie vorbeikommen würden«, sagte die ältere Frau. »Wir können Ihnen nicht genug danken! Ich bin Darla Majors, die Leiterin der Organisation, und das ist Christina. Es ist so schön, Sie kennenzulernen, Valerie!«

Diese Schwärmerei war mir ein bisschen unangenehm. Ich trat einen Schritt zurück und zog einen Umschlag aus meinem Rucksack. »Dann haben Sie wohl schon davon gehört.«

»Meine Liebe, es war unmöglich, nicht davon zu hören. Seit Ihrem Interview klingelt unser Telefon ununterbrochen. Wir haben diese Woche mehr Spenden erhalten, als in den letzten sechs Monaten!«

»Wirklich?«

»Nun ja, das war auch nicht schwer. Es ist für eine Organisation wie die unsere nicht leicht, Publicity zu bekommen. Normalerweise müssen wir um Spenden bitten, und leider werden wir auch viel ausgelacht.«

»Das Gefühl kenne ich«, sagte ich.

»Tja, jetzt nimmt man uns auf jeden Fall ernst«, lachte Christina. »Was ist Ihr Geheimnis?«

Ich begann, wieder rot zu werden, also streckte ich ihr schnell den Umschlag in meiner Hand entgegen. »Ich bin gekommen, um Ihnen den hier zu geben. Das ist das Geld, das ich beim Herbstfest eingenommen habe. Neunhundertdreiundachtzig Dollar.«

»Das ist nicht weniger als ein Wunder«, sagte Darla.

Die beiden Frauen, die vor mir standen, schienen von der Situation genauso bewegt zu sein wie ich. Darla schossen sogar Tränen in die Augen, was es mir umso schwerer machte, den zweiten Grund meines Besuchs zu erwähnen. »Ähm«, sagte ich und trat verlegen von einem Bein aufs andere. »Da ist noch etwas.«

»Noch etwas?«, stießen sie gleichzeitig aus.

Ich holte die Unterlagen aus dem Rucksack, die meine Anwälte aufgesetzt hatten. »C&J Jewels haben eingewilligt, ein paar meiner Schmuckentwürfe zu produzieren. Sie nennen es die Virgin-Collection.«

»Du hast es wirklich geschafft«, sagte Isaac, der die Flyer, die er gerade noch gelesen hatte, wieder hinlegte und zu uns an den Empfang kam. »Val, das ist großartig!«

»Wirklich unglaublich!«, stimmte Darla zu.

Alle starrten mich bewundernd an, selbst Isaac. Ich wurde so rot wie noch nie in meinem Leben, und versuchte die Unterhaltung schnell wieder in Gang zu bringen. »Die Sache ist die, ich weiß nicht, ob sich die Sachen überhaupt verkaufen, also ist es vielleicht nicht viel, aber C&J Jewels hat eingewilligt, zehn Prozent des Profits an die ›Nicht Alle Tun Es‹-Stiftung zu spenden. Ich brauche nur noch Ihre Unterschrift auf ein paar Dokumenten.«

Darla begann wieder zu weinen.

Nachdem sich die beiden genug beruhigt hatten, um den Vertrag zu unterschreiben, und all ihre Fragen gestellt hatten, sah ich meine Chance, wieder gehen zu können. »So.« Ich stand schnell auf. »Das war wirklich nett, aber wir sollten jetzt aufbrechen. Um diese Uhrzeit werden wir eine Weile brauchen, um nach Huntington Beach zurückzukommen, und ich habe noch eine Menge Hausaufgaben zu erledigen.«

»Oh nein! Warten Sie!« Darla sprang auf, bevor ich die Tür erreichen konnte. »Sie können jetzt noch nicht gehen! Wir müssen Sie doch noch etwas fragen.«

Isaac und ich sahen einander an, dann zwang ich mich zu einem Lächeln und setzte mich wieder. Darla und

Christina strahlten wie Honigkuchenpferde, als Christina mir einen Umschlag zuschob. Als ich ihn öffnete und den Inhalt herauszog, sagte Darla: »Wir möchten, dass Sie das Gesicht unserer Stiftung werden.«

»Wie bitte?«

»Wir wollen, dass Sie unsere Sprecherin werden«, erklärte Christina. »Wir würden Ihr Foto auf all unseren Flyern verwenden und natürlich für *V is for Virgin* werben. Es wäre für Sie nur so viel Arbeit, wie Sie übernehmen möchten. Entweder Sie entscheiden sich, lediglich unser Gesicht zu sein, oder Sie werden zu einer unserer regelmäßigen Vortragenden. Sie könnten bei unseren Hauptversammlungen auftreten. Oder, wenn Sie Lust darauf haben, würden wir uns freuen, Sie in Schulen schicken zu können. Sie würden Highschools in ganz Südkalifornien besuchen und den Schülern Ihre Geschichte erzählen, von Ihren Erfahrungen berichten. Und von Ihrer Entscheidung, zu warten.«

Ich war so erstaunt, dass mir die Worte fehlten. Ich konnte den beiden Frauen nicht mal in die Augen sehen. Stattdessen ging ich die verschiedenen Flyer und Broschüren durch, die sie mir gegeben hatten, und versuchte, sie mir mit meinem Gesicht darauf vorzustellen.

»Jemand wie Sie könnte wirklich etwas bewegen«, flüsterte Darla. Ich zuckte zusammen.

Ich? Ich konnte einfach nicht glauben, dass sie mich als Repräsentantin wollten. Mich? Diejenige zu sein, die vor hunderten von Leuten steht. Ich als Gesicht ihrer ganzen Organisation. Es war überwältigend.

Und furchteinflößend.

»Ähm«, sagte ich, weil sie offensichtlich auf eine Antwort warteten. »Kann ich etwas darüber nachdenken?«

»Natürlich.« Eine Welle der Erleichterung überkam mich. Ich steckte die Unterlagen in den Umschlag zurück und stand wieder auf. »Ich werde darüber nachdenken und mit meinen Eltern darüber sprechen, und dann melde ich mich wieder bei Ihnen. Vielen Dank. Das ist ein sehr schmeichelhaftes Angebot.«

»Was immer nötig ist, um Sie zu halten«, sagte Darla mit einem Augenzwinkern. »Sie sind eine ganz besondere junge Frau, Valerie.«

Sie sah mich so bewundernd an, dass ich so schnell wie möglich von hier verschwinden musste. Mir kam gar nicht der Gedanke, dass Isaac ja alles mitbekommen hatte, bis wir wieder im Range Rover saßen. Es war unangenehm still. Ich riskierte einen Blick zu ihm und stellte fest, dass er mich wieder mit diesem intensiven Blick ansah. Diesen Blick, den ich einfach nicht deuten konnte.

Ich musste schlucken und beschäftigte meine Hände mit dem Umschlag auf meinem Schoß, hatte aber keine Ahnung, was ich zu ihm sagen sollte. Ich warf einen Blick auf die Uhr im Armaturenbrett. Es war siebzehn Uhr dreißig. Die absolut schlimmste Zeit, um durch den Großraum Los Angeles zu fahren. Es würde die längste Fahrt aller Zeiten werden.

Isaac folgte meinem Blick und brach schließlich das Schweigen. »Es hat keinen Sinn, jetzt zurückzufahren«, sagte er und schenkte mir das bezauberndste Lächeln, das ich jemals gesehen hatte. »Wäre es in Ordnung, wenn ich dich stattdessen auf ein Abendessen einlade, um deinen Erfolg zu feiern?«

Ich weiß nicht, warum die Einladung ein solcher Schock war. Er hatte mich schon mal gebeten, mit ihm auszugehen, und mich heute den ganzen Weg nach Pasadena gefahren, aus reiner Nettigkeit. Dennoch war es für mich unbegreiflich, dass mich Isaac Warren zum Essen ausführen wollte. Es war wie ein wahr gewordener Traum. »Ähm«, sagte ich und wurde zum millionsten Mal heute rot. »Sehr gern.«

14

Die Komplimente

Wenn mich jemand vor einem Monat gefragt hätte, ob ich mir vorstellen könnte, mit Isaac Warren auszugehen, hätte ich es für wahrscheinlicher gehalten, von Außerirdischen entführt zu werden. Selbst jetzt, nachdem er mich so weit gefahren und zum Essen eingeladen hatte, statt im Stau zu stehen, und wir durch die Altstadt von Pasadena schlenderten, war ich mir nicht sicher, ob Isaac und ich gerade ein Date hatten.

Meine Zweifel ließen ein wenig nach, als er vorschlug, zu einem netten kleinen Italiener zu gehen statt in die Filiale einer Fastfood-Kette. Das Restaurant hatte ein romantisches Ambiente. Es war dunkel, und auf den Tischen standen Kerzen. In einer Ecke spielte sogar jemand Klavier. Ich war überrascht, dass wir keine Reservierung brauchten, doch es war auch noch ein bisschen früh für den Hauptansturm zum Abendessen. Reservierung hin oder her, der Laden schrie geradezu nach einem Date.

Ich hatte ein Date mit Isaac Warren! Ich war so nervös, dass ich zu zittern begann. Nachdem uns der Kellner Grissini gebracht und unsere Getränkebestellung aufgenommen hatte, vertiefte ich mich in die Speisekarte – das war leichter, als Isaac anzusehen, der mir gegenübersaß.

Als ich zu ihm spähte, sah ich, dass er gar nicht in die Speisekarte schaute. Er bemerkte meinen fragenden Blick und lächelte. »Ich beurteile italienische Restaurants immer nach ihrer Lasagne«, sagte er. »Wenn sie besser ist als die meiner Tante Ani, weiß ich, dass ich den Jackpot geknackt habe.«

Diese Bemerkung war so süß, dass ich lachen musste, und urplötzlich war die Anspannung zwischen uns verschwunden. »Wie oft war das schon der Fall?«, fragte ich ihn.

»Noch nie«, gab er zu. »Meine Tante Ani macht die beste Lasagne der Welt. Sie hat ein Restaurant in Sacramento. Ich helfe dort im Sommer immer aus.« Die Erinnerung brachte ihn zum Lachen, und er schüttelte den Kopf. »Sie lässt mich immer die Tische bedienen und meinen Cousin Paul in der Küche das Geschirr spülen, weil er dauernd Gäste anbaggert.«

Während des Essens unterhielten wir uns angenehm. Isaac stellte mir alle möglichen Fragen und erzählte mir Geschichten über all die Streiche, die er seinem hoffnungslosen Cousin Paul in der Kindheit gespielt hat. Als unsere Teller leer waren, hatte ich das Gefühl, Isaac schon ewig zu kennen.

»Und wie lautet das Urteil?«, fragte ich, als er den letzten Bissen seiner Lasagne verdrückt hatte. »Kann sie mit der von Tante Ani mithalten?«

Isaac starrte mit dem gleichen prüfenden Blick auf den Teller, mit dem er mich manchmal ansah, dann lächelte er. »Nein. Aber sie war trotzdem gut. Wie war deins?«

Ich hatte die Rigatoni gehabt. »Ausgezeichnet«, sagte ich wahrheitsgemäß. »Aber ich habe viel zu viel gegessen.«

Gerade als ich das gesagt hatte, kam der Kellner zurück und fragte, ob wir einen Nachtisch haben wollten. »Oh«, sagte ich und legte die Hand auf meinen vollen Magen. »Ich glaube nicht, dass ich …«

»Komm schon, Val«, fiel mir Isaac ins Wort. »Wo ist dein Sinn für Abenteuer geblieben? Das hier soll doch eine Feier sein.«

Ich unterdrückte ein Aufstöhnen. »Meinetwegen. Wir können uns einen teilen, aber du musst mehr essen.«

Isaac lachte. »Abgemacht.«

Als das Tiramisu mit zwei Löffeln ankam, schob Isaac es zu mir. »Ladies first.«

Ich nahm einen Bissen, und Isaac brachte die Unterhaltung schließlich wieder auf die Ereignisse des heutigen Tages zurück. »Glückwunsch zu deiner Schmuckkollektion, Val. Das ist wirklich cool.«

Ich schob ihm den Nachtisch hin, und er nahm seinen Löffel in die Hand. »Danke«, sagte ich und gab mein Bestes, nicht wieder zu erröten. »Es ist wirklich unglaublich. Ich war so überrascht, als diese Zulieferer einem Treffen zugestimmt hatten. Ich kann noch nicht ganz glauben, dass sie mein Angebot angenommen haben. Eigentlich kann ich nichts von dem glauben, was passiert ist – die Kampagne, die Webseite, die Fernsehinterviews …«

»Den Song?«, fragte Isaac schelmisch. »Vergiss nicht den Song.«

»Ha! Glaub mir, den könnte ich gar nicht vergessen.«

»Mir gefällt er irgendwie. Ziemlich eingängig.«

Als ich aufsah, schmunzelte Isaac. Er wollte mich immer noch necken. Ich verdrehte die Augen und entschied, nicht darauf einzugehen. Stattdessen sagte ich: »Und dann ist da noch diese ganze Sprechergeschichte. Total verrückt.«

»Ja, es ist großartig.«

»Großartig?« Ich schüttelte fassungslos den Kopf. »Ich kann nicht glauben, dass sie *mich* zum Gesicht ihrer ganzen Organisation machen wollen.«

»Ich schon.«

Jetzt lächelte Isaac nicht mehr. Er sah mich vollkommen ernst an, und in seinem Blick lag wieder diese Intensität. Ich griff nach meinem Wasser und trank einen großen Schluck.

»Du hast einfach etwas an dir, V. Du bist die geborene Anführerin. Ich denke, das liegt daran, dass du so mutig bist.«

»Mutig?« Meinte er das etwa ernst?

»Als du in der Kantine vor der gesamten Schule auf den Tisch gestiegen bist?« Er lachte wieder. »Das war der Hammer.«

»Das«, widersprach ich ihm, während ich versuchte, nicht selbst zu lachen, »war vorübergehende Unzurechnungsfähigkeit. Nach der Sache mit Zach bin ich echt bis knapp an den Abgrund gedrängt worden.«

»Aber du bist nicht gesprungen. Du hast dich durch die Menge zu neuen Höhen gekämpft. Du hast die Leute dazu gezwungen, es aus deiner Sicht zu sehen – dich zu respektieren. Du hast praktisch eine Revolution begonnen.«

»Oh, na klar, ich habe mich entschieden, bis zur Ehe Jungfrau zu bleiben. Ich bin eine richtige Rebellin.«

Darüber mussten wir beide lachen, doch als wir wieder im Auto und auf dem Heimweg waren, wurde Isaac wieder ernst. »Du hast mir gesagt, dass es gewisse Leute auf der Welt gibt, die einfach alles cool aussehen lassen können.«

»Willst du das wirklich bestreiten?«, fragte ich. »Muss ich dich daran erinnern, dass du es warst, der Devon und Lacy dazu gebracht hast, sich bei der Abstinenz-Challenge anzumelden?«

Isaac lächelte, blieb aber konzentriert. »Nein, ich bin mir sicher, dass es stimmt, aber Dinge cool aussehen zu lassen, ist eine Sache. Du bist die Art Mensch, die etwas wichtig machen kann.«

Das Kompliment machte mich sprachlos. Wir saßen einen Moment lang schweigend da, doch es war keine unangenehme Stille. Ich denke, Isaac wollte, dass ich das, was er gesagt hatte, erst mal sacken ließ, bevor er weitersprach.

»Ich finde, du solltest zusagen«, sagte er. »Sei das Gesicht von ›Nicht Alle Tun Es‹. Die Leute mögen dich. Sie hören dir zu. Du könntest wirklich etwas bewegen.« Ich schwieg weiterhin. Seine Worte waren überwältigend. Hatte Isaac wirklich eine so hohe Meinung von mir?

Ich warf einen Blick auf den Umschlag auf meinem Schoß und versuchte, mir mein Gesicht auf den Broschüren vorzustellen. Ich stellte mir vor, wie ich von Schule zu Schule reiste und den Jugendlichen meine Entscheidung erklärte – ihnen von meiner leiblichen Mutter erzählte, und was passieren konnte, wenn man nicht darüber nachdenkt, was man tut. Ein Teil von mir wollte es, aber ein anderer Teil hatte Angst, auch nur darüber nachzudenken.

»Ich glaube nicht, dass ich das kann«, gab ich zu. »Den Schmuck auf dem Herbstfest vor unseren Mitschülern zu präsentieren war das eine, aber das hier ist etwas vollkommen anderes. So im Mittelpunkt zu stehen? Ein Vorbild zu sein? Das ist ziemlich angsteinflößend.«

»Valerie, wenn es eines gibt, dass ich im letzten Monat über dich erfahren habe, dann dass es dir nicht an Mut fehlt. Darum mag ich dich auch so sehr. Zu sehen, was du durchmachst, weckt in mir den Wunsch, auch keine Angst mehr davor zu haben, ich selbst zu sein.«

Ich sah auf und stellte schockiert fest, dass Isaacs Wangen ein bisschen rot geworden waren. Er zuckte mit den Schultern und zwang sich dann weiterzureden: »Wenn ich in deiner Nähe bin, habe ich das Gefühl, es schaffen zu können.«

Das war das aufrichtigste Kompliment, das ich jemals bekommen hatte. In diesem Augenblick war ich eher fassungslos als geschmeichelt. »Du bist *Isaac Warren*«, sagte ich, als ich wieder sprechen konnte. »Der beliebteste Junge der ganzen Oberstufe. Wenn wir das Wort »cool« bei Wikipedia nachschauen würden, wäre da bestimmt ein Bild von dir zu finden. Praktisch *jedes* Mädchen der Schule hat in ihrem Notizbuch deinen Namen stehen, mit kleinen Herzchen drumherum. Wie könntest *du* Angst davor haben, du selbst zu sein?«

»Val«, sagte Isaac, als wäre das völlig absurd. »Ich bin eine achtzehnjährige männliche Jungfrau, die jeden Sonntag in die Kirche geht und sich nicht mal Horrorfilme ansieht. Ich bin nicht gerade eine Stimmungskanone.«

»Aber …«

»Denkst du etwa, dass ich vor den anderen auch aus der heiligen Schrift zitieren würde? Wenn ich das täte, würden mich meine Freunde für total bescheuert erklären. Aber mit dir ist es anders. *Du* bist anders.« Isaac warf einen Blick auf den Umschlag. »Du solltest es tun.«

Isaac hatte mich ganz schön zum Nachdenken gebracht. Er wollte mit seinen Komplimenten nicht nur nett sein. Er versuchte mich dazu zu bringen, die Situation und mich selbst so zu betrachten, wie ich es vorher nicht getan hatte. Ich wusste einfach nicht, was ich davon halten sollte. Von allem.

Ich hatte keine Ahnung, was ich über Isaac denken sollte. Er war so … intensiv. Ich wusste, dass er seine Worte auch genau so gemeint hatte, aber ich war mir nicht sicher, ob ich die Person war, für die er mich hielt. Ich wusste nicht, ob ich dieser Mensch sein konnte.

Die restliche Heimfahrt über war ich ziemlich still, und Isaac schien zu verstehen, dass ich ein bisschen Zeit für mich brauchte, um nachzudenken. Aber nach etwa zwanzig Minuten merkte ich, wie er mich immer mal wieder ansah. «Tut mir leid«, sagte ich seufzend. »Ich bin momentan nicht die beste Gesellschaft. Ich muss das alles erst mal sacken lassen.«

»Schon okay«, sagte Isaac. »Ich freue mich, dass du die Sache so ernst nimmst. Es ist eine große Entscheidung.«

Wieder seufzte ich. »Ich weiß nicht, was ich tun soll. Du hast gesagt, ich soll zusagen, aber ich weiß nicht, ob ich es kann. Das ist ziemlich viel Druck.« Ich zögerte einen Augenblick, dann gab ich zu: »Das ist alles irgendwie beängstigend.«

Zu meiner Überraschung erwiderte Isaac: »Ich weiß genau, wie du dich fühlst.«

»Ach ja?«

Isaac starrte geradeaus auf die Straße. »Meine Eltern wollen, dass ich auf Mission gehe.«

»Mission?«, wiederholte ich verwirrt.

»Für meine Gemeinde«, erklärte Isaac. »Ich soll Missionar werden.«

»Du meinst diese Leute mit Anzug und Namensschild, die von Tür zu Tür gehen und den Leuten Bibeln in die Hand drücken?«

Isaac lachte leise auf. »Genau die.«

»Okay, jetzt bin ich froh, nicht in deiner Haut zu stecken. *Das* ist beängstigend.«

»Sehr beängstigend«, pflichtete mir Isaac bei. »Und so wie du weiß auch ich, dass es die richtige Entscheidung wäre, aber ich bin mir nicht sicher, ob ich es tun will. Darum mag ich deine V-is-for-Virgin-Kampagne so sehr. Es geht gar nicht um Sex. Es geht darum, Entscheidungen für sich zu treffen. Schon mein ganzes Leben lang haben meine Eltern davon gesprochen, dass ich auf Mission gehen soll. Mein Vater hat es gemacht. Mein Großvater ebenfalls. Mein großer Bruder ist auf Mission gegangen. Genau wie meine große Schwester. *Alle* erwarten von mir, es zu tun, aber keiner hat mich gefragt, ob ich es auch machen will. Vielleicht will ich es ja, keine Ahnung. Aber wenn, dann will ich es tun, weil es *meine* Entscheidung ist. Nicht weil meine Eltern es wollen oder weil ich Angst davor habe, was die Leute sagen werden, wenn ich es nicht tue.«

Und ich hatte mir eingebildet, unter Druck zu stehen. Ich hatte keine Ahnung, was ich sagen sollte, also seufzte ich einfach nur.

»Tut mir leid«, sagte Isaac. »Ich wollte das nicht alles

auf dich abladen. Es ist einfach nur schön, mit jemandem darüber reden zu können, der mich versteht.«

»Ja«, sagte ich. »Das ist es wirklich. Danke.«

Isaac sah mich wieder an, dann legte er seine Hand auf meine und drückte sie. Als er nicht mehr losließ, musste ich mich bemühen, nicht zu zittern. Ich hielt Händchen mit Isaac Warren!

Als wir an meinem Haus ankamen, begleitete mich Isaac zur Tür, versuchte aber nicht, mich zu küssen oder mich zum Abschied zu umarmen. »Es war wirklich schön, dich besser kennenzulernen, Val«, sagte er und drückte noch mal meine Hand, bevor er zurücktrat. »Wenn ich dich heute nicht total abgeschreckt habe, könnten wir uns ja noch mal treffen.«

Ich wusste nicht, was ich sagen sollte, also nickte ich nur. »Noch mal danke, Isaac. Für die Mitfahrgelegenheit, das Abendessen, das Zuhören … für alles.«

Er lächelte nur. »Gute Nacht, Val. Wir sehen uns morgen in der Schule.«

15

Die A-Liste

Isaac Warren machte mich vollkommen verrückt, und das hatte nichts damit zu tun, ob ich nun auf ihn stand oder nicht. Ich kam einfach nicht darüber hinweg, dass er mich für ein gutes Vorbild hielt. Weil ich nicht hatte schlafen können, hatte ich mich durch alle Broschüren über ›Nicht Alle Tun Es‹ gelesen, war aber einer Entscheidung kein Stückchen nähergekommen.

Da ich ohnehin wach war, entschied ich mich, etwas früher zur Schule zu gehen. Ich schaute im Computerlabor vorbei, um zu sehen, ob mir die Kommentare zur Abstinenz-Challenge irgendwie dabei helfen würden, klarer zu sehen. Sie hatten mir schon vorher geholfen, und selbst wenn nicht, würden sie zumindest unterhaltsam sein. Doch heute waren sie ein bisschen verstörend.

OscarTheAbstinentGrouch: Abstinenz ist voll lahm.
Devil_in_Disguise: Dann lass es doch einfach.
TheNewJamesDean: Das Problem ist seine Freundin! Ihr seid alle voll lahm.
No-Sex-Nate: Ganz genau. No-Sex-Nate. So nennen mich jetzt die Jungs in der Schule. Vielen Dank auch, Virgin Val.

No-Sex-Kitten: Aw, aber du machst das echt toll, Schatz! Danke, dass du das mit mir zusammen machst. Ich liebe dich!
No-Sex-Nate: Ich dich auch, KittyKat!
Beachbum57: Das war das erste Wochenende, an dem wir es mit der Abstinenz-Challenge versucht haben. Es war schwerer, als ich gedacht hätte. Nicht dass wir es sonst die ganze Zeit über miteinander treiben, aber wir waren am Freitag allein zu Hause und hätten es fast nicht geschafft. Letztendlich haben wir Monopoly gespielt. Wir hatten viel Spaß, aber mein Freund hat geschummelt LOL.
BarbieNKen: Wir haben es nur 4 Tage geschafft. AbstinenzFAIL haha. Es ist wohl ziemlich eindeutig, dass wir bereit für Sex waren.
OscarTheAbstinentGrouch: Ihr Glücklichen! Ich hatte seit 11 Tagen keinen Sex!!! Wenn ich jetzt Samenstau oder so was bekomme, werde ich klagen.
Lacrosse4Life: Ich würde mir da nicht zu viele Sorgen machen. Ich hatte 17 Jahre lang keinen Sex und scheine okay zu sein.
Dancergrl: Irgendwie scheint es mir schwerer zu fallen, als meinem Freund. Keine Ahnung, was ich davon halten soll.
TheNewJamesDean: Wahrscheinlich treibt er es mit einer anderen. So würde ich es machen.
Pissedoff: Hey, Virgin Val, #$@ dich, du dumme @%!$&!!!!!
NYCgirl861: Halt die Klappe, Derek! Ich weiß, dass du es bist! Beachte ihn gar nicht, Val. Er ist nur angepisst, weil ich mit ihm Schluss gemacht habe. Wie

ich es dir gesagt habe. Sex. Sex. Sex. Diese Challenge ist das Beste, was ich je gemacht habe!

»Hey Val. Du bist ja früh hier.«

Ich sah erschrocken auf, als Robin ihre Bücher neben mir auf den Tisch fallen ließ. »Hast du die gelesen?«

Robin nickte. »Armer No-Sex-Nate. Das ist schlimmer als Virgin Val.«

Ich zwang mich zu einem Lächeln, dann sagte Robin: »Ich hab dir ja gesagt, dass wir einen Wortfilter brauchen. Zumindest waren sie nicht alle schlimm. Das Pärchen, das Monopoly gespielt hat, war lustig.«

»Ja, aber NYCgirl hat wegen mir mit ihrem Freund Schluss gemacht. Ich bin eine Beziehungszerstörerin.«

»Für mich klingt es so, als ob du ihr geholfen hättest. Diese Beziehung wäre ohnehin gescheitert, und NCYgirl war ja auch nicht gerade traurig darüber.«

»Vielleicht.«

Ich warf einen Blick auf den Computerbildschirm und wusste einfach nicht, was ich von den heutigen Kommentaren halten sollte. *Und ich soll ein Vorbild sein?* Was das anging, war ich doch ziemlich skeptisch.

»Okay, ich will ja jetzt nicht einfach das Thema wechseln, aber …« Robin klang untypisch aufgeregt. »Ich muss es wissen!«

»Was denn?«

»Ich habe mitbekommen, wie Isaac heute Morgen jemandem am Handy erzählt hat, dass er gestern Abend mit dir essen war.«

Robins Begeisterung brachte mich zum Lachen. Sie erinnerte mich sehr an Cara.

»Also?«, fragte Robin. »Jetzt lass mich doch nicht so in der Luft hängen.«

Ich zuckte mit den Schultern und bemühte mich, nicht rot zu werden. »Er hat mich gestern zum Büro von ›Nicht Alle Tun Es‹ gefahren, und weil auf dem Heimweg zu viel Verkehr war, sind wir noch was essen gegangen.«

»Moment mal, war es jetzt ein Date oder nicht?«

»Ähm, na ja, ich denke, zum Ende hin auf jeden Fall. Vielleicht. Er hat gemeint, dass wir uns noch mal treffen sollten.«

Robin unterdrückte ein Kreischen. »Und das werdet ihr, oder?«

»Ich weiß es nicht.«

Robin wirkte verwirrt, war aber nicht enttäuscht oder gar empört von meiner Antwort, wie Cara es gewesen wäre. Sie lächelte mich mitfühlend an. »Und wie kommt's? Ich finde, ihr würdet total gut zusammenpassen. Magst du ihn nicht?«

»Doch, schon. Ich bin gern mit ihm zusammen, und wir können echt gut miteinander reden, aber er ist so …«

»Einschüchternd?«, schlug Robin neugierig vor.

Ich dachte darüber nach, und obwohl ich tatsächlich ziemlichen Respekt vor ihm hatte, war es nicht das Wort, nach dem ich suchte. Ich hatte keine Angst vor Isaac. Er überwältigte mich. »Er ist ziemlich tiefgründig, weißt du? Sehr ernst. Wir haben richtige Gespräche geführt. Es ist ziemlich intensiv. Zach war das genaue Gegenteil – immer nur zu Scherzen aufgelegt und ziemlich oberflächlich.«

»Hmm. Na ja, und wenn ihr euer erstes richtiges Date nicht allein habt? Wir könnten zu viert gehen, und du könntest dich in Ruhe herantasten. Alan Russell schuldet mir ein Abendessen, seit ich letzte Woche seinen Artikel auf Seite zwei gepusht habe.«

Dann klappte Robins Mund auf, als wäre ihr der eigene Vorschlag peinlich. Ihre Wangen wurden rot. »Natürlich nur, wenn du willst«, sagte sie schnell. »Du musst selbstverständlich nicht. Verstehe ich vollkommen. Isaac und du seid so beliebt, dass es wahrscheinlich hunderte von Leuten gibt, die mit euch zusammen ausgehen würden.«

Robins geringes Selbstbewusstsein schockierte mich. Isaac, na ja, das war klar – schließlich dachte ich das Gleiche über ihn – aber sie setzte mich auf eine Stufe mit seiner Beliebtheit, obwohl ich Robin und mich immer eher als sozial gleichgestellt gesehen hatte. Es tat mir leid, dass sie das nicht auch so wahrnahm. Irgendwie war sie in den letzten Wochen zu einer guten Freundin geworden.

»Ich finde, ein Doppeldate ist eine tolle Idee«, sagte ich. »Natürlich könnte man mich meines Amtes entheben, wenn ich als stellvertretende Schülersprecherin mit Mitarbeitern der Schülerzeitung ausgehe.«

Nachdem wir beide herzhaft gelacht hatten, entschieden wir, unsere jeweiligen Dates zu fragen, ob sie am Freitag Zeit hatten. Ich war so mit dem Gedanken beschäftigt, Isaac um ein Date zu bitten, dass ich gar nicht bemerkte, dass Cara nicht in der Schule war, bis mich Stephanie zwischen zwei Kursen ansprach. »Hi, Val. Heute keine Cara dabei?«

»Hi, Stephanie«, sagte ich und war ein bisschen erstaunt, als mir klar wurde, dass Cara wirklich nicht neben mir stand. Ich dachte darüber nach, dann musste ich lachen. »Sie schläft sich wahrscheinlich nach einem langen Abend aus.«

»Klingt, als hätte da jemand mehr Spaß gehabt als ich«, sagte Stephanie.

Ich nickte. »Ich hab richtig Angst, sie zu fragen, wie viel Spaß sie hatte.«

»Na ja, da sie nicht hier ist, willst du vielleicht mit uns zu Mittag essen?«

»Ähm.« Die Einladung erstaunte mich. »Klar.«

»Toll! Musst du zu deinem nächsten Kurs hier lang?« Stephanie deutete in die Richtung und ich nickte. »Gut. Ich auch. Lass uns zusammen gehen.«

Bevor ich antworten konnte, hakte sich Stephanie bei mir ein und gemeinsam gingen wir zu ihrem nächsten Kurs. »Ich wollte mich nach deinem Schmuck erkundigen. Isaac hat mir erzählt, dass du jetzt Designerin wirst. Einfach unglaublich. Ich gratuliere.«

Stephanie ist wirklich umwerfend. Sie ist eines von diesen Mädchen, das so beliebt ist, dass man sich gar nicht traut, sie anzusprechen – aber wenn man sie erst mal kennt, ist sie erstaunlich nett. Überhaupt nicht so wie Olivia Lewis. Olivia ist beliebt, weil sie wild entschlossen ist, es zu sein. Stephanie ist beliebt, weil sie einfach jeder mag. An Stephanies Worten merkte ich, dass sie sich wirklich für mich freute. Es war schwer, sich in ihrer Gegenwart nicht gut zu fühlen.

»Lass mich raten«, neckte ich sie. »Du willst doch alle Details hören.«

Stephanie wirkte unglaublich erleichtert, dass ich mit ihr herumscherzte. Mir wurde klar, dass sie mein Date mit Isaac nur zaghaft erwähnt hatte, als ob sie eine mögliche Freundschaft austesten würde und nervös war, ob ich sie an mich heranlassen würde. Als ich es tat, lächelte sie breit und wurde genauso aufgeregt, wie Robin und Cara es gewesen waren.

»Oh ja, bitte. Isaac wollte mir überhaupt nichts erzählen.«

Ich errötete. »Es gibt ja auch nicht viel zu erzählen. Es war eine spontane Sache, und wir haben eigentlich nur darauf gewartet, dass sich der Stau auflöst. Ich bin mir nicht mal sicher, ob es überhaupt ein Date war.«

Stephanie nickte bekräftigend. »Isaac hat es ein Date genannt.« Als ich die Bestätigung hörte, begann mein Herz aufgeregt zu klopfen. »Aber Isaac ist so zurückhaltend. Er ist nämlich eigentlich ziemlich schüchtern, weißt du – er ist nicht der Typ, der aus dem Nähkästchen plaudert. Er hat mir gesagt, dass ihr ausgegangen seid, aber das war es auch schon. Ich kann dir gar nicht sagen, wie sehr ich mich freue. Er hat nicht oft Dates.«

Stephanies Geständnis überraschte mich. Isaac und schüchtern? Isaac hatte nicht oft Dates? Je mehr ich darüber nachdachte, desto klarer wurde mir, dass es stimmte. Er war beliebt und hing mit den anderen beliebten Schülern ab, aber ich konnte mich nicht erinnern, ihn mal mit einer Freundin gesehen zu haben. Und innerhalb einer Gruppe war er immer der Stille. Das machte ihn ja so ultracool.

Und es machte die Tatsache, dass er mich gestern zum Essen eingeladen hatte, noch viel erstaunlicher.

Ich verstand überhaupt nicht mehr, was hier vor sich ging. Isaac Warren ging mit mir aus? Robin befürchtete, nicht beliebt genug zu sein, um mit mir Zeit zu verbringen? Stephanie wollte gern meine Freundin sein?

Es war, als wäre ich in einer alternativen Realität gelandet, wo ich plötzlich sehr, sehr beliebt war. Nein, *wichtig*. War das nicht das Wort, das Isaac benutzt hatte? Insgeheim kam es mir so vor, als hätte ich die Aufmerksamkeit gar nicht verdient. Genauso wie in dem Moment, als mich die beiden Damen von ›Nicht Alle Tun Es‹ gefragt hatten, ob ich das Gesicht ihrer Kampagne werden wollte.

Der Druck wurde mir allmählich zu viel. Ich konnte einfach nicht diese Person sein, für die mich alle zu halten schienen. Oder?

»Hier muss ich rein«, sagte Stephanie und blieb vor der Tür eines Kursraums stehen. »Dann sehen wir uns beim Mittagessen?«

»Ja.« Ich riss mich aus meinen Gedanken und lächelte. »Dann bis gleich.«

Meine nächsten Kurse vergingen wie im Flug, und plötzlich war Mittagspause. Ich wusste, dass es albern war, aber ich war ein wenig nervös, mich zu Stephanie und ihren Freunden zu setzen. Besonders da ich den ganzen Tag noch nicht mit Cara geredet hatte, meinem Fels in der Brandung.

Ich sank an meinem Schließfach zu Boden und schrieb Cara ein letztes Mal, bevor ich zur Kantine ging. Gespannt wartete ich, ob ich dieses Mal eine Antwort bekommen würde. Überraschenderweise tat ich das. Vier hintereinander.

Sorry! Ich ignoriere dich nicht.

Hatte kein Handy.

Bin bald zurück.

Hab dir so viel zu erzählen!

»Alles okay, Val?« Ich blickte auf. Vor mir stand Isaac und musterte mich. »Du wirkst gestresst.«

»Nur ein bisschen«, gab ich zu.

Isaac deutete auf den leeren Platz neben mir. »Darf ich?«

Als ich nickte, setzte er sich zu mir auf den Boden des Flurs, der immer leerer wurde, während alle um uns herum zum Mittagessen gingen.

Isaac nahm meine Hand, so wie er es am Abend zuvor getan hatte. Dann sah er mich an, wie um zu fragen, ob es in Ordnung war. Ich hatte kaum Zeit, zu lächeln, als ich hörte, wie jemand meinen Namen rief.

Zach stand vor uns und starrte mich mit tellergroßen Augen an. »Du gehst jetzt mit *ihm?*«, fragte er fassungslos. Einen Augenblick lang wirkte Zach gekränkt, doch schnell wich sein Gesichtsausdruck einem wütenden Blick. »Du hoffst wohl, dass er deinen Ruf wieder aus der Gosse holt. Wirst du ihn auch erst scharfmachen und dann fallen lassen?«

»Komm schon, Mann, das ist nicht cool«, sagte Isaac. »Lass sie in Ruhe.«

Es war zwar nett, dass Isaac mich verteidigen wollte, aber das brauchte er gar nicht. »Nein«, sagte ich zu Zach. »Ich hoffe nur, dass er mir hilft, über dich hinwegzukommen.«

Das schien Zach zu überraschen. An diesem Punkt hätte ich wahrscheinlich besser aufhören sollen, aber ich war wütend und immer noch sehr verletzt von dem, was er mir angetan hatte.

»Ich mag Isaac, weil er freundlich und rücksichtsvoll ist. Weißt du überhaupt, was das bedeutet? Das ist, wenn man die Gefühle anderer Menschen respektiert und es einem nicht egal ist, ob man auf ihnen herumtrampelt. Solltest du auch mal versuchen.«

»Ich?« Zach lachte wütend auf. »Du warst es doch, die meine Gefühle …«

»Du. Hast. Mir. Das. Herz. Gebrochen!«, brüllte ich und überraschte damit uns alle drei. Ich begann vor Wut zu zittern, und Isaac drückte meine Hand. Es fühlte sich so gut an, ihn neben mir zu spüren.

»Ich dachte, du würdest mich lieben«, sagte ich zu einem erstaunten Zach. »Ich dachte, dass ich ehrlich zu dir sein könnte. Ich dachte, dass du mir wenigstens zuhören würdest, wenn ich dir sage, wie ich mich fühle, doch stattdessen hast du mit mir Schluss gemacht, bevor ich auch nur mit der Wimper zucken konnte. Und dann hast du *direkt am nächsten Tag* mit *Olivia Lewis* herumgeknutscht. Vor allen anderen! Ich habe alles, was ich seit unserer Trennung gemacht habe, nur getan, um zu verhindern, dass Typen wie du anderen so wehtun, wie du mir wehgetan hast.«

Darauf hatte Zach nichts zu erwidern. Er starrte mich noch einen Moment lang schockiert an, dann warf er mir einen weiteren bösen Blick zu und stürmte davon.

»Tut mir leid«, sagte ich zu Isaac, der sehr still neben mir saß. »Ich wollte nicht, dass du das mitbekommst. Aber er macht mich einfach so wütend.«

Ich sah Isaac an, der in diesem Moment keine Ahnung hatte, was er sagen oder tun sollte, und lächelte. »Noch mal danke für gestern Abend«, sagte ich. »Danke für dein Verständnis.«

Mich überkam eine solche Welle der Dankbarkeit, dass ich mich ohne nachzudenken zu Isaac lehnte und ihn küsste. Ich konnte seine anfängliche Überraschung spüren, doch er kam schnell über sie hinweg und erwiderte den Kuss, als würde er das nur allzu gern tun.

Als ich mich zurückzog, sah mich Isaac wieder mit einem dieser Blicke an, die direkt bis zu meiner Seele zu reichen schienen. Was immer er dort sah, schien okay zu sein, denn er sagte: »Das wollte ich schon gestern Abend tun, aber ich war mir nicht sicher, ob du das willst.«

»War ich mir gestern Abend auch noch nicht«, gab ich zu. »Was auch immer das zwischen uns ist, fühlt sich ein bisschen intensiver an als das, woran ich gewöhnt bin.« Ich errötete. »Es ist ein bisschen überwältigend.«

In Isaacs Gesicht flackerte ein Ausdruck auf, als wisse er genau, was ich meinte. Dann fragte er: »Also …?«

Er überließ mir die Entscheidung, aber ich war mir immer noch nicht sicher, was ich wollte. »Also …«, wiederholte ich. »Was, wenn wir einfach abwarten, was passiert? Robin Daniels und ich haben überlegt, ob wir am Freitag ein Doppeldate machen sollen. Würdest du mich begleiten?«

Isaac begann zu strahlen. »Sehr gern.« Er stand auf und streckte mir seine Hand entgegen. »Und jetzt sollten wir besser essen gehen, bevor die Pause vorbei ist.«

»Gute Idee«, sagte ich. »Wie ich höre, gibt es heute Lasagne. Man weiß ja nie. Sie könnte besser sein als die von Tante Ani.«

Es verursachte ziemliches Aufsehen, als Isaac und ich händchenhaltend durch die Kantine gingen. Es war keiner dieser lebensverändernden Momente, in denen die Zeit stillzustehen scheint, aber alle beobachteten uns aus dem Augenwinkel und tuschelten mit ihren Sitznachbarn. Isaac schien es nicht zu bemerken, aber Isaac ist eben Isaac. Er ist daran gewöhnt, im Mittelpunkt zu stehen.

Er führte mich zu seinem Tisch, und keiner seiner Freunde war überrascht, mich zu sehen. Stephanie und Lacy hatten mir einen Platz zwischen ihnen freigehalten, aber als sie sahen, dass Isaac meine Hand hielt, rutschte Stephanie einen Stuhl weiter, damit ich neben ihm sitzen konnte. Und das war's. Der Tisch der A-Liste ging zur Tagesordnung über. Nur, dass die Tagesordnung jetzt eben mich mit einschloss.

16

Die Fehde

»Sie lebt!«, rief ich scherzhaft, als Cara mich endlich zurückrief. »Ich dachte schon, die dunkle Seite der Rock'n-Roll-VIP-Welt hätte dich dieses Mal für immer verschluckt.«

»Gar nicht so unwahrscheinlich«, erwiderte Cara. »Wo bist du?«

»In der Schule. Wo bist du?«

»Auch in der Schule. Und wo genau bist du?«

»In der Kantine. Es ist Mittagspause, falls du es noch nicht bemerkt haben solltest.«

»Ich bin in der Kantine und du bist nicht – oh.«

Sie legte auf.

»War das Cara?«, fragte Stephanie.

»Ja, sie hat sich wohl inzwischen von ihrem wilden Abend erholt. Ich sollte mal nach ihr sehen.«

»Val, du musst nicht weggehen.«

»Ja«, sagte Lacy. »Sie kann sich zu uns setzen, wenn du willst.«

»Ugh, muss das sein?«, quengelte Olivia. »Sie ist so nervig. Nichts für ungut, Val, aber wie hältst du es mit ihr aus?«

»Redet ihr von dieser Dramatante?«, fragte Devon. »Die macht mir Angst.«

»Mir auch«, sagte Mason.

»Ich finde sie scharf«, entgegnete Jeff. »Hey, Val, kannst du nicht mal bei ihr ein gutes Wort für mich einlegen?«

»Na klar, Jeff«, sagte Mason. »Die ist doch viel zu viel Frau für dich. Die verspeist dich zum Frühstück.«

Darüber lachten wir alle. Ich liebe es, dass die Leute vor Cara Angst haben. Und ich bin mir sicher, Cara liebt es auch.

»Reiß dir bloß kein Bein aus, mich zu finden«, sagte Cara, die jetzt von hinten an mich herantrat.

»Ich wollte dich gerade holen.« Ich musste immer noch ein bisschen lachen und klopfte auf den Platz neben mir, wo Stephanie bereits Platz gemacht hatte. »Setz dich.«

Als Cara das nicht tat, drehte ich mich zu ihr um. Sie beäugte meine neuen Freunde, und zur Abwechslung tat sie das mal nicht mit einer ihrer übertriebenen Grimassen. »Oder ich komme mit dir«, schlug ich stattdessen vor.

Stephanie und Isaac versuchten Cara davon zu überzeugen, dass sie gern bleiben konnte, aber ich war mir sicher, dass sie mich nach meinem Platz neben Isaac ausfragen wollte, und das konnte sie ja schließlich kaum vor den anderen machen. »Schon gut«, sagte ich beim Aufstehen. »Cara und ich haben uns viel zu erzählen. Wir sehen uns später.«

Bevor ich gehen konnte, nahm Isaac wieder meine Hand. »Kann ich dich nachher nach Hause fahren?«

»Mit dem Motorrad?« Mein Herz machte vor Freude einen Sprung, als ich mir vorstellte, wie ich mich hinter ihn setzte und die ganze Fahrt über an ihm festhalten würde.

Isaac lachte. »Sei abenteuerlustig, Val. Darin bist du echt gut.«

»Na ja, wenn du es so ausdrückst.«

»Wir treffen uns an den Schließfächern.«

»Okay.«

Cara war so anständig, zu warten, bis wir die Kantine verlassen hatten, bevor sie abrupt stehenblieb. »Okay, rück endlich mit der Sprache raus. Ich sterbe vor Neugier. Ich konnte fast die Party gestern nicht genießen, weil ich die ganze Zeit an dich denken musste. Was ist passiert? Offensichtlich lief es gut. Aber wie gut? Seid ihr jetzt zusammen, oder was? Ich konnte es nicht genau sagen. Aber so wird es laufen, oder? Verdammt, ich kann nicht glauben, dass du mit Stephanie DeWitt an einem Tisch gesessen hast und nachher von Isaac Warren mit dem Motorrad nach Hause gefahren wirst!«

Ich konnte nicht anders, ich musste losprusten. Ich hatte keine Ahnung, wie sie es überhaupt geschafft hatte, sich so lange zurückzuhalten. »Nein, du zuerst«, erwiderte ich, als ich wieder sprechen konnte. »Ich hab ein ganz schlechtes Gewissen, dass ich nicht so gern mit dir und Shane abhängen wollte. Ich meine, du weißt, dass ich nicht so auf Partys stehe, und besonders wenn Kyle dabei ist. Aber Shane ist dir wichtig. Ich hätte dich gestern Abend begleiten sollen. Es tut mir wirklich leid. Also, erzähl mir alles darüber. War jemand Berühmtes da? Wie viele Begleiterinnen hatte Kyle dabei?«

Caras Gesicht hellte sich auf, dann quietschte sie los. »Da ist die V, die ich kenne und liebe! Okay, also erstens waren Jimmy Eat World da, was schon mal krasser ist, als ich sagen kann, und zweitens hatte Kyle überhaupt keine Begleitung dabei.«

»Wirklich?« Ich hasste es, dass mich diese Neuigkeit interessierte, und ich hasste es, dass mich Cara mit hochgezogener Augenbraue ansah.

»Nein, er hat niemanden mitgebracht«, sagte sie. »Und das war auch gut so, denn er hat mit praktisch jeder Frau dort getanzt oder herumgeknutscht und ist schließlich mit der Freundin eines anderen verschwunden.«

»Wow.«

»Keine Sorge, V. Er hat trotzdem nach dir gefragt.«

»Ach ja? Was hat er gesagt?«

Cara wirkte einen Moment lang beunruhigt oder vielleicht auch schuldig, dann wechselte sie das Thema. Was Kyle auch über mich gesagt hatte, war wohl nicht gerade ein Kompliment gewesen. Oh, na ja. War wahrscheinlich besser so.

»Ist doch egal, was Kyle gesagt hat. Weißt du noch, wie du gesagt hast, dass du in letzter Zeit eine lausige Freundin warst, und dass du mir auf jeden Fall was dafür schuldig bist, weil du mich gestern nicht zur Party begleitet hast?«

»Das habe ich zwar nicht gesagt, aber okay?«, sagte ich misstrauisch.

»Na ja, …« Cara verzog ihr Gesicht. Was auch immer es war, es würde schlimm werden.

»Raus damit.«

»Tralse filmen am Freitag ein Musikvideo für *Cryin' Shame.* Sie haben mich gebeten, dich zu fragen, ob du darin mitspielen würdest.«

»Wie bitte?«

»Val, es ist *dein* Song. Kyle hat ihn *für dich* geschrieben. Jetzt, wo du in den Nachrichten warst, dachten sie, es wäre cool, wenn die echte Virgin Val im Video vorkommt. Selbst ihr Manager hält es für eine gute Idee.«

»Das ist überhaupt keine gute Idee.«

»Denk doch nur an die PR. Du wirst bald deine eigene Schmuckkollektion herausbringen, und sie wollen, dass du im Video deine Kette trägst.«

»Wahrscheinlich *nur* meine Kette. Cara, es geht in diesem Lied darum, dass er mich entjungfern will!«

»Ich weiß! Es ist perfekt! Der Casanova, der sich nach einer Jungfrau verzehrt. Das ist großartig.«

»Und es wird niemals dazu kommen.«

»Aber V …«

»Kein Aber. Nein. Meine Antwort lautet nein. Nicht nur nein, sondern auf keinen Fall, niemals, im Leben nicht. Irgendwie wäre das, als würde ich Kyle gewinnen lassen.«

Cara seufzte, und ich erwartete weitere Überzeugungsversuche, doch stattdessen lächelte sie. »Ich habe ihnen schon gesagt, dass du dich niemals darauf einlassen wirst. Sie haben mich versprechen lassen, dass ich dich frage, aber ich habe ihnen gesagt, dass sie es vergessen können.«

»Und darum liebe ich dich, C.«

»Warte damit lieber noch einen Moment.«

»Oh oh.«

»Na ja, ich hab ihnen gesagt, dass du das nicht in einer Million Jahre machen würdest, also hat Shane gesagt, dass *ich* es ja an deiner Stelle machen könnte. Heute Morgen habe ich mich deshalb mit dem Typen getroffen, der das

Video macht, und hab vorgesprochen. Er meinte, wenn ich will, könnte ich die Rolle haben, aber ich habe ihm gesagt, dass ich zuerst mit dir sprechen muss.«

Cara versuchte es wieder mit einem Pokerface, aber ich konnte ihr ansehen, dass sie den Atem anhielt und hoffte, dass ich nicht wütend sein würde. Auch wenn es um Kyles Musikvideo ging, freute ich mich wahnsinnig für sie. »C, das ist ja großartig!«

»Wirklich?«

»Natürlich! Du wolltest doch schon immer Schauspielerin werden. In einem Musikvideo zu sein, ist doch ein Schritt in die richtige Richtung, oder?«

»Ganz genau!« Cara atmete erleichtert aus. »Vielleicht bekomme ich dadurch einen Fuß in die Tür. Vielleicht hilft es mir ja sogar dabei, einen Agenten zu bekommen.« Dann wurde Cara kurzzeitig wieder ernst. »Dir macht es doch wirklich nichts aus, oder?«

»Natürlich nicht. Ich freue mich wahnsinnig für dich. Außerdem, wenn du es tust, muss ich es nicht machen, oder?«

»Genau. Willst du am Freitag dabei sein, wenn wir drehen? Calltime ist erst um 16 Uhr, du würdest also nicht mal die Schule verpassen.«

Nun war ich es, die zögerte. »Ähm.« Ich verzog das Gesicht. »Normalerweise würde ich auf jeden Fall.«

»Aber?«

»Ich hab schon andere Pläne.«

»Was denn für Pläne? Du hast ohne mich Pläne gemacht?«

»Tut mir leid. Das ist einfach so passiert. Ich habe Robin heute Morgen erzählt, dass Isaac mit mir ausgehen will und ich deswegen aber nervös bin, also hat sie ein Doppeldate vorgeschlagen.«

Ich wusste, dass Cara eifersüchtig darauf war, wie viel Zeit ich mit Robin verbrachte, aber ich hätte im Leben nicht gedacht, dass sie so gekränkt sein würde. Sie wurde nicht mal sauer. Sie sagte nichts Schnippisches und brüllte mich auch nicht an. Sie sah mich einfach enttäuscht an und sagte: »Du hast mit Robin über Isaac geredet?«

Ich hatte noch nie gesehen, dass Cara so ruhig auf etwas reagierte. Ich fühlte mich furchtbar, aber ich konnte mich schlecht entschuldigen, weil ich nichts Falsches getan hatte. Robin war jetzt meine Freundin, genau wie Stephanie. Cara würde sich einfach daran gewöhnen müssen, mich zu teilen.

»Du warst nicht hier und bist auch nicht an dein Handy gegangen. Robin hat gefragt, also hab ich es ihr erzählt«, erklärte ich schulterzuckend. Dann versuchte ich, das Thema zu wechseln. »Vielleicht heitert es dich auf, zu erfahren, dass ich Zach angebrüllt und Isaac geküsst habe.«

»Wirklich?«

Cara lächelte wieder. Es war das erste Mal, dass sie ihre Schauspielkünste bei mir anwendete. Sie ist gut, aber mich konnte sie nicht täuschen. Das Lächeln war falsch.

»Kommst du immer noch mit zum Launch am Samstag?« Halb erwartete ich, dass sie sich eine Ausrede einfallen lassen würde.

»Natürlich werde ich da sein. Jetzt muss ich aber ins Sekretariat. Meine Mutter hat mir wegen heute Morgen eine Entschuldigung geschrieben.«

»Okay. Dann bis zur Siebten.«

Cara ging davon, und ich trottete zu meinem nächsten

Kurs. Es war gerade wirklich komisch zwischen uns. Wir stritten uns, und obwohl wir das andauernd taten, war es diesmal anders. Es war eher unterschwellig. Cara war meine allerbeste Freundin. Ich hasste es, mich mit ihr zu streiten, aber das Problem war, dass ich nicht genau wusste, worüber wir dieses Mal stritten und wie man es beheben konnte.

Der Samstagabend und damit der Launch meiner Schmuckkollektion kamen viel zu schnell. Gerade hatte ich noch tausend Dinge zu erledigen und plötzlich stand ich in Margrets Büro und wartete darauf, dass sich die Menschen im Laden versammelten. Die Bezeichnung »Büro« war ziemlich großzügig. Es handelte sich eher um eine Abstellkammer mit Schreibtisch, aber hier war es ruhig und bis auf Margret und mich leer, also war es gerade so etwas wie eine Zufluchtsstätte.

»Ich glaube, ich war in meinem ganzen Leben noch nie so nervös«, murmelte ich. »Es sind so viele Leute da.«

Alle waren gekommen – Mr Cartwright und Mr Jackson von C&J Jewels, Christina und Darla von der Nicht-Alle-Tun-Es-Stiftung, meine Eltern, die gesamte Schülerschaft der Huntington High und das PR-Team von C&J Jewels hatte auch noch einen ganzen Haufen Reporter eingeladen. Und dann waren noch Tralse gekommen.

Die Band sollte das Abendprogramm der Veranstaltung bestreiten, egal wie sehr ich dagegen protestiert hatte. Sowohl die Leute von C&J Jewels als auch der Manager von Tralse hielten es für eine gute Idee. Und sie hatten wohl recht, denn selbst CNN war hier. Wir würden es heute Abend in die landesweiten Nachrichten schaffen.

»Und das alles nur wegen einer Highschoolschülerin und ihrer Schmuckkollektion für einen guten Zweck.«

»Komm schon, Liebes, es ist doch aufregend«, sagte Margret. »Alle lieben es, junge Menschen zu sehen, die etwas Außergewöhnliches tun.«

»Aber ich habe ja gar nichts Außergewöhnliches getan. Es ist nur eine Kette mit einem V daran. Die Kollektion habe ich nur deshalb bekommen, weil Kyle Hamilton einen nervigen Song geschrieben hat.«

»Papperlapapp! Du bist an sich schon außergewöhnlich. All diese Leute da draußen sind hier, um dich zu unterstützen, weil sie sehen können, wie mutig es von dir ist, für etwas einzutreten, an das du glaubst.«

»Aber Margret, ich bin überhaupt nicht mutig! Ich habe schreckliche Angst. Das war doch alles gar nicht geplant. Ich glaube, ich schaffe das nicht. Ich kann da nicht raus gehen.«

»Ich bin doch direkt bei dir, genau wie deine Eltern und alle deine Freunde. Ich glaube sogar, einen hübschen jungen Mann gesehen zu haben, der da draußen auf dich wartet.«

Margret sah mich mit hochgezogener Augenbraue an, bis ich knallrot wurde. »Und?«, fragte sie.

Die Vorstellung, dass Margret mit mir über »hübsche junge Männer« tratschen wollte, brachte mich zum Lächeln. Es war eine willkommene Ablenkung, also erzählte ich ihr von Isaac und unserem Date am Abend zuvor. Es war gut gelaufen, und ich war mir ziemlich sicher, dass Isaac und ich nun offiziell zusammen waren, auch wenn wir es noch nicht ausgesprochen hatten.

Mit Margret zu reden war zwar nicht so gut, wie Cara

die Einzelheiten zu erzählen, aber es war immer noch komisch zwischen uns, und außerdem waren wir beide so beschäftigt gewesen – sie mit ihrem Videodreh, ich mit dem Launch – dass wir noch keine Gelegenheit gehabt hatten, miteinander zu reden. Sie hatte versprochen, mit Shane vorbeizukommen, doch bis jetzt hatte ich sie noch nicht gesehen. Egal wie es gerade lief, ich hoffte inständig, dass sie da draußen auf mich wartete. Ich konnte mir einfach nicht vorstellen, diesen Abend ohne sie zu überstehen.

Nach ein paar Minuten klopfte jemand an die Tür des Büros, und Margret schob mich raus. Ich atmete erleichtert auf, als ich Isaac in der Menge auf mich warten sah. Er sah in dem Anzug, den er trug, so unglaublich gut aus, dass ich kurz mit dem Gedanken spielte, die Sonntagsschule mit ihm zu besuchen. Ich drückte seine wartende Hand, und als er spürte, wie ich zitterte, zog er mich in seine Arme.

»Alles okay?«, fragte er.

»Ich bin nur nervös.«

Isaac sah mir in die Augen. »Du wirst toll sein«, sagte er und gab mir einen flüchtigen Kuss.

Das machte es wohl offiziell. Wenn mich Isaac vor allen küsste, einschließlich meiner Eltern, dann musste das bedeuten, dass er mein Freund war. Ich dachte kurz darüber nach und entschied, dass ich damit leben konnte.

Als sich Isaac zurückzog und verlegen lächelte, strahlte ich ihn an und nahm seine Hand in meine. Ich hatte nicht vor, sie an diesem Abend noch mal loszulassen. »Okay«, sagte ich und atmete tief durch. »Dann wollen wir mal.«

Lächelnd zog mich Isaac in die Menge.

Die Veranstaltung fand im Hauptaufenthaltsbereich

des Einkaufzentrums statt, der normalerweise für Talentshows und den Weihnachtsmann reserviert war. Heute Abend war extra eine Bühne aufgebaut worden, auf der Tralse spielen würden, und man hatte zusätzliche Sicherheitsleute angeheuert. Das Einkaufszentrum war weiter öffentlich zugänglich, aber man musste ein spezielles Armband haben, um in Margrets Schmuckgeschäft eingelassen zu werden, das für den heutigen Abend so etwas wie die Einsatzzentrale darstellte.

Der erste Teil des Abends war nur ein gemütliches Beisammensein. Während Tralse im Hintergrund spielte, mischte ich mich unter die Gäste, und sie stellen mir alle möglichen Fragen. Ich konnte es nicht nachvollziehen, aber irgendwie wollte jeder Virgin Val kennenlernen. Selbst der Bürgermeister war da und sagte mir, dass ich für irgendeinen Wohltätigkeitspreis nominiert war. Es war der reine Wahnsinn.

Dann war es an der Zeit, die neue Virgin-Schmuckkollektion zu enthüllen. Die Presse versammelte sich, um zu hören, wie Mr Cartwright, Mr Jackson und ich etwas darüber erzählten. Und obwohl ich Darla das Geld bereits gegeben hatte, das beim Herbstfest zusammengekommen war, hatte jemand einen dieser riesigen Schecks drucken lassen, und es wurde eine riesige Show darum gemacht, wie ich ihn Darla überreichte.

Danach kam die Pressekonferenz. Das war der Teil, vor dem mir am meisten gegraut hatte, aber eigentlich lief es ganz gut. Noch mehr Kameras, noch mehr Menschen, die mich anstarrten, aber hauptsächlich die gleichen Fragen, die ich seit Beginn dieses ganzen Irrsinns schon oft beantwortet hatte.

Alles lief glatt, bis die Reporterin eines Klatschmagazins das unausweichliche Thema Kyle Hamilton zur Sprache brachte. »Mir ist aufgefallen, dass Tralse heute Abend hier sind«, sagte sie mit einem unglaublich selbstgefälligen Lächeln. »Bedeutet dass, die Gerüchte über die Fehde zwischen Kyle Hamilton und Ihnen sind übertrieben?«

»Fehde?«, wiederholte ich ungläubig.

Unwillkürlich sah ich in Kyles Richtung. Er erwiderte meinen Blick, gefolgt von einem Grinsen, das zehnmal so selbstgefällig war wie das der Reporterin. Am liebsten hätte ich es ihm aus dem Gesicht geschlagen. Mal sehen, wie selbstgefällig er in einer Minute noch grinsen würde.

»Ich bin nicht ganz sicher, was sie meinen«, sagte ich wieder an die Reporterin gewandt. »Ich bin Kyle sehr dankbar. Niemand hat sich mehr eingesetzt, um *V is for Virgin* und die Abstinenz-Challenge bekannt zu machen, als er. Ohne diesen Song, den er über mich geschrieben hat, wäre niemand von uns heute Abend hier. Und nun präsentieren Tralse auch noch die Virgin-Kette in ihrem nächsten Musikvideo. Das ist einfach wunderbare Publicity. Tatsächlich könnte man sogar sagen, dass Kyle Hamilton der größte Unterstützer von *V is for Virgin* ist.« Ich drehte mich sehr nachdrücklich zu Kyle um, mit einem so engelsgleichen Lächeln, dass es schon fast böse war. »Wirklich, ich kann dir einfach nicht genug danken.«

Alle Augen im Raum waren nun auf Kyle gerichtet. Sein Lächeln ließ nicht nach, doch ich konnte etwas in seinen Augen erkennen, als er mich ansah. Überraschung, Wut, Belustigung, ich wusste nicht genau, was, aber es war auf jeden Fall etwas da. Etwas, das mich überlegen ließ, ob es ein Fehler von mir gewesen war, ihn so zu provozieren.

Kyle blickte in das Meer der neugierigen Gäste und begann dann ohne ein weiteres Wort, sich seinen Weg zu mir aufs Podium zu bahnen. Je näher er kam, desto schneller schlug mein Herz. Er hatte wieder diesen Blick in den Augen – diesen primitiven Ausdruck, mit dem er mich vor ein paar Wochen in der Schule in die Enge getrieben hatte.

Er blieb ein paar Zentimeter von mir entfernt stehen und strahlte so viel Testosteron aus, dass man es praktisch sehen konnte. Ich bemühte mich, ebenso selbstbewusst zu wirken.

Kyle strich über meine Kette. Als seine Finger meine Haut berührten, durchfuhr mich eine plötzliche Hitze. »Es ist wirklich eine Schande«, sagte er in Anspielung auf sein Lied, und das Publikum lachte höflich.

Er sah in die Menge, die Fotos und Videos von uns machte, dann grinste er teuflisch. »Eigentlich gibt es eine Möglichkeit, wie du mir danken könntest«, sagte er laut und deutlich ins Mikro.

Kyle gab mir keine Chance, etwas zu erwidern. Er zog mein Gesicht an seines und küsste mich vor den versammelten Gästen, meinem Freund und CNN.

Ich vergaß die Kameras. Ich vergaß meine Eltern. Ich vergaß die Kampagne. Ich vergaß, dass ich ein Vorbild sein sollte. In diesem Moment war Kyle das einzige, woran ich denken konnte.

Und wie sehr ich ihn umbringen wollte.

Ich stieß ihn zurück und gab ihm eine so deftige Ohrfeige, dass meine Hand brannte. Seine Wange wurde sofort knallrot. Das freute mich. »Mach das *nie* wieder«, fauchte ich, zitternd vor Wut.

Kyle lächelte hocherfreut darüber, meine Selbstbeherrschung zerstört zu haben. »Weißt du, warum du jetzt so wütend bist?«, fragte er mich amüsiert. »Weil es dir gefallen hat. Du willst mich. Irgendwann wird dir dieser sinnlose Kreuzzug gegen Sex zu langweilig, Virgin Val. Du wirst einknicken, und wenn es so weit ist, werde ich da sein und lachen.«

»Du bist ein Schwein!«, rief ich.

»Und du eine prüde Zicke!«, schoss Kyle zurück.

»Ich werde *nicht* einknicken«, sagte ich, diesmal leiser, aber immer noch wütend. In diesem Augenblick traf ich die Entscheidung, die mich seit Tagen gequält hatte. »Ich werde die neue Sprecherin der Nicht-Alle-Tun-Es-Stiftung, und ich werde alles in meiner Macht Stehende tun, jedes Mädchen in dieser Stadt davon überzeugen, abstinent zu werden – allein schon, um dafür zu sorgen, dass *du* niemals wieder Sex hast.«

Kyle starrte mich wütend an. »Viel Glück dabei.« Damit marschierte er durch das Meer von Leuten davon und ignorierte die Fragen, die man ihm von allen Seiten stellte.

17

Der Hype

Ich machte nicht nur nationale Schlagzeilen. Mit unserer schockierenden Darbietung gingen Kyle und ich viral und erlangten internationale Berühmtheit. Über Nacht war ich irgendwie berühmter als eine Kardashian geworden.

Nachdem Kyle von der Bühne gestürmt war, hatten Mr Cartwright und Mr Jackson die Pressekonferenz beendet, während mich Darla und Margret zurück in den Schmuckladen manövrierten, wo ich mich in Margrets Büro einschloss, bis mich meine Eltern nach Hause bringen konnten.

Ich hatte mit niemandem gesprochen, weder meine E-Mails noch mein Handy gecheckt, und meine Eltern das ganze Wochenende davon abgehalten, den Fernseher einzuschalten. Ich hatte mich vollkommen zurückgezogen. Ich ging sogar so weit, trotz der Jalousie eine große dunkle Decke vor mein Schlafzimmerfenster zu hängen, weil die Paparazzi mit ihren Teleobjektiven in meinem Vordergarten kampierten.

Cara war am Montagmorgen vor der Schule die Erste, die in meine Festung der Einsamkeit vordrang. Ich war überrascht, dass sie so lange gebraucht hatte. »Tja, das lag nicht an mir«, sagte sie, während wir die Stufen zu meinem Zimmer hinaufstiegen. »Aber deine Eltern waren ziemlich entschlossen. Sie haben gesagt, dass du mindestens einen Tag für dich brauchst.«

»Das habe ich, aber jetzt bin ich froh, dass du hier bist.«

»Ich nehme an, du hast die Nachrichten gemieden?«

»Die Nachrichten ja. Kyle? Nicht so ganz.«

Cara sah mich fragend an, doch ich schüttelte nur den Kopf, als wollte ich sagen »Warte es nur ab.«

Ich öffnete die Tür meines Zimmers, damit Cara die Monstrosität darin mit eigenen Augen sehen konnte. Ich hätte sie warnen können, aber es gab einfach keine Möglichkeit, sie darauf vorzubereiten.

Cara betrat mein Zimmer und schnappte überrascht nach Luft. »Heilige Scheiße! Das müssen ja mindestens fünfzehn Dutzend sein!«

Sie war nah dran. Es waren zwanzig Dutzend. Zwanzig Dutzend der schönsten roten Rosen, die ich je gesehen hatte, nahmen jeden verfügbaren Zentimeter auf Schreibtisch/Kommode/Regal/Nachttisch ein. Zweihundertvierzig insgesamt. Mein Zimmer hatte sich in einen Blumenladen verwandelt.

Zach hatte mir mal ein Dutzend langstieliger Rosen zum Geburtstag geschenkt. Die waren schon beeindruckend gewesen. Aber das hier … das war …

»Irre«, flüsterte Cara ehrfürchtig und beendete damit meinen Gedanken.

»Ich glaube, er hat jeden Floristen in Huntington Beach leergekauft.«

Cara zog ihre Nase aus einer Blüte. »Die sind *alle* von Kyle?«

Ich seufzte, als Cara zu strahlen begann. Ich wusste,

was sie dachte. »V!«, quietschte sie. »Das ist ja so irre romantisch! Wie kannst du immer noch sauer auf ihn sein?«

Ich reichte ihr die Karte, die mit der Wagenladung Rosen gekommen war. Sie las sie laut vor. »Shane hat gesagt, ich soll mich entschuldigen, also … tut mir leid, dass du wütend auf mich bist. In Liebe, Kyle. P.S. Keine Sorge, ich werde niemandem sagen, dass du mich zurückgeküsst hast.«

»Hast du?«, fragte Cara automatisch.

»Habe ich was?«

»Ihn zurückgeküsst?«

»Nein«, sagte ich.

Cara verschränkte die Arme vor der Brust und wartete auf die Wahrheit.

»Nein!«, beharrte ich. Sie zog eine Augenbraue hoch. »Ich weiß nicht, okay? Vielleicht. Ich wurde überrumpelt. Es war ein Reflex!«

»Klar«, sagte Cara mit einem Schmunzeln, das mir ganz und gar nicht gefiel. »Sag mir nur eins. War es so heiß, wie es aussah?« Sie reichte mir einen Stapel Boulevardzeitschriften aus ihrem Rucksack. »Denn es sah aus, als würdet ihr beide in Flammen stehen.«

Vielleicht. Aber selbst wenn, würde ich das niemals eingestehen. Nicht mir selbst. Nicht Cara. Und ganz bestimmt nicht Kyle.

Ich blätterte durch die Zeitschriften. Alle hatten meine Geschichte auf der Titelseite. Die meisten zeigten, wie Kyle mich küsste, aber eine hatte ein Foto davon, wie ich ihn ohrfeigte. Es war ein guter Schnappschuss – sehr peinlich für Kyle. Meine Mundwinkel zuckten, und Cara kicherte. »Das ist auch mein Favorit.«

»Ich glaube, das lasse ich einrahmen.«

Cara vertrieb meine düstere Stimmung, und wir verbrachten eine Weile damit, die Zeitschriften und Magazine zu lesen. Als wir schließlich zur Schule mussten, wartete immer noch eine Handvoll Paparazzi in meinem Vorgarten. Sie begannen zu filmen und zu fotografieren, sobald wir das Haus verließen, und riefen mir Fragen zu, die zu beantworten ich mich weigerte.

Cara und ich schafften es bis zu ihrem Auto, wo ich mich meinem neuen Leben in der Öffentlichkeit stellen musste. Denn die Menschen blockierten ihren Wagen, so dass wir die Einfahrt nicht verlassen konnten. »Lächle einfach«, flüsterte Cara. Ihretwillen zwang ich mich dazu und sie rief: »Also gut. Macht eure dämlichen Fotos, und dann geht aus dem Weg. Ich habe kein Problem damit, jemanden umzufahren. Ich habe keine Lust, zu spät zur Schule zu kommen, und wegen euch nachsitzen zu müssen.«

Die Paparazzi lachten und fotografierten weiter, traten jedoch beiseite, so dass wir losfahren konnten.

»Habe ich dir heute schon gesagt, wie lieb ich dich habe?«, fragte ich Cara, als wir mein Haus hinter uns ließen. »Danke, dass du die beste Freundin aller Zeiten bist. Ohne dich würde ich das hier nicht überleben.«

Ich versuchte die Anspannung zwischen uns zu durchbrechen, die meine Freundschaft mit Robin erzeugt hatte. Cara wusste das, und auch wenn sie mir noch nicht ganz vergeben hatte, lächelte sie widerwillig und sagte: »Wir gegen den Rest der Welt, V. Das weißt du.«

Ich wusste es. Und ich war ihr dankbarer, als ich jemals ausdrücken konnte, dass sie die ganze nun folgende Woche die Rolle meiner Aufpasserin übernahm.

Ich war nicht sicher, was ich nerviger fand – die Paparazzi oder die Schüler der Huntington High. Das Einzige, was ich wollte, war ein bisschen Ruhe und Frieden, aber dazu kam es nie. Selbst die Lehrer zogen mich beiseite, wenn sie mich im Gang sahen. Sogar die, bei denen ich nie Unterricht gehabt hatte.

Am Freitag begann sich die Situation endlich ein bisschen zu entspannen. Ich hatte mich inzwischen einigermaßen an mein neues Leben gewöhnt, das aus einer neuen Clique, einem neuen Freund und einer nervigen Schar Groupies bestand. Cara holte mich weiterhin zur Schule ab, aber Robin begann mich nach Hause zu fahren, weil wir jeden Nachmittag ein bisschen Zeit damit verbrachten, die Webseite zu managen.

Cara hatte mein Angebot abgelehnt, bei uns zu bleiben, aber zumindest hatte ich sie überreden können, sich während des Mittagessens zu mir an den Tisch der A-Liste zu setzen. Sie wollte, dass wir weiterhin allein saßen, wie wir es immer getan hatten, aber uns wurde klar, dass es Vorteile hatte, bei Stephanie und ihren Leuten zu sitzen.

Die Schule schien meinen Popularitätsschub zu akzeptieren, und da die A-Liste so unantastbar wie eh und je war, trauten sich meine Groupies nicht, mich zu belästigen, wenn ich dort saß. Jeff und Mason waren unterhaltsam genug, so dass ich bei ihnen nie Thema war. Sie waren jetzt einfach meine Freunde.

Die Mittagspause kam mir wie die einzige Zeit des Tages vor, in der ich mich einigermaßen normal fühlte. Sie wurde so etwas wie meine Zufluchtsstätte. Also passte es natürlich, dass Kyle Hamilton genau diese Zeit wählte, um wieder aufzutauchen und mein Leben erneut durcheinander zu bringen.

Ich wusste, dass er es war, als die anderen in der Kantine zu schreien und kreischen begannen. Er brauchte ein paar Minuten, um sich seinen Weg durch ein Meer aufgeregter Schulmädchen zu bahnen, aber als den Leuten klar wurde, dass er zu mir wollte, teilte sich die Menge wie das Rote Meer für Moses. Hauptsächlich, weil sie scharf darauf waren, zu sehen, was für ein Drama Kyle und ich diesmal produzieren würden.

Isaac legte einen Arm um meine Schultern, um mich zu unterstützten, doch Cara verließ mich in der Stunde meiner Not, da Kyle Shane im Schlepptau hatte und sie sich die ganze Woche nicht gesehen hatten. »Baby!«, rief sie und sprang begeistert auf. »Was machst du denn hier?« Bevor er antworten konnte, knutschte sie ihn ab.

Kyle setzte sich auf den nun leeren Stuhl neben mir, als ob das sein üblicher Platz beim Mittagessen sei. Er stützte sich mit den Ellbogen auf den Tisch und streckte seine langen Beine aus.

Mein überraschter Gesichtsausdruck brachte ihn zum Grinsen. »Hast du mich vermisst?«

Sobald ich mich von dem Schock erholt hatte, erwiderte ich: »Wenn du gekommen bist, um dich persönlich zu entschuldigen, kann ich dir versichern, dass das vollkommen unnötig ist. Ich habe deine Botschaften erhalten. Alle zweihundertvierzig. In meinem Zimmer sieht es jetzt aus wie in der Nacht der Rosen bei *Die Bachelorette.*«

Kyles Grinsen wechselte von arrogant zu amüsiert. »Du hast alle Rosen in dein Zimmer gestellt?«

Ich errötete. Ich hatte sie tatsächlich alle in mein Zimmer gestellt. Auch wenn ich es ungern zugab, liebte ich die Blumen. Es war schmeichelhaft, das Objekt einer so übertriebenen Geste zu sein.

Kyle lachte und streichelte über meine heiße Wange. »Du bist echt sexy, wenn du rot wirst.«

Ich schob seine Finger aus meinem Gesicht, schmiegte mich demonstrativ an Isaac und fauchte: »Warum bist du hier?«

Grinsend knallte Kyle einen Zettel vor mich auf den Tisch. Es war eine Art Liste und »Cryin' Shame« war ganz oben. »Ich wollte dich nur wissen lassen, dass ich kein One-Hit-Wonder mehr bin.«

Das Lied hatte es also auf Platz eins der Charts geschafft. Ich war nicht überrascht. »Schön für dich.«

»Außerdem …« – er legte ein weiteres Blatt Papier auf den Tisch – , »… haben wir gerade einen neuen Plattenvertrag unterschrieben.« Er war so unglaublich selbstgefällig. »Wie es aussieht, bekommt du endlich das Nachfolgealbum, auf das du so lange gewartet hast.«

»Bitte sag mir, dass eine ausgedehnte Welttournee dazugehört, durch die du viele Monate weg sein wirst.«

Kyles Lächeln erstarb. Offenbar wusste ich, welche Knöpfe ich bei ihm drücken musste. »Einen Titel hat das Album auch schon. ›Deflower the Virgin – A Tribute to Val.‹«

So würde er sein nächstes Album auf keinen Fall nennen. Er sagte das nur, um mich zu provozieren, aber ich hatte mir nach dem Launch geschworen, dass ich das nie wieder zulassen würde.

»›Deflower the Virgin‹«, wiederholte ich, als ob ich mir den Klang im Mund zergehen lassen wollte. Dann schenkte ich ihm ein breites, fröhliches Lächeln. »Gefällt mir. Sehr kreativ. Wird bestimmt toll, ein ganzes Album gewidmet zu bekommen. Danke, Kyle. Ich fühle mich geehrt.«

Bis zu diesem Moment hatten uns die anderen in erstauntem Schweigen zugehört, doch nun kicherten Stephanie und Lacy los.

Kyle warf ihnen einen wütenden Blick zu, dann stand er fluchend auf und warf eine DVD zu den Papieren auf dem Tisch. »Ich hab dir außerdem eine Kopie des Musikvideos mitgebracht«, sagte er und murmelte dann: »Keine Ahnung, warum ich mir überhaupt die Mühe gemacht habe.«

Er wirkte aufrichtig verletzt. Wenn ich nicht gewusst hätte, dass er nur hergekommen war, um mir seinen Erfolg unter die Nase zu reiben, hätte es mir vielleicht leidgetan, so unhöflich zu ihm gewesen zu sein. Dennoch hielt mich sein gekränkter Blick davon ab, noch etwas Verletzendes zu sagen.

»Danke, Kyle. Das hättest du nicht tun müssen. Ich weiß, dass sich meine Mom freuen wird. Sie hat mich letztens noch danach gefragt.«

»Deine Mom?«, wiederholte Kyle wütend. »Und du freust dich nicht? Es ist *dein* Song. Ich hab ihn für *dich* geschrieben.«

Irgendwo hinter uns seufzte mehr als ein Mädchen.

»Ganz ehrlich?«, erwiderte ich. »Ich freue mich nicht besonders darauf, mir das Video anzuschauen. Das Lied ist schon entwürdigend genug, ohne das Ganze auch noch sehen zu müssen, vielen Dank auch.«

»*Entwürdigend?*«

»Also ich kann es kaum erwarten, es zu sehen«, sagte Cara fröhlich, als sie sah, wie Kyle immer wütender wurde.

»Ich auch«, klinkte sich Olivia ins Gespräch ein. »Val, wie wäre es heute Abend mit einem Rudelgucken bei mir? Ich meine, schließlich ist es Caras großes Schauspieldebüt. Sie verdient eine Party. Meine Eltern haben bestimmt nichts dagegen. Kyle, du und Shane solltet auch kommen!«

Alle um mich herum begannen wild zu nicken, selbst Kyle. Aber mit Olivia Lewis und Kyle Hamilton einen Song zu feiern, in dem es darum ging, dass Kyle mich ins Bett bekommen wollte, war nicht meine Idealvorstellung eines Freitagabends. »Tut mir leid, Olivia«, sagte ich schnell. »Isaac und ich haben bereits etwas vor.«

»Und Shane und ich sind mit den beiden unterwegs«, sagte Cara zu Olivia. »Doch anders als Val tut es mir nicht leid, eine Party zu verpassen, auf der auch du sein wirst.«

Während Olivia irgendetwas Wütendes vor sich hinmurmelte, drehte sich Kyle empört zu Shane um. »Du gehst heute Abend ernsthaft mit Val und dem Idioten aus?«

Ich starrte ihn an. »*Dem Idioten?* Er sitzt direkt vor dir, Mistkerl.«

Ich wollte aufstehen, doch Isaac hielt mich fest. »Val, schon gut. Ignoriere ihn einfach.«

Shane zuckte mit den Schultern. »Sie ist die beste Freundin meiner Süßen. Man muss die Frau bei Laune halten.«

Cara strahlte. »Ja, genau«, gurrte sie und küsste Shane. »Keine Sorge. Du wirst Isaac mögen. Er ist ein totaler Schatz, so wie du.«

Kyle hatte ein letztes Blatt Papier in einer Hand gehabt, doch nun knüllte er es zu einer Kugel zusammen und warf es in die Mülltonne, als er wütend aus der Kantine marschierte.

Die ganze Schule sah ihn gehen – die Mädchen mit einer Mischung aus Bewunderung für Kyle und Fassungslosigkeit über mein Verhalten. Offenbar konnte kein Mädchen auf der Welt nachvollziehen, warum ich Kyle in die Wüste geschickt hatte.

Hinter mir seufzte Shane. »Sieht so aus, als müsste ich mal wieder Schadensbegrenzung betreiben. Bis heute Abend, Babe.« Er löste sich von Cara und nickte Isaac und mir zu. »Das Mel's am Sunset?«

Ich sah zu Isaac und er nickte. »Wir sind um sechs da.«

Als die Schule vorbei war, hatte die Nachricht von Kyles Besuch bereits die Runde gemacht, und die Paparazzi waren in voller Besatzung zurück. Meine Klassenkameraden mit ihren Handykameras hatte keine moralischen Bedenken, mich den Medien zum Fraß vorzuwerfen.

Es wurde so verrückt, dass wir unsere Pläne fürs Abendessen ändern mussten, weil bekannt geworden war, dass wir ins Mel's wollten. Also hatte sich davor eine Menschenmenge aus Paparazzi und Tralse-Fans gebildet, alle in der Hoffnung, die nächste Episode der »Kyle & Virgin Val-Show« zu erleben. Stattdessen landeten wir in Jerry's Deli, doch auch das sickerte durch, so dass sich ein paar Leute neben dem Fenster an dem wir saßen, versammelten.

Ab und an rief jemand: »Ich liebe dich, Shane!«, und er nickte höflich. Wie um die Fans zu erinnern, dass er jetzt vergeben war, zog er Cara an sich und küsste sie. So schwer es mir auch fiel, über Musiker an sich etwas Gutes zu sagen, musste ich zugeben, dass es süß von Shane war, Cara wissen zu lassen, dass sie ihm wichtiger war als seine Fans.

Shanes Fans liebten Cara ebenfalls. Jedes Mal, wenn er sie berührte, kreischten sie auf und riefen Sachen wie »Wie süß!« und »Das perfekte Paar!« Ich wusste, dass Cara das glücklich machte. Das einzig Gute an der ganzen Tralse-Geschichte war die Tatsache, dass meine beste Freundin ihre Liebe gefunden hatte.

Ich runzelte über einen besonders enthusiastischen Fan die Stirn und seufzte in Caras Richtung. »Sie wollen seine Babys«, sagte ich und deutete auf Shane. »Aber er hat nur Augen für dich. Trotzdem lieben sie dich dafür. Wie funktioniert das?«

Shane lachte. »Sie lieben sie, weil ich sie liebe.«

Das ließ mich noch stärker die Stirn runzeln. »Also hassen sie mich, weil Kyle mich hasst?«

»Kyle hasst dich nicht.«

Shane sagte es so geradeheraus, dass es schwer war, ihm nicht zu glauben. Als er aufsah und bemerkte, dass ich auf eine Erklärung wartete, legte er seine Gabel hin und starrte mich an. »Kyle hasst dich nicht«, wiederholte er. »Er empfindet das Gegenteil von Hass für dich. Darum sind seine Fans auch so sauer.«

»Ich verstehe nicht.«

»Wie bei Cara und mir wollen Kyles Fans, dass er glücklich ist. Aber du machst ihn nur wütend.«

»Wenn das so ist, sollte er es vielleicht mal kapieren und sich ein Mädchen suchen, das ihn glücklich macht.«

»Ah.« Shane seufzte. »Siehst du, da ist das Problem. Er

hat schon ein Mädchen gefunden, das ihn glücklich macht.«

Ich wartete. Als ich begriff, was er meinte, blinzelte ich verwirrt. »Ich?«, fragte ich fassungslos. »Das ist unmöglich. Er kennt mich doch kaum.«

Shanes Mund verzog sich zu einem wissenden Lächeln. »Du hast bei eurer ersten Begegnung einen bleibenden Eindruck bei ihm hinterlassen.«

Isaac, der neben mir saß, lachte. Er war nicht so für öffentliche Liebesbekundungen wie Cara und Shane, also war ich überrascht, als er mich an sich zog und mir einen Kuss auf die Lippen gab. »Das mit dem ersten Eindruck hast du wirklich drauf«, scherzte er.

Shane nickte. »Kyle mag deine Vorlieben und Abneigungen nicht kennen, aber man kann leicht sehen, was du für eine Art Mensch bist, und darum fühlt er sich zu dir hingezogen. Ihr seid euch ziemlich ähnlich, weißt du?«

»Wer?«, fragte Cara.

»Val und Kyle.«

»Jetzt entschuldige bitte. Ich bin kein egoistischer Herzensbrecher.«

»Aber du bist selbstbewusst und ehrgeizig. Als ihr damals vor unserem Konzert in den Club gekommen seid, hast du dich nicht nur gegenüber Kyle behauptet. Du hast ihm auch Dinge gesagt, die er schon lange mal hören musste. Wir reden jetzt seit über einem Jahr über ein zweites Album, aber Kyle hatte einfach keine Lust dazu. Kyle ist nicht nur der Songwriter unserer Band, er ist auch ihre Seele. Das war er immer schon. Alle haben uns gesagt, dass wir es niemals schaffen würden, also hat sich Kyle ins Zeug gelegt, um ihnen zu beweisen, dass sie falsch liegen.

Er war jemand, mit dem man rechnen musste. Sobald wir Platinstatus erreicht hatten und uns alles zuflog, hörte er auf, sich anzustrengen. Er musste niemandem mehr etwas beweisen. Das hat sich erst geändert, als eine achtzehnjährige Jungfrau in den Backstagebereich gestürmt ist und ihm gesagt hat, dass er nie mehr als ein abgewrackter, ungebildeter One-Hit-Wonder sein wird.«

Meine Wangen wurden heiß, als sich Isaac mit hochgezogener Augenbraue zu mir umdrehte. »Er lässt es schlimmer klingen, als es war.«

Cara lachte. »Tut er nicht.«

»Tue ich wirklich nicht«, sagte Shane. »Wenn es nicht so schlimm gewesen wäre, hätte es Kyle nicht so getroffen. Er hat seit zwei Jahren keinen Song mehr geschrieben, aber seit er dich kennengelernt hat, hat er genug Material gesammelt, um drei Alben zu füllen.«

Weil ein Song über mich noch nicht schlimm genug war? »Drei Alben?«

»Mindestens«, sagte Cara. »Ich habe ein paar von ihnen gehört. Sie sind gut.«

Ich versuchte nicht zu stöhnen. »Das sind sie bestimmt. Es ist nicht zu bestreiten, dass Kyle Talent hat. Aber warum muss ausgerechnet ich diejenige sein, die seine Kreativität entfacht?«

»Jeder Künstler braucht seine Muse«, sagte Shane. »Er ist heute den ganzen Weg zu deiner Schule gefahren, weil er sich darauf gefreut hat, dir zu zeigen, was er erreicht hat.«

Ich schnaubte verächtlich. »Er war da, weil er es mir unter die Nase reiben wollte.«

»So oder so, er wollte, dass du es weißt«, erwiderte Shane achselzuckend. »Kyle Hamilton gibt sich normalerweise keine Mühe, Frauen zu beeindrucken – das hat er nicht nötig – aber er ist direkt nach unserem Treffen mit der Plattenfirma heute Morgen zu dir gefahren, weil er wollte, dass du stolz auf ihn bist.«

Mir klappte der Kiefer herunter. Ich verspürte ein Kribbeln im Bauch und versuchte es zu ignorieren. Jetzt fühlte ich mich furchtbar für die Art und Weise, wie ich ihn behandelt hatte.

»Der ganze Plattenvertrag ist nur durch dich möglich geworden«, fuhr Shane fort. »Nach deinem Launch letztens ist Kyle ins Büro unseres Labels marschiert und hat ein weiteres Album verlangt. Er hat immer wieder gesagt, er würde ein so gutes Album aufnehmen, dass es dir körperliche Schmerzen bereiten würde, ihm weiter zu widerstehen.«

Fast verschluckte ich mich am Essen in meinem Mund. »Er hat *was* gesagt?«

Shane grinste. »Sieh es endlich ein, Virgin Val, du inspirierst den Mann eben.«

Isaac drückte mich erneut. »Siehst du? Wenn du Kyle Hamilton inspirieren kannst, schaffst du das mit jedem. Du wirst eine großartige Sprecherin sein.«

Das brachte mich zum Lächeln. Am nächsten Tag war mein Shooting für die Nicht-Alle-Tun-Es-Stiftung angesetzt, und eine Woche später hatte ich meinen ersten Termin in einer Schule. Ich hatte mich die letzten Tage wegen meines Vortrags völlig verrückt gemacht, und Isaac war die ganze Zeit einfach unglaublich unterstützend gewesen.

»Allerdings«, sagte Isaac zu Shane, nachdem er mir einen weiteren flüchtigen Kuss auf die Wange gegeben hatte, »wäre es mir lieber, du würdest deinen Kumpel inspirieren, meine Freundin in Ruhe zu lassen.«

Meine Freundin. Es war das erste Mal, dass er es aussprach. Mir wurde ganz warm ums Herz. Ich wusste, dass ich seine Freundin war, aber es war dennoch aufregend, es von Isaac zu hören.

»Ja, tut mir echt leid, Mann«, sagte Shane verlegen. »Ich würde mir auch nicht stundenlang anhören wollen, wie sehr ein anderer Typ auf mein Mädchen steht, aber Kyle ist mein bester Freund. Ich hab versprochen, heute Abend ein gutes Wort für ihn einzulegen.«

Ich wurde so knallrot, dass ich dachte, mein Kopf würde explodieren. »Okay«, stöhnte ich. »Du hast deine Pflicht als bester Freund jetzt mehr als erfüllt, also können wir bitte über etwas anderes reden?«

In diesem Moment kreischte draußen wieder jemand, und eine Kamera blitzte auf.

»Oder wisst ihr was, können wir von hier verschwinden? Wie wäre es mit Kino? Da ist es dunkel und niemand sieht uns.«

Shane warf einen Blick aus dem Fenster und schmunzelte. »Keine Sorge, Val. Der Hype wird bald nachlassen. Nächste Woche gibt es irgendeinen A-Promi mit Essstörung oder einen Scheidungsskandal. Dein Sexleben wird Schnee von gestern sein.«

Ich hoffte wirklich, dass er recht hatte.

18

Die Trennung

Die Wochen vergingen und wurden zu Monaten, doch Shanes Prognose, dass der Hype nachlassen würde, traf nicht ein. Und das war allein Kyles Schuld. Er war so besessen von unserer kleinen »Fehde«, dass er jede Gelegenheit nutzte, um über mich herzuziehen. Und angesichts des enormen Erfolgs von Tralses zweitem Album hatte er dazu jede Menge Zeit. Zunächst war es tatsächlich etwas ruhiger geworden. Dann hatte die Band das Album veröffentlicht, und Kyle war in einer Late-Night-Show aufgetreten, wo er der Welt verkündet hatte, dass er das Album mir (und meinen Beinen) widmete, weil er beim Schreiben jedes einzelnen Songs an mich gedacht hatte. Das führte zu unzähligen Spekulationen der Klatschpresse, weil sich auf dem Album viele sehr versaute, einige sehr wütende und sogar ein paar durch und durch romantische Songs befanden.

Was ich in Kyle Hamilton inspiriert hatte, war offenbar eine Persönlichkeitsstörung.

Kyle hatte natürlich Recht gehabt – das Album war sexy. Wenn ich nicht gewusst hätte, wer es geschrieben hatte und über wen, hätte es mich wie jedes andere Mädchen auf der Welt zum Schwärmen gebracht.

Das Album hieß *S is for Sex*. Das war natürlich viel besser als Kyles ursprüngliche Drohung, es *Deflower the Virgin* zu nennen, aber es war dennoch eine persönliche Spitze gegen mich. Die Medien konnten ihr Glück kaum fassen.

Die Paparazzi folgten mir überall hin und wollten ständig einen Kommentar zu etwas, das Kyle gesagt hatte. Ich gab mein Bestes, den Köder nicht zu schlucken, aber da meine beste Freundin mit Kyles bestem Freund quasi zusammengewachsen war und Kyle alle Register zog, um mir ständig über den Weg zu laufen, war ich nicht sehr gut darin, kein Öl ins Feuer zu gießen. Niemand wusste so gut wie Kyle, wie man mich provozieren konnte. Jedes Mal, wenn wir beide im gleichen Raum waren, verlor ich die Beherrschung, und unsere Streitereien wurden immer irgendwie aufgezeichnet.

Die Hälfte der Zeit war ich die Letzte, die erfuhr, was in meinem Seifenopernleben vor sich ging, weil ich mich weigerte, die Klatschmagazine zu lesen. Als die Sache mit Zach publik wurde, war es ebenso.

Ich war gerade aus dem Sekretariat gekommen und wollte einfach in Ruhe zu Mittag essen, solange ich noch Zeit dazu hatte, als ich von einer Gruppe Mädchen umringt wurde, die ich vage als Cheerleader kannte. »Da ist sie ja!«, fauchte eine von ihnen, und dann drängten sich alle um mich herum.

»Du bist so eine Schlampe!«, rief eines der Mädchen. »Wie konntest du das Sophie nur antun?«

Ich verdrehte die Augen und seufzte. »Ich habe für so was heute echt keine Zeit.« Während ich meine Schläfen massierte, konzentrierte ich mich auf das Mädchen, das die Anführerin zu sein schien. »Ich weiß überhaupt nicht, wer Sophie ist, und was immer Kyle behauptet, das ich getan haben soll, ist gelogen. Okay? Alles geklärt? Sorry, ich würde ja wirklich gern bleiben und quatschen, aber ich habe es eilig.«

»So nicht, *chica.*« Ein sehr großes Mädchen mit einer ebenso großen Portion Selbstbewusstsein trat vor, und es war ihr deutlich anzumerken, dass sie mir am liebsten ein paar verpasst hätte. »Sophie ist meine beste Freundin, und *das hier* ist keine Lüge!«

Sie schob mir eine Zeitschrift ins Gesicht, und sofort vergaß ich alles, was ich eigentlich vorhatte.

Eigentlich hatte ich inzwischen gelernt, meine Gefühle unter Kontrolle zu behalten, aber als ich das Titelbild sah, schossen mir Tränen in die Augen. Es war ein Foto, das Cara vor über einem Jahr geschossen hatte, als wir Zach und ein paar seiner Freunde auf einen Campingausflug begleitet hatten. Die Schlagzeile lautete: »›Ich hatte Sex mit Virgin Val!‹ Exfreund gesteht heißen Minitrip mit dem notorisch braven Mädchen.« Etwas kleiner darunter stand »Rockgott Kyle Hamilton reagiert auf die schockierenden Neuigkeiten« und daneben ein Foto von einem scheinbar untröstlichen Kyle.

Ich kannte das Foto gut. Es war sogar eins meiner Lieblingsbilder gewesen. Bis jetzt.

Zach und ich waren schwimmen gewesen und lagen am Ufer, um wieder trocken zu werden. Doch wir hatten gefroren und uns eine Decke übergezogen. Zach hatte irgendeinen dämlichen Spruch gebracht, dass wir Körperwärme bräuchten, um nicht zu erfrieren, und mich auf ihn gezogen. Ich hatte gelacht, während er mich küsste, als Cara uns fotografiert hatte.

Das Foto war in unserer Clique ein bisschen berüchtigt gewesen, weil der Badeanzug, den ich angehabt hatte, trägerlos gewesen war und man mit der Decke und dem Winkel, aus dem das Foto geschossen worden war, annehmen könnte, dass Zach und ich nackt gewesen wären.

Was nicht stimmte.

Wir waren den ganzen Ausflug lang nicht weiter gegangen als bis zu diesem einen Kuss. Wir hatten sogar in unterschiedlichen Zelten geschlafen.

»Das Foto ist vor über einem Jahr gemacht worden«, sagte ich wie betäubt. »Wir tragen Badeanzüge.«

»Ja klar, du Lügnerin!«

»Du bist eine Heuchlerin!«

»Betrügerin!«

»Schlampe!«

»Flittchen!«

»Du hast ihr den Freund geklaut!«

Die Mädchen begannen mit einem ziemlich vulgären Sprechgesang, den sie sich wohl extra für mich ausgedacht hatten, aber das kümmerte mich nicht. Ich kannte sie nicht und sie mich offensichtlich auch nicht. Es waren nicht ihre Beleidigungen, die mich verletzten. Sondern die Tatsache, dass nur drei Menschen einen Abzug dieses Fotos hatten, und das konnte nur bedeuten, dass Zach seinen der Presse überlassen hatte. Denn Cara und ich wären niemals auch nur auf die Idee gekommen.

Ich atmete ein paarmal tief durch, bevor ich die Kantine betrat. Ich hatte mir geschworen, mich nie wieder von Zach verletzen zu lassen, doch da dieser Plan offensichtlich gescheitert war, würde ich zumindest keinen weiteren öffentlichen Zusammenbruch haben.

Ich betrat den Saal in der Erwartung, dass bei meinem Anblick alle verstummen würden, doch es schien, als hätte dieser neueste Skandal noch nicht die Runde gemacht. In der Kantine der Huntington High war alles wie immer.

Ich sah meine Freunde über etwas lachen, das Mason sagte, und fast wäre mir vor Erleichterung eine Träne über die Wange gerollt. Die Leute an diesem Tisch waren mein sicherer Hafen. Sie waren in diesem ganzen Irrsinn mein Fels in der Brandung. Die einzige Sache, auf die ich mich immer verlassen konnte. Ich brauchte sie jetzt. Besonders Cara. Sie würde über die ganze Angelegenheit einfach lachen und mir sagen, dass es keine Rolle spielte. Dass sie im Handumdrehen vergessen sei, und ich würde es ihr glauben. Ich musste ihr glauben. Aber zuerst hatte ich noch etwas zu erledigen.

Ich suchte die Menge ab, bis mein Blick auf die Person fiel, die ich gesucht hatte. Möglichst unauffällig ging ich zu Zach. Ich wollte keine große Szene machen, aber ich musste etwas sagen. Ich konnte es nicht einfach ignorieren.

Als ich hinter Zach auftauchte, bemerkten mich seine Freunde, einer nach dem anderen, und verstummten. Zach war der letzte, der aufsah. »Val?«, fragte er überrascht. »Was ist los?«

Er starrte überrascht auf die Zeitschrift, die ich vor ihm auf den Tisch knallte.

»Weißt du?«, sagte ich und klopfte mir innerlich auf die Schulter, weil ich so ruhig klang. »Ich dachte wirklich, dass mir niemand schlimmer das Herz brechen könnte, als du es getan hast. Irgendwie ironisch, dass die Person, der es schließlich gelingt, wieder du bist.«

»Val …«

»Ich habe dich in jedem Interview in Schutz genommen. Ich habe mich öffentlich entschuldigt und meinen Anteil der Schuld an der Trennung auf mich genommen. Ich habe der Welt gesagt, dass du kein schlechter Mensch bist, auch wenn du mir wehgetan hast.«

Ich musste tief durchatmen, da meine Stimme zu zittern begonnen hatte. »Das hier hat wahrscheinlich alles ruiniert, wofür ich dieses Jahr so hart gearbeitet habe. Ganz davon zu schweigen, dass es meinen Ruf für immer befleckt hat. Was ich auch getan habe, um es zu verdienen … du sollst wissen, dass du es geschafft hast. Es tut mir mehr weh, als du dir vorstellen kannst. Ich hoffe, das war es wert.«

Alle an Zachs Tisch waren wie erstarrt. Sie glotzten mich an, während mir die Tränen in die Augen schossen. Ich hatte mir geschworen, nicht zu weinen, aber trotz meiner besten Bemühungen kullerten mir ein paar Tränen über die Wangen. Ich versuchte, sie würdevoll wegzuwischen, dann drehte ich meinem Publikum den Rücken zu.

Ich war ein paar Schritte gegangen, als Zach meinen Namen rief und mich bat, mit ihm zu reden. Ein Teil von mir wollte es. Dieser Teil von mir wollte wissen, warum er mir so etwas angetan hatte, aber ich konnte es in diesem Moment einfach nicht. Nicht ohne zusammenzubrechen, und das würde ich auf keinen Fall tun.

Also ignorierte ich Zach und setzte ein breites, falsches Lächeln auf, als ich zu meinen Freunden zurückging. Zack blieb stehen, als mich Isaac an sich zog und küsste. »Mein Leben«, sagte ich, während ich mein Essen aus dem Rucksack holte, »ist offiziell irre.«

»Wo bist du gewesen?«, fragte Stephanie, während

Isaac an einem Erdnussbuttercookie schnüffelte, den meine Mutter extra für ihn in meine Lunchbox gepackt hatte. »Du warst eben nicht im Kurs. Dabei wollte ich dich doch fragen, ob du mir deine Notizen für Geschichte leihen kannst. Eric sagt, es gibt einen Test.«

»Ich war nur mit dem Irrsinn beschäftigt, zu dem mein Leben geworden ist.« Ich suchte in meinem Rucksack nach den Notizen. Ich fand ein Fläschchen Migränetabletten und nahm eine gegen meine beginnenden Kopfschmerzen, nachdem ich Stephanie mein Notizbuch gegeben hatte.

»Oh, vielen Dank! Sollen wir vor der Stunde noch mal zusammen lernen?«

»Keine Zeit«, erwiderte ich, während ich mein Mittagessen so schnell wie möglich herunterschlang. »Ich halte heute Nachmittag einen Vortrag an einer Highschool in Whittier. Ich habe noch fünfzehn …«, ich warf einen Blick auf die Uhr und verbesserte mich, »… zehn Minuten, bevor ich los muss.«

»Alter«, sagte Mason schmollend. »Ich wünschte, ich hätte auch eine Entschuldigung, dauernd zu fehlen.«

»Glaub mir, das ist gar nicht so toll, wie es aussieht. Ich muss das ganze Zeug trotzdem lernen. Nur dass ich es jetzt in meiner Freizeit machen muss. Das ist wie einen ganzen Haufen zusätzlicher Hausaufgaben zu haben.«

»Das klingt scheiße.«

»Und bist du nach der Schule zurück?«, fragte Cara. »Ich habe heute Abend ein Vorsprechen, und meine Mutter lässt eine Mani-Pedi springen. Du solltest mitkommen, denn du siehst aus, als würdest du mal eine Pause brauchen.«

»Ich wünschte, ich könnte«, sagte ich. »Aber nach der Schule treffe ich mich mit Margret und den Leuten von C&J Jewels. Meine Schmuckkollektion verkauft sich so gut, dass sie sie erweitern wollen. Ich versuche, ihnen ein paar Stücke unterzujubeln, die nichts mit dem Virgin-Zeug zu tun haben.«

Nachdem mir alle in der Runde gratuliert hatten, legte Isaac seinen Arm um mich und küsste meinen Hals. »Schaffst du es denn, heute Abend zu meinem Spiel zu kommen?«

Ich verzog das Gesicht. »Tut mir leid. Du weißt, dass ich mich bemühe, keines deiner Spiele zu verpassen, aber ich muss mir mit dem Komitee des Abschlussballs ein paar Veranstaltungsorte ansehen. Beim nächsten bin ich wieder dabei. Ich schwöre es bei meinem Leben.«

»Hey«, protestierte Cara. »Ich wusste nicht, dass wir uns heute Veranstaltungsorte ansehen!«

»Tja, du hast eben die letzten beiden Treffen der Schülervertretung verpasst«, sagte Olivia hämisch. »Wir haben das Abschlussballkomitee bereits aufgestellt.«

»Es ist noch nicht zu spät, um mitzumachen«, sagte ich schnell, als Caras Mundwinkel nach unten gingen.

»Ja?«, sagte sie. »Aber wer wurde zum Vorsitzenden gewählt?«

Wenn Cara es mir nicht ansehen konnte, verriet es ihr spätestens Olivias triumphierendes Grinsen. »Du überlässt das Schicksal des Abschlussballs *Olivia Lewis?*«, kreischte Cara.

»Nicht nur ich«, erwiderte ich. »Die ganze Schülervertretung hat gewählt. Ehrlich, Cara, Olivia macht das toll. Sie hat bereits ein paar großartige Ideen, und wir brauchten jemand Verlässliches, der bereit ist, die notwendige Zeit zu investieren, da Eric und ich so viel anderes um die Ohren haben.«

Cara starrte mich an, als ob ich sie verraten hätte. Nach dem anfänglichen Schock wurde sie wütend. Ich hatte keine Lust, mich mit ihr zu streiten, also wechselte ich das Thema. »Also, Leute, wollt ihr die neuesten irren Nachrichten hören?«

»Es gibt noch mehr?«, fragten Lacy und Stephanie gleichzeitig.

Ich nickte. »Ich war zu spät zum Essen, weil ich noch ins Sekretariat musste. Jemand will die Filmrechte an meiner Geschichte haben. Das war der einzige Termin, an dem sich die Produzenten und meine Eltern treffen konnten.«

Am Tisch war ein kollektives Keuchen zu hören, jemand verschluckte sich an seinem Essen, und dann drehten alle durch.

»Filmrechte?«, fragte Isaac viel weniger begeistert als die anderen.

Ich nickte. »Wie es aussieht, kommt *V is for Virgin* bald zu einem zweitklassigen Kabelsender in deiner Nähe.«

Alle lachten und gratulierten mir. Alle außer Isaac. Er runzelte immer noch die Stirn. »Aber willst du denn, dass die einen Film über dich machen?«, fragte er. »Willst du diese Art Aufmerksamkeit wirklich? Dein Leben ist doch schon hektisch genug.«

Seine Besorgnis war einfach bezaubernd. »Ich weiß«, sagte ich seufzend. »Ich bin auch nicht begeistert, aber …«

»Aber du hast zugestimmt?«, unterbrach Cara. Doch in ihrem Tonfall lag eine Dringlichkeit, die sie verriet.

»Du wusstest schon davon«, sagte ich.

»Die Jungs haben gestern Abend darüber gesprochen«, gab sie verlegen zu.

Bei ihrer Erwähnung »der Jungs« biss ich die Zähne zusammen. Cara und Shane waren ekelhaft verliebt ineinander, und da Shane immer mit Tralse abhing, tat Cara das auch. Cara und Kyle gehörten jetzt praktisch zur gleichen Familie. Wenn ich nicht so viel mit meinem eigenen Kram zu tun gehabt hätte, wäre ich sauer gewesen, dass meine beste Freundin mehr Zeit mit meinem Erzfeind verbrachte, als mit mir.

»Woher wissen Tralse davon?«

»Die gleichen Leute, die dich angerufen haben, haben sich auch bei ihnen gemeldet. Sie wollten nur sichergehen, dass sie den Bandnamen und ›Cryin' Shame‹ für den Film verwenden dürfen, solltest du zusagen.«

»Ich fasse es einfach nicht, dass du vor mir darüber Bescheid wusstest.«

Cara zuckte mit den Schultern.

»Wegen dieser Filmsache, Val«, begann Isaac zögernd. »Bist du dir sicher, dass du das wirklich willst?«

Ich verdrehte die Augen. »Eigentlich nicht.«

»Aber du wirst es machen, oder?«, sagte Cara erneut. »Val, du musst einfach zustimmen. Das ist eine Riesensache für die Jungs.«

»Sie muss überhaupt nichts«, erwiderte Isaac. »Was für Kyle Hamilton gut ist, ist nicht notwendigerweise gut für Val.«

»Aber es *ist* gut für Val!«, sagte Cara trotzig. »Sie verdient es. Sie hat sich das ganze letzte Jahr den Hintern abgearbeitet. Und inzwischen hängen noch andere Organisationen als ›Nicht Alle Tun Es‹ an *V is for Virgin* dran. Religiöse Gruppen, Aufklärungskampagnen gegen AIDS … alle möglichen Leute. Es ist nicht mehr nur ihr kleines Projekt. Es ist praktisch eine *Bewegung.*«

»Ich weiß«, brummte Isaac. »Und warum braucht sie dann noch einen Film, der das Problem ihrer Berühmtheit …«

»Ihre Berühmtheit ist kein Problem.«

»… und ihr *Kyle*-Problem nur noch schlimmer machen wird?«

»Kyle-Problem?«, schnaubte Cara. »Was ist los, Isaac, bist du eifersüchtig?«

»Eifersüchtig?«, wiederholte Isaac entsetzt. »Auf Kyle Hamilton?«

»Ja! Auf Kyle Hamilton! Oder auf Vals Berühmtheit. Vielleicht passt es dir ja nicht, dass sie dir die Schau stiehlt, Mr Ich-bin-ja-ach-so-beliebt. Komm damit klar!«

»Hey Leute, das reicht jetzt.« Ich seufzte. Cara und Isaac konnten sich in letzter Zeit immer weniger leiden, weil Cara Kyle immer verteidigte, und es auf der ganzen Welt niemanden gab, der Kyle mehr hasste als Isaac.

»Cara, lass Isaac in Ruhe. Er ist nur um mich besorgt. Kyle *ist* ein Problem, und ein Film über uns wird ihn nur ermutigen.« Ich schenkte Isaac mein aufrichtigstes Lächeln. »Aber Cara hat auch recht. Ein Film wäre tolle Publicity. Wir haben schon einiges erreicht, aber nicht jeder auf der Welt ist Tralse-Fan, und außerhalb dieser Gruppe habe ich noch nicht viele erreicht. Weißt du, wie viele erwachsene Frauen kitschige Fernsehfilme schauen? Ich würde eine komplett neue Zielgruppe erreichen. Und zwar eine wichtige, weil es ja die Mütter sind, die ich zu erreichen versuche.«

»Aber vielleicht ist es das nicht wert, Val. Auch du hast Grenzen. Was, wenn es zu viel für dich wird?«

»Nur weil *du* nicht damit umgehen kannst, bedeutet das nicht, dass V es nicht kann«, blaffte Cara.

»Cara!«, rief ich. »Jetzt reicht's!« Ich ignorierte ihren gekränkten Blick und drückte Isaacs Hand. »Schon gut. Cara hat recht. Ich freue mich zwar nicht darauf, aber ich kann damit umgehen. Es wird meiner Sache sehr helfen.«

»Sicher?« Isaac wirkte nicht besonders glücklich, aber er schien sich mit meiner Entscheidung abzufinden.

»Ganz sicher«, bestätigte ich ihm. »Es ist okay. Außerdem«, sagte ich spielerisch, während ich meiner sehr wütenden besten Freundin mit dem Ellbogen in die Rippen stieß, »kann ich in den Vertrag schreiben, dass Cara sich selbst spielen muss.«

Cara wollte wütend bleiben, doch es gelang ihr nicht. »Die Nebenrolle? Also bitte. Entweder Virgin Val oder niemand.«

Olivia lachte laut auf. Mir fiel wieder ein, dass eine Kantine voller Schüler unserer Unterhaltung lauschte. »Was ist denn so witzig?«, fauchte Cara.

»Die Vorstellung, dass du eine engagierte Jungfrau spielst. »Das wäre doch ziemlich ironisch.«

Ich sah zu meiner besten Freundin, während sie Olivia die Beleidigung zehnfach zurückgab. Sobald sie fertig war, schaute sie zu mir. Ich konnte nicht glauben, dass es mir vorher nicht aufgefallen war, wo mir die Wahrheit jetzt doch praktisch ins Gesicht sprang.

»Du trägst deine Kette nicht.« Ich wusste nicht, was ich sonst sagen sollte. Leider war es genau das Falsche.

Caras Gesicht wurde vor Wut ganz rot. »Ich trage sie seit *Monaten* nicht mehr, Val.«

Das Wort *Monate* fühlte sich an wie ein Schlag ins Gesicht. Cara hatte es getan. Sie hatte ihre V-Karte abgegeben. Sie hatte Sex gehabt. Meine beste Freundin hatte eine der wichtigsten Entscheidungen ihres Lebens getroffen. Vor *Monaten.*

Und sie hatte es mir nicht erzählt.

»Wie konntest du nur?«, fragte ich, so aufgebracht, dass meine Stimme brach.

»Oh nein«, sagte Cara mit einem wütenden Auflachen. »Ich wusste, dass das passieren würde. Komm von deinem hohen Ross runter, V.«

»Von meinem hohen …« Ich verstand zuerst nicht, was sie meinte. »Cara, du hattest Sex!«

Ich wollte nicht brüllen, aber die letzte Viertelstunde war wirklich schrecklich gewesen, und ich war jetzt auf so vielen Ebenen verstört, dass ich nicht genau sagen konnte, von welchem Problem meine Emotionen stammten.

»Ja, Val. Ich bin achtzehn, ich liebe meinen Freund, wir sind seit fast sieben Monaten zusammen, und wir hatten Sex. Weltbewegende Neuigkeiten!«

»Ja, aber ich kann nicht fassen, dass du …«

»Weißt du was? Nicht jeder muss an deinen dämlichen kleinen Kreuzzug glauben. Nur weil du die sinnlose Märtyrerin spielen willst, heißt das nicht, dass der Rest von uns ein Puritanerleben führen muss.«

»Sinnlos?«, keuchte ich entsetzt. »*Dämlicher kleiner Kreuzzug?*« Ich war von all der aufgestauten Wut, die Cara gerade herausließ, so überrascht, dass ich gar keine Gelegenheit hatte, mich gekränkt zu fühlen. »*So* hast du also die ganze Zeit darüber gedacht?«

Cara zuckte trotzig mit den Schultern.

»Und warum hast du mich dann unterstützt?«, fragte ich. »Weil es dir einen Rockstar als Freund verschafft hat? Eine Rolle in einem Musikvideo? Einen Agenten? ›*Oh, lass uns Virgin Val in ihrem dämlichen kleinen Kreuzzug ermutigen, denn jedes Mal, wenn Kyle Hamilton sie beleidigt, verkauft mein Freund mehr CDs und ich werde berühmter?*‹ Vielen Dank auch, C! Ich dachte, du wärst meine Freundin. Ich dachte, ich könnte immer darauf vertrauen, dass du mir die Wahrheit sagst. Ich wette, Kyle und du habt seit Monaten hinter meinem Rücken über mich gelacht.«

»Weißt du was, V? Manchmal lache ich wirklich! Weil deine bescheuerte Fehde gegen Kyle so *lustig* ist. Die ganze Welt lacht darüber, wie sinnlos es ist, dass du dich dagegen wehrst, weil niemand die sexuelle Anziehung zwischen euch beiden leugnen kann! Ich habe nicht die geringste Ahnung, warum du es immer weiter abstreitest. Ihr strahlt in zehn Minuten mehr Leidenschaft aus, als Isaac und du in der gesamten Zeit, die ihr zusammen seid!«

»Lass Isaac da raus! Das hier ist eine Sache zwischen dir und mir!«

»Warum, weil ich Sex hatte?« Cara lachte fassungslos auf. »Weißt du, wer sich den Albumtitel ausgedacht hat? Ich! ›S is for Sex‹ war meine Idee! Und ich hab noch einen für dich. H ist für Heuchlerin! Die ganze Zeit predigst du, dass man seine eigene Entscheidung treffen soll, aber in

Wirklichkeit meinst du damit, dass wir tun sollen, was du tust. Dass wir *deine* Entscheidung treffen!«

»Das ist nicht wahr!«

»Oh doch! Und jetzt bist du sauer auf mich, weil ich mich entschieden habe, mit Shane zu schlafen!«

Ich hielt inne und atmete tief durch. Jetzt war ich an der Reihe, fassungslos zu lachen. »Du denkst, *das* ist der Grund, warum ich sauer bin? Es ist, als würdest du mich überhaupt nicht kennen. Vielleicht hast du das ja auch nie. Ich bin nicht sauer, dass du mit dem Mann geschlafen hast, den du liebst. Sondern dass du einen so großen Schritt gemacht hast, ohne mir davon zu erzählen. Meine *beste Freundin* trifft eine lebensverändernde Entscheidung und ich erfahre es zufällig beim Mittagessen von *Olivia Lewis!*«

»Beste Freundin?« Cara schnaubte verbittert. »Vielleicht hat das noch zu Beginn des Jahres gestimmt«, sagte sie. »Wir sind seit Monaten keine besten Freundinnen mehr. Ich weiß nicht mal, ob wir überhaupt noch Freunde sind. Kyle Hamilton ist mir momentan ein besserer Freund als du.«

Ich zuckte zusammen. Ihre Worte verletzten mich so sehr. Tränen schossen mir in die Augen. »Wie kannst du so was nur sagen?«, fragte ich. Meine Stimme war schwach und zittrig.

»Beste Freunde reden miteinander. Sie verbringen Zeit miteinander.«

»Wie können wir denn Zeit miteinander verbringen, Cara? Du bist doch *immer* mit Tralse unterwegs! Du ziehst deinen Freund und seine dämliche Band mir vor!«

Cara verschränkte die Arme vor der Brust. Sie brüllte

nicht mehr, aber ihre Wut war noch da. »Und ziehst du *V is for Virgin* nicht mir vor? Du ziehst deine Sache uns allen vor, Val. Nicht nur mir, sondern allen, von denen du behauptest, dass sie deine Freunde sind.« Cara sah sich um und sagte: »Hand hoch, wer diese Woche von Cara im Stich gelassen wurde. Oder sagen wir doch gleich allein *heute!*«

Niemand sagte etwas. Sie wollten sich nicht in diesen Streit hineinziehen lassen, aber ihre Blicke waren finster.

»Du lässt alle im Stich. Die ganze Zeit. Ich wette, du hast sogar vergessen, was morgen Abend ist, oder?«

Ich überlegte und stellte widerwillig fest, dass sie recht hatte. Ich hatte keine Ahnung, was morgen Abend sein sollte.

»Ich wusste es«, fauchte Cara. »Das erste Konzert der ›S is for Sex‹-Tour? Ich habe uns tolle Plätze und VIP-Pässe besorgt. Ich habe dir schon vor Monaten davon erzählt. Ich hatte es dir sogar in deinen Kalender geschrieben.«

»Und ich habe dir schon vor Monaten gesagt, dass ich nicht hingehen würde. Wenn Kyle Hamilton da ist, gehe ich nicht. Das ist meine neue Regel! Und das hab ich dir auch gesagt!«

»Ich dachte, das wäre ein Witz!«

»War es nicht. Jedes Mal, wenn ich nachgegeben habe und etwas mit euch gemacht habe, wurde ich in Verlegenheit gebracht, und ich hasse das. Jedes. Einzelne. Mal. Tut mir leid, Cara, aber ich werde nicht zu diesem Konzert gehen. Wahrscheinlich will mich Kyle Hamilton nur deshalb dort haben, damit er wieder ein Riesenspektakel veranstalten und mich vor der ganzen Welt demütigen kann, um seine CDs zu verkaufen.«

»Das wird er nicht. Ich verspreche es. So ist er nicht. Wenn du mal für fünf Sekunden aufhören würdest, ihn zu verurteilen, würdest du erkennen, dass er eigentlich sehr nett ist und dass ihr viel gemeinsam habt. Die Jungs wissen, dass sie ihren Erfolg zu großen Teilen dir zu verdanken haben, und sie wollen sich einfach nur bei dir bedanken, indem sie ihren großen Abend mit dir teilen. Hinterher gibt es noch eine Party, und du sollst der Ehrengast sein. Ich habe alle deine Freunde eingeladen, damit du dich wohler fühlst. Ich habe sogar Olivia eingeladen und du weißt, dass ich sie hasse! Bitte, V?«

Doch ich hatte mich während ihrer ganzen Rede nur gefragt, wie sie von ihrer Beziehung mit Shane so geblendet sein konnte, dass sie einfach nicht sah, was um sie herum vor sich ging. Sie wollte nicht wahrhaben, was Kyle für ein Mensch war, und wie die Beziehung zwischen ihm und mir aussah. Er würde mich auf keinen Fall bei seinem Konzert und seiner Party haben wollen, wenn er nicht irgendetwas geplant hatte, was uns wieder in die Regenbogenpresse bringen würde.

»Diese Jungs sind meine Freunde«, sagte Cara. »Shane ist mein fester Freund. Dieser Abend ist ihnen wichtig, und darum ist er mir auch wichtig. Wenn ich *dir* wichtig wäre, würdest du kommen.«

Ich wollte Cara unterstützen, aber ich konnte nicht noch mehr Drama ertragen. Besonders nicht, wo die ganze Zach-Geschichte in jedem Zeitschriftenstand des Landes lag. Ich fragte mich, ob Cara sie schon gesehen hatte. Ich fragte mich, ob sie sich überhaupt darum scherte.

»Tut mir leid, Cara. Ich kann einfach nicht. Und wenn

ich *dir* wichtig wäre, würdest du mich nicht bitten, mitzukommen.«

»Tja.« Caras Gesicht wurde eiskalt. »Ich schätze, dann sind wir wohl keine Freundinnen mehr.«

Diese Trennung von Cara war schlimmer als die von Zach. Ich wusste nicht, wie sie das sagen konnte, ohne loszuheulen. Ich konnte es jedenfalls nicht. »Ich schätze auch«, sagte ich und unterdrückte ein Schluchzen.

Als ich Isaacs Arme um mich spürte, konnte ich mich nicht länger zurückhalten und begann zu weinen. Der Ausdruck in seinem Gesicht war herzzerreißend. Er litt, weil ich litt, und er wusste nicht, was er sagen oder tun konnte, damit es mir besser ging.

»Schon gut«, flüsterte ich und küsste seine Wange. »Ich schaffe das schon.« Ich stand auf, zwang mich zu einem Lächeln für meine verblüfften Freunde und gab mein Bestes, um ihre mitleidigen Blicke zu ignorieren. Es half nicht besonders, dass ich nicht aufhören konnte, zu heulen. »Sorry, Leute. Ich muss los. Ich muss in einer halben Stunde in Whittier sein.«

Niemand sagte etwas, als ich weggehen wollte. Außer Cara. »Hey, Val?« Ihre Stimme zitterte jetzt auch, also drehte ich mich um. In ihren Augen standen Tränen. Ich hatte Cara noch nie weinen sehen. Keine echten Tränen. Es machte den Moment unendlich schlimmer.

»Weißt du, warum ich es dir nicht erzählt habe?«, fragte sie. »Weil ich die ganze Zeit darauf gewartet habe, dass wir beide mal unter uns sind. Ich wollte nicht Virgin Val von so etwas Besonderem erzählen. Sondern Valerie Jensen, meiner besten Freundin. Irgendwann habe ich dann aufgehört, den Atem anzuhalten.«

Dies brach mir zum zweiten Mal an diesem Tag das Herz. »Es tut mir leid«, flüsterte ich. Es war nicht genug, aber es war das Einzige, was mir einfiel.

19

Die Flucht

»Und jetzt bitte ich um einen herzlichen Applaus für die Sprecherin von ›Nicht Alle Tun Es‹, Virgin Val!«

Ungefähr so hatte ich mir die Einführung durch die Schuldirektorin vorgestellt, aber was ich nicht erwartet hatte, war die Reaktion der Schüler, die auf meinen Vortrag warteten.

Normalerweise folgte höflicher Applaus, ein bisschen Gekicher, gelegentliche Pfiffe und die unausweichlichen »ICH LIEBE KYLE!«-Rufe. Doch heute wurde ich ausgebuht und beleidigt.

Die Schüler in Whittier waren offenbar mehr auf dem Laufenden, was den Celebrity-Klatsch anging, als meine eigenen Schulkameraden.

Die Direktorin war entsetzt und gab ihr Bestes, um die Menge unter Androhung von Nachsitzen zur Vernunft zu bringen, aber ich wusste, dass ich vor diesem Problem nicht davonlaufen konnte. Es war zu groß. Es würde mich überall hin verfolgen, womöglich für den Rest meines Lebens. Und es würde nicht verschwinden, nur weil ich es ignorierte.

Und obwohl es das Letzte war, was ich tun wollte, lächelte ich die Direktorin an und sprach so klar und deutlich, wie es mir mit meiner zitternden Stimme möglich war, ins Mikro: »Ich nehme an, ihr habt heute alle schon die Klatschblätter gelesen.«

Ich wartete eine erneute Runde von Buhrufen ab. Es waren so viele Schüler, die mich wütend beleidigten, dass ich schnell abstumpfte. Die Direktorin wollte mich von der Bühne bringen, doch drei kleine Worte drangen zu mir durch und fesselten meine Aufmerksamkeit.

Jemand im Publikum rief: »Ist es wahr?«

»Natürlich ist es nicht wahr«, erwiderte ich. »Das Foto wurde vor über einem Jahr gemacht, und wir haben darauf Badesachen an. Ich könnte es beweisen, wenn ich wollte. Das Datum ist auf der Rückseite des Fotos aufgedruckt, und es standen sechs andere Leute um uns herum, als es aufgenommen wurde, die das bezeugen können. Auf meiner Version des Fotos kann man einen Teil meines Badeanzugs sehen, also müssen die Klatschmedien es digital verändert haben. Ich werde morgen durch meine Anwälte eine Erklärung zusammen mit dem echten Foto veröffentlichen, aber das spielt keine Rolle. Die Leute werden ohnehin nur glauben, was sie glauben wollen. *Ich* kenne die Wahrheit, und das ist das einzige, was für mich zählt.«

Ich wollte die Bühne verlassen, doch da rief jemand eine Reihe von Fragen, die ich beantworten wollte. »Hat dich dein Exfreund reingelegt? Warum hat er das gemacht?«

Die gleiche Frage hatte ich mir auch schon gestellt. »Ich weiß nicht, warum er es gemacht hat«, sagte ich leise.

Wieder liefen mir Tränen über die Wangen, also ging ich davon, um in Ruhe weinen zu können. Auf dem Weg runter von der Bühne sah ich die Direktorin an. »Tut mir leid«, flüsterte ich. »Ich kann das heute einfach nicht. Könnten wir einen neuen Termin ausmachen?«

Die Direktorin schien überrascht, dass ich es später noch mal versuchen wollte. Sie legte einen Arm um meine Schulter, begleitete mich von der Bühne und sagte zu ihrem Stellvertreter, dass die Schüler alle nachsitzen sollten.

Darla und Christina blieben zurück, um mit der Direktorin zu sprechen, aber ich musste raus aus diesem Gebäude. Es fühlte sich an, als würden die Wände auf mich zukommen. Nachdem ich allen versichert hatte, dass ich in Ordnung war, wollte ich mich in Darlas Wagen zurückziehen.

»Das solltest du besser nicht tun«, sagte eine Stimme, als ich die Schule gerade verlassen wollte.

Ich wirbelte herum und erkannte schockiert die große Gestalt, die links neben der Tür an der Wand lehnte. Er trug einen Hut und eine Sonnenbrille sowie einen lächerlichen falschen Bart, der sein Gesicht bis zur Unkenntlichkeit bedeckte, aber ich erkannte an der Stimme, um wen es sich handelte.

»Kyle!«, rief ich erstaunt aus. »Was machst du denn hier?«

»Dich retten.« Kyle stieß sich von der Wand ab und ergriff meine Hand, um mich vom Ausgang wegzuziehen. »Auf deiner Webseite stehen deine Vortragstermine. Jeder Paparazzo in einem Umkreis von sechs Stunden Fahrt wartet da draußen auf dich.«

Die Wände hörten auf, sich mir zu nähern, und begannen sich dafür zu drehen. Ich dankte meinem Streit mit Cara dafür, dass er mich davon abgehalten hatte, zu Mittag zu essen, denn sonst hätte ich mich übergeben.

»Hey«, sagte Kyle und hielt mich schnell fest, damit ich nicht umfallen konnte. »Komm schon. Lass uns von hier verschwinden.«

Ich protestierte nicht. Ich sackte gegen Kyle und ließ mich von ihm durch die leeren Flure der Schule ziehen. An einer Tür auf der anderen Seite des Gebäudes blieb er stehen und zog eine abgetragene Baseballmütze aus der Tasche. Nachdem er sie mir angezogen hatte, zog er noch eine große, schwarze Sonnenbrille heraus und setzte sie mir auf die Nase.

»Halte einfach den Kopf unten und geh in einer normalen Geschwindigkeit.«

Ich nickte und nahm den Arm, den Kyle mir anbot. Er führte mich über den Schülerparkplatz und ein Footballfeld. Dahinter stand sein Auto. Als ich einstieg, erhaschte ich einen Blick auf die Paparazzi, die vor der Schule auf mich lauerten. Das volle Ausmaß, das der Medienzirkus angenommen hatte, war erschreckend.

»Gute Arbeit«, sagte Kyle, als er mich erschrocken nach Luft schnappen hörte. »Ich habe ja auch das eine oder andere Mal einen ziemlichen Wirbel veranstaltet, aber niemals groß genug, um einen Polizeieinsatz notwendig zu machen.«

Und tatsächlich sah ich nun im Chaos auch Polizeiwagen mit Blaulicht. Ich nahm an, dass die Schule sie gerufen hatte, um die Medienmeute des Geländes zu verweisen. Ich würde der Direktorin einen Entschuldigungsbrief schreiben müssen.

Sobald wir unterwegs waren und wussten, dass uns niemand folgte, rief ich Darla an und sagte ihr, dass mich ein Freund abgeholt hatte und sie sich keine Sorgen machen sollte. Dann wandte ich mich an Kyle. »Okay, ich will nicht undankbar erscheinen, aber ich verstehe es einfach nicht. Normalerweise tust du doch alles, um mich den Wölfen zum Fraß vorzuwerfen, anstatt mich an ihnen vorbeizuschmuggeln.«

»Es gibt die richtige Zeit und den richtigen Ort dafür, im Rampenlicht zu stehen, Val. Der hier war es nicht. Wenn ich allerdings der Kerl wäre, mit dem du dich auf diesem Foto im Dreck wälzt, wäre das eine ganz andere Geschichte«, scherzte Kyle, aber in seiner Stimme lag eine Spur Traurigkeit.

»Aber es stimmt doch gar nicht!«, rief ich. Plötzlich war es mir sehr wichtig, dass er die Wahrheit kannte. »Es war nicht so, wie es auf dem Foto aussieht! Wir hatten Badesachen an, und unsere Freunde standen gleich daneben. Zach und ich haben nicht … wir haben nie …«

»Das weiß ich, Val«, sagte Kyle schmunzelnd.

»Das *weißt* du? Hast du schon mit Cara geredet oder so was?«

»Das musste ich gar nicht«, erwiderte Kyle. »Abgesehen von der Tatsache, dass du lächerlich viel Energie aufgewendet hast, um der ganzen Welt zu sagen, dass du noch Jungfrau bist, weiß ich zufällig aus eigener Erfahrung, dass die Titelseiten der Klatschmagazine immer komplett erstunken und erlogen sind.«

»Wirklich?«, fragte ich.

»Immer.«

Ich war froh, dass er mich verstand, ohne dass ich es erklären musste. Die Erleichterung, die mich überkam, reichte aus, um den unsichtbaren Stein verschwinden zu lassen, der mir auf dem Herzen lag, seit ich von der Story erfahren hatte.

»Moment mal«, sagte ich, als mir etwas einfiel. »Dann ist also die Geschichte über dich und den *kompletten* Cast einer gewissen Realityshow über Collegemädchen beim Springbreak gar nicht wahr? Ich glaube, ich habe gerade ein wenig Respekt vor deinem Ruf verloren.«

»Okay, manches stimmt!«, lachte Kyle. »Aber mal ernsthaft, wenn dich der Idiot, den du deinen Freund nennst, nicht dazu bringen kann, mit ihm zu schlafen, und ich es auch nicht schaffe, obwohl ich dir Songs schreibe und Blumen schicke und dieses Jahr zum *Sexiest Man Alive* gewählt wurde, kannst du unmöglich mit dem Schwachkopf Sex gehabt haben, der dich für die größte Schlampe in Orange County verlassen hat.«

»Das ist wahr«, sagte ich und war überrascht, wie leicht es ihm fiel, mich trotz all der furchtbaren Dinge, die mir heute passiert waren, zum Lachen zu bringen.

Plötzlich fühlte ich mich unglaublich entspannt. Es war so angenehm, mich einfach zurückzulehnen und die Augen schließen zu können. Ich seufzte zufrieden. »Dann bist du also der diesjährige Sexiest Man Alive, was? Bekommt man da eine Plakette?«

Kyle lachte. »Leider nein. Aber eine vierseitige Titelstory. Sag mir nicht, die hast du verpasst.«

»Sorry. Ich vermeide momentan alle Promi-Magazine wie die Pest. Besonders die mit deinem hinreißenden Gesicht auf dem Cover, da ich in denen seltsamerweise auch immer vorkomme.« Meine Augen waren weiterhin geschlossen, aber ich wusste, dass Kyle die Stirn runzelte. Ich konnte es spüren. Schmunzelnd tätschelte ich seine Schulter. »Keine Sorge, ich bin sicher, es war sehr sexy.«

»Sehr.« Kyle ergriff meine Hand. »Aber die Live-Version ist ohnehin besser. Komm doch mit zu mir, und ich beweise es dir.«

»Kyle, Kyle, Kyle«, sagte ich und schüttelte den Kopf. »Du hast dich heute so gut gemacht. Ich mag dich momentan zu mindestens fünfundachtzig Prozent. Bitte versaue es nicht. Ich könnte den Frieden gerade wirklich mal gebrauchen.«

Kyles Schnauben klang halb gespielt, halb frustriert. »Meinetwegen«, erwiderte er. »Dann also nicht zu mir. Wohin dann?«

»Wenn du mich einfach nach Hause bringen könntest, wäre das …«

»Langweilig«, unterbrach Kyle. »Du wirst mich nicht abservieren, um zu Hause zu schmollen. Nächster Versuch.«

Ich seufzte. »Ich wollte dich nicht abservieren, ich habe nur keine Zeit, um etwas zu machen. Meine Chefin holt mich um fünfzehn Uhr ab. Um vier haben wir ein Treffen mit den Leuten von C&J Jewels.«

»Wo ist das Treffen?«

»Downtown L.A.«

»Ich kann dich hinfahren. Wir sind ohnehin näher an L.A. als an Huntington Beach. Ruf deine Chefin an und sag ihr, dass du sie dort triffst.«

Ich warf einen Blick auf die Uhr im Armaturenbrett. Es war erst halb zwei. »Wir sind nur zwanzig Minuten von der Innenstadt entfernt. Wir werden zwei Stunden zu früh da sein.«

Kyle grinste. »Ich weiß.«

Ich zögerte. »Komm schon«, sagte Kyle. »Entspann dich doch mal für ein paar Stunden. Ich kenne einen magischen Ort, an dem wir zwei Stunden lang abschalten können, ohne dass uns jemand erkennt.«

Das klang himmlisch. »Niemand?«, fragte ich.

Wieder grinste Kyle. »Garantiert.«

Wir fuhren zum nächsten Coco's, einer Restaurantkette, und Kyle amüsierte sich königlich über meinen Gesichtsausdruck, als mir klar wurde, dass er das ernst meinte.

»Das ist dein magischer Ort, an dem uns niemand erkennen wird?«

»Vertrau mir«, sagte Kyle immer noch lachend. »Erstens sind wir in Downey, nicht in Malibu. Was denkst du, wie viel Leute in Downey nach Prominenten Ausschau halten? Zweitens gehen die Leute in solchen Etablissements einschließlich der Bedienung meistens auf die siebzig zu. Nicht gerade unsere Zielgruppe.«

Das klang logisch, also folgte ich ihm hinein.

»Also«, sagte ich, nachdem Kyle einen riesigen Berg French Toast verdrückt hatte. »Du bist zwar ein Rockstar, aber niemand kann dir vorwerfen, dass du ein Snob wärst.«

»Zum Leidwesen meiner Eltern«, murmelte Kyle und schnaubte.

Als ich Kyle fragend ansah, zuckte er nur mit den Schultern. »Ich stamme aus ziemlich guten Verhältnissen«, sagte er. »Meine Eltern sind Mitglieder im Country Club.«

Nicht besonders überraschend. Huntington Beach war alles andere als ein Ghetto.

»Sie haben Jahre damit verbracht, mich in einen Geige spielenden, Standardtänze beherrschenden, Polohemden tragenden Chorknaben zu verwandeln, aber das bin ich einfach nicht. Allein die Vorstellung, in einem Restaurant zu essen, wo es mehr als eine Gabel gibt, bereitet mir Zahnschmerzen.«

Ich versuchte mir vorzustellen, wie Kyle in einem Pullunder Kaviar aß und an einem Rotwein nippte. Es ähnelte Julia Roberts in »Pretty Woman«. »Du willst also sagen, dass Ruhm und Reichtum an dich verschwendet sind?«

»Oh nein«, erwiderte Kyle grinsend. »Meine Berühmtheit ist mir reichlich auf andere Arten zu Kopf gestiegen.«

Ich lachte. »Glaub mir, das weiß ich.«

»Jetzt machst du Witze darüber, aber mal abwarten, ob du in ein paar Jahren auch einen auf ›Jenny from the Block‹ machst.«

Bei der Erinnerung, warum ich mich um halb vier nachmittags in einem Coco's versteckte, sank ich tiefer auf meinem Platz und seufzte. Kyle schien zu merken, dass unsere kleine Pause von der Realität vorbei war, also beglich er die Rechnung und fuhr mich zu meiner Besprechung.

»Bereust du es, berühmt geworden zu sein?«, fragte ich, als wir die Abfahrt nahmen.

Es dauerte einen Moment, bis Kyle antwortete, als würde er sehr gründlich über seine Antwort nachdenken. »Alles hat seine Vor- und Nachteile«, sagte er schließlich. »Berühmt zu sein ist viel schwerer, als ich erwartet hatte, aber es ist der Preis, den ich dafür zahle, das tun zu können, was mir wichtig ist. Es gefällt mir nicht immer, aber ich bereue es auch nicht.«

Wieder seufzte ich.

»Du machst das schon, Val. Über diese Sache wird schneller Gras wachsen, als du denkst.« Er überraschte mich, nicht nur, weil er mich nicht mehr ständig »Legs« nannte, sondern auch, indem er meine Hand nun in seine nahm. »Du bist in dieser Situation auch nicht allein, okay? Wenn du mal für eine Weile raus willst, hast du ja meine Nummer.«

Plötzlich hatte ich einen Kloß im Hals, doch es gelang mir, ein leises »Danke« zu krächzen.

Kyle lächelte nur. Keiner von uns beiden sprach ein weiteres Wort, bis wir vor dem Gebäude von C&J Jewels anhielten. Ich starrte auf den Eingang, sträubte mich aber genauso, das Auto zu verlassen, wie Kyle sich sträubte, mich gehen zu lassen.

Kyle drückte meine Hand und lenkte meine Aufmerksamkeit damit wieder auf sich. Die Besorgnis in seinen Augen überraschte mich. »Kyle, was du heute getan hast …« Meine Stimme brach vor Emotion, so dass ich den Satz nicht beenden konnte. Auch gut. Mir fielen ohnehin keine angemessenen Worte ein.

Kyle zuckte nur mit den Schultern, als wolle er das Ausmaß dessen, was er für mich getan hatte, herunterspielen. »Kein Problem. Ich weiß, wie es ist, von Paparazzi belagert zu werden.«

Es schien nicht zu reichen, also legte ich meine Hand auf seinen Unterarm und flüsterte fast flehend: »Ich meine es ernst, Kyle. Vielen Dank.«

Kyle starrte einen Augenblick meine Hand auf seinem Arm an. Als er mir wieder in die Augen sah, war der Blick zwischen uns so intensiv, dass meine Hand zu zittern begann.

»Gern geschehen«, sagte er und lehnte sich so langsam zu mir vor, dass ich es erst bemerkte, als wir nur noch Zentimeter voneinander entfernt waren.

Sein Blick wanderte zu meinen Lippen, während sein Daumen die Tränen von meiner Wange wischte, dann hob er mein Gesicht leicht an.

Fast hätte ich zugelassen, dass er mich küsste. Fast hätte ich meinen Freund vergessen und mich von Kyle Hamilton küssen lassen. Und es wäre ein weltbewegender Kuss gewesen. Der Moment war so voller Gefühle, die vorher zwischen Kyle und mir nicht dagewesen waren – etwas, was über Lust hinausging, das darum bettelte, anerkannt zu werden. In meinem ganzen Leben hatte ich noch nie etwas so sehr gewollt, wie jetzt diese Verbindung zu ihm zu spüren.

Kyle sah den Konflikt in meinen Augen und strich mir eine Haarsträhne hinters Ohr. »Tu es«, drängte er mich mit tiefer, leiser Stimme. »Lass uns sehen, wohin es uns bringt.«

»Ich habe einen Freund«, flüsterte ich. Aber ich machte keinen Versuch, mich von ihm zurückzuziehen.

»Na und?«, erwiderte Kyle. »Wenn du ihn wirklich liebst, wären wir jetzt nicht hier. Es würde sich nicht so anfühlen.«

Ich schnappte nach Luft, bemühte mich, das wilde Pochen meines Herzens zu ignorieren, und schaffte es, mich zurückzulehnen. »Du willst, dass ich ihn betrüge?«

Kyle lehnte sich auch ein bisschen zurück, ließ mich jedoch nicht aus den Augen. »Ich will, dass du ehrlich zu dir selbst bist«, sagte er. »Zwischen uns ist etwas, und das weißt du.« Er nahm meine Hand und verschränkte seine Finger in meinen. »Ich will dich, Val.« Dann strich er mit der anderen Hand über meine Kette. »Mehr als nur das hier. Ich will eine Beziehung. Lass den Idioten fallen, und sei mit mir zusammen.«

»Kyle …«

»Wir wären einfach der Wahnsinn.«

Das wären wir wirklich. Ich war durchaus bereit, das zuzugeben. Oder viel wahrscheinlicher wären wir ein wahnsinniger Reinfall.

Ich öffnete die Autotür.

»Versprich mir, wenigstens darüber nachzudenken«, sagte Kyle, als ich mit einem Fuß aus dem Wagen war.

Ich wusste, dass ich ohnehin über nichts anderes nachdenken würde, dennoch überraschte es mich selbst, dass ich ernst nickte und flüsterte: »Das werde ich.«

Kyle lächelte und küsste meine Hand. »Dann bis morgen nach dem Konzert. Ich drücke die Daumen, dass du als *meine* Begleitung auftauchen wirst, statt *mit* Begleitung.«

Ich verdrehte die Augen, zog meine Hand aus seiner und klappte die Tür zu, war mir jedoch alles andere als sicher.

20

Das Konzert

Am nächsten Tag ging ich nicht zur Schule. Ich täuschte einen Migräneanfall vor. Oder vielleicht täuschte ich ihn gar nicht vor. Nachdem Zach mich an die Klatschblätter verkauft hatte, dem Ende meiner Freundschaft mit Cara und dem Fastkuss zwischen Kyle und mir, tat mir der Kopf so weh, dass ich es einfach nicht genau sagen konnte. So oder so fühlte sich mein Krankheitstag gerechtfertigt an. Meine Eltern stellten jedenfalls keine Fragen.

Ich blieb den ganzen Tag bei heruntergezogenen Jalousien in meinem Zimmer, bis auf die zwei Stunden, in denen ich ein schönes heißes Schaumbad nahm. Ich versuchte, mich beschäftigt zu halten. Ich hatte eine Menge Lernstoff nachzuholen, da ich am Vortag die Hälfte meiner Kurse verpasst hatte, doch egal wie sehr ich mich bemühte, konnte ich doch nicht anders, als ins Internet zu gehen.

Es gab auf Facebook eine Abstimmung, die viral gegangen war. Vierundsechzig Prozent der Teilnehmer glaubten, dass ich die Wahrheit sagte, zweiunddreißig Prozent waren der Meinung, dass ich log und vier Prozent hielten diese Abstimmung für die dämlichste Sache, die jemals auf Facebook gepostet worden war. Bis jetzt hatten dreihunderttausend Leute ihre Stimme abgegeben. Ich tat es ebenfalls und wählte Option drei.

Und weil es mir offenbar gefiel, mich selbst zu foltern, rief ich die Seite VIsForVirgin.com auf. Das Forum war gerade deaktiviert, und Robin hatte eine Botschaft geschrieben. Sie lautete:

VIsForVirgin.com soll eine unterstützende, vorurteilsfreie Umgebung sein. Sie soll den Menschen helfen und sie nicht verletzen. Angesichts der Menge an unangemessenen, vulgären und verletzenden Kommentaren zu den absurden Vorwürfen in der gestrigen Klatschpresse wurde das Forum bis auf Weiteres deaktiviert. Wir entschuldigen uns bei unseren Mitgliedern und hoffen, das Problem bald gelöst zu haben.

Es folgte ein Link zur Webseite meiner Anwälte, auf der meine offizielle Erklärung zu finden war, zusammen mit der Anmerkung, dass ich sowohl das Magazin verklagen würde als auch die »Person«, die die falschen Informationen verkauft hatte.

Ich starrte wie betäubt die Webseite an, bis meine Mutter in mein Zimmer kam. »Du schenkst diesen Leuten doch wohl keine Beachtung?«, fragte sie besorgt.

Seufzend schaltete ich den Computer aus und setzte mich auf mein Bett. Meine Mutter gesellte sich zu mir.

»Es war offenbar so schlimm, dass Robin verhindern wollte, dass ich es sehe. Sie hat das Forum deaktiviert und ist heute bestimmt früh zur Schule gegangen, um die schlimmsten Kommentare zu löschen.«

Meine Mutter lächelte gezwungen. »Sie ist eine gute Freundin.« Nachdem auch sie lang und tief geseufzt hatte, zog sie mich in eine feste Umarmung. »Ich sollte dir eigentlich sagen, dass du die Sache ignorieren und es dir nicht zu Herzen nehmen sollst, aber da ich diesem Rat selbst nicht folgen kann, weiß ich nicht, wie ich ihn dir geben soll.«

Ich begann wieder zu heulen, wodurch meiner Mutter ebenfalls Tränen in die Augen stiegen. Wir saßen da und weinten gemeinsam, bis ich mich von allem befreit hatte. »Tue ich das Richtige, Mom?«, fragte ich, als ich bereit war, mich der Situation zu stellen.

»Oh, Val«, sagte meine Mutter. »Du tust etwas *Wundervolles*, aber ich weiß nicht, ob es in diesem Fall ein Richtig und ein Falsch gibt.«

»Alle sind so wütend auf mich. Ich habe überhaupt keine Zeit mehr für meine Freunde, Cara hasst mich, und Zach …« Meine Stimme brach. »Mom, ich will nicht aufhören, aber manchmal weiß ich gar nicht mehr, warum ich das alles überhaupt mache.«

»Du machst es für Leute wie mich.«

Meine Mom und ich zuckten beide erschrocken zusammen. »Dein Vater hat mich reingelassen«, erklärte Olivia, als sie ohne Aufforderung mein Zimmer betrat. »Ich denke, du hast damals in der Kantine ein bisschen übertrieben, was meinen Ruf angeht«, sagte sie. »Aber mir ist klar, warum du so wütend warst. Ich wusste, dass es dich verletzen würde, wenn ich mit Zach knutsche, aber es war mir egal, weil es sich gut angefühlt hat, diejenige zu sein, für die er dich verlassen hat.«

Ich wusste nicht, wie ich darauf reagieren sollte. Ich

denke, eine bessere Entschuldigung würde ich von Olivia nicht bekommen, aber selbst das war noch nie vorher dagewesen. Ich konnte nicht fassen, dass sie zur Abwechslung mal ehrlich war.

Olivia war nicht die furchtbare Person, für die ich sie gehalten hatte. Ich hatte sie ein bisschen zu hart verurteilt. Seit sie zur Vorsitzenden des Abschlussballkomitees gewählt worden war, hatten wir mehr Zeit miteinander verbracht, und ich hatte entdeckt, dass sich unter der gemeinen Oberfläche ein ziemlich anständiger Mensch versteckte. Er war einfach nur sehr, sehr tief unter der Oberfläche vergraben.

Olivia zupfte an dem Abstinenz-Armband, das sie seit ein paar Wochen trug. »Ich habe Sachen mit Jungs gemacht, in die ich nicht verliebt war, weil ich mich dadurch schön und besonders fühlte. Ich dachte, ich brauche das, um etwas wert zu sein«, sagte sie mit einem verlegenen Achselzucken und glättete ihren Rock. »Doch ich lag falsch. Ich brauche keinen Typen mehr, der mir sagt, dass ich schön bin. Ich *weiß*, dass ich etwas Besonderes bin. Ich habe ein tolles Gespür für Mode und das Talent, die Dinge schöner zu machen. Und im Abschlussballkomitee leiste ich gute Arbeit.«

»Das tust du«, stimmte ich aufrichtig zu.

»Wir werden den großartigsten Abschlussball aller Zeiten haben, und das wird zum Teil auch mein Verdienst sein. Und es macht mir Spaß. Das hast du mir gezeigt, Val. Deine verrückte V-is-for-Virgin-Kampagne und deine ständige Ablehnung von Kyle Hamilton haben mir gezeigt, dass mit jemandem körperlich zu werden nicht die einzige Möglichkeit ist, um sich gut zu fühlen. Und dafür schulde ich dir was.«

Ich war regelrecht schockiert.

»Und darum«, fuhr Olivia fort und beendete den seltenen Blick auf ihre sanftere Seite, »werde ich nicht zulassen, dass du deine Freundschaft mit Cara zerstörst, auch wenn sie total ichbezogen ist.«

»Du wirst was?«, fragte ich. Die Unterhaltung hatte so abrupt geendet, dass ich nicht mitgekommen war.

Olivia verdrehte die Augen. »Ich bin hier, um dich zum Konzert zu fahren. Ich werde dafür sorgen, dass du umwerfend aussiehst, und dich dann dazu bringen, dich diesen ganzen Idioten zu stellen, die deinen Niedergang feiern.«

Mir wurde eine Antwort erspart, denn in diesem Moment klopfte Isaac an meine Tür. »Hey.«

»Hey«, erwiderte ich und nahm Isaacs Hand. Er setzte sich neben mich aufs Bett und zum ersten Mal, seit Kyle mich am Tag zuvor abgesetzt hatte, lächelte ich. »Was machst du denn hier?«

»Wir haben uns Sorgen um dich gemacht«, sagte er, dann sah er zur Tür, wo Stephanie und Robin standen, um sich der ungeplanten Party anzuschließen. »Zach ist heute in der Schule zu mir gekommen. Er hat mir vom Foto erzählt.«

Ich war überrascht, dass sich Zach die Mühe gemacht hatte. »Er hat mit dir geredet?«

»Er war es nicht«, erklärte Isaac. »Er hat letzte Woche mit seiner Freundin Schluss gemacht, und sie war wohl richtig wütend darüber. Also hat sie ihm das Foto gestohlen. Er wollte sich entschuldigen, aber du warst nicht in der Schule, also hat er mich angesprochen.«

»Oh.« Ich wusste nicht, was ich sonst sagen sollte, aber ich fühlte mich ein bisschen besser, jetzt, da ich verstand, was passiert war.

»Du weißt, dass ich niemals geglaubt hätte, dass ihr miteinander geschlafen habt, oder?«, fragte Isaac und wirkte sehr aufgewühlt. »Ich wusste, dass es sich um ein Missverständnis handeln musste. Ich wusste, dass du mich niemals betrügen würdest, egal was diese Klatschblätter behaupten.«

»Danke.« Doch plötzlich fühlte ich mich schuldig wegen der Stunden, die ich gestern mit Kyle verbracht hatte, ohne mich bei Isaac zu melden.

»Bitte entschuldige, dass ich dich gestern nicht angerufen habe«, sagte ich und zwang Kyle aus meinen Gedanken ... «Ich habe mich nur ...«

»Versteckt?«, fragte Olivia unverblümt.

Robin warf ihr einen tadelnden Blick zu, doch ich nickte. »Ja. Ich habe mich versteckt.«

»Tja, jetzt ist es an der Zeit, damit aufzuhören«, sagte Stephanie und setzte ein strahlendes Lächeln auf. »Wir sind hier, um dich zum Konzert zu bringen.«

Mir drehte sich der Magen um. Zum Konzert zu gehen, war das Letzte, was ich wollte. Es würde nicht nur tausendmal schlimmer werden als mein Vortrag gestern. Kyle würde ebenfalls dort sein, und ich war einfach noch nicht bereit, ihn wiederzusehen.

Zu Olivia hätte ich nein sagen können, aber Stephanie und Robin abweisen? Ich war froh, als Isaac seufzte. »Steph«, sagte er warnend.

»Nein, Isaac. Sie muss gehen.« Stephanie lächelte mich betrübt an. »Wir alle wissen, wie viel dir Cara bedeutet. Du wirst dich hassen, wenn du zulässt, dass ein einziges Konzert eure Freundschaft zerstört.«

»Und du wirst auch nicht allein sein, okay?«, schob Robin schnell nach. »Wir sind die ganze Zeit bei dir, egal was passiert.«

»Wir alle«, bekräftigte Stephanie. »Lacy, Dev, Mason und Jeff sind ebenfalls unten und warten auf uns.«

Robin nickte. »Du kannst das, Val.«

Ich sah zu Isaac. Er schien nicht viel davon zu halten, zuckte aber mit den Schultern. »Ich halte es für keine gute Idee, Val. Du weißt, wie Kyle ist. Er kann einem Spektakel einfach nicht widerstehen. Wenn du heute Abend dort auftauchst, wird er es nur schlimmer für dich machen.«

Ich wusste, dass Isaac recht hatte. Auch wenn Kyle mir gestern aus der Patsche geholfen hatte, würde er auf keinen Fall dem ultimativen Showdown zwischen Kyle Hamilton und Virgin Val widerstehen können, noch dazu beim Auftaktkonzert seiner »S is for Sex«-Tournee vor tausenden seiner Fans.

»Aber Cara hat versprochen, dass er nichts tun würde, wenn sie kommt«, sagte Robin.

»Das habe ich Cara schon mal versprechen hören«, entgegnete Isaac. »Sie kann ihn nicht kontrollieren.«

Ich musste Isaac zustimmen. Ich traute Caras Versprechen nicht. Aber andererseits hatte ich sie noch nie so wütend gesehen. Es war gut möglich, dass sie mir niemals verzeihen würde. Wenn ich heute Abend nicht zu diesem Konzert ging, könnte ich meine beste Freundin verlieren. Ich wusste einfach nicht, was ich tun sollte.

»Es ist nur ein dummes Konzert«, sagte Isaac frustriert. »Es wird stattfinden, ob du hingehst oder nicht. Vielleicht ist es Cara wichtig, aber was ist mit dir? Bist du ihr nicht wichtig? Warum bist immer du diejenige in dieser Freundschaft, die nachgibt? Du bist auch ihre beste Freundin. Sie sollte dich auch mal unterstützen. Das hier ist einfach nur selbstsüchtig von ihr.«

Meine Mom drückte meine Hand. »Vielleicht hat Isaac recht, Val. Vielleicht solltest du dich dieses Mal einfach bedeckt halten, bis sich die ganze Aufregung um Zach gelegt hat. Die Tralse-Fans sind außer Kontrolle. Cara hat dich lieb. Sie wird es verstehen.«

Ich war mir da nicht so sicher, aber Isaac hatte recht. Cara hätte dieses Mal ein bisschen verständnisvoller sein sollen. »Es ist wirklich ziemlich selbstsüchtig von ihr«, sagte ich.

Olivia stöhnte laut auf. »Cara ist *immer* selbstsüchtig! Es geht hier nicht um sie.«

»Natürlich geht es das.« Ich verstand nicht, was sie meinte.

»Nein, geht es nicht. Es geht hier um *dich.* Du bist *Virgin Val!* Du musst dich auch so verhalten. Hör auf, dich zu verstecken. Das ist erbärmlich. Zeig der Welt, dass diese Sache dich nicht gebrochen hat und du keine Angst davor hast, was die Leute über dich denken. Wenn nicht, wirst du sehr viele Menschen enttäuschen.«

»Sie ist doch keine Maschine, Olivia«, blaffte Isaac.

Olivia zuckte mitleidlos mit den Schultern. »Sie hat sich zu einem Vorbild gemacht. Das, was sie tut, hat jetzt Konsequenzen.«

Olivia hatte recht, und ihre geradlinige Einstellung war

jetzt genau das, was ich brauchte. In dieser Hinsicht war sie genau wie Cara. Alle hielten mich immer für stark, aber das war ich nicht. Ich hatte mich immer an Caras Stärke angelehnt, und jetzt wo sie nicht hier war, würde ich mich an Olivias Stärke klammern.

Isaac sah, wie sich Entschlossenheit in meinen Blick stahl, und seufzte. »Tut mir leid«, sagte ich ihm. »Bitte sei nicht sauer.«

»Ich bin nicht sauer. Nur besorgt. Jemand muss auf dich aufpassen.«

Ich lächelte. »Und dafür liebe ich dich. Aber Olivia hat Recht. Ich muss da hin.«

Isaac gab auf. »Meinetwegen«, sagte er hilflos.

»Wirst du mich dieses Mal begleiten? Ich will mich der Welt nur ungern ohne dich stellen.«

Wieder seufzte Isaac. Er wollte nicht gehen. Er hasste die Medienaufmerksamkeit, und als Freund von Virgin Val hatte er davon mehr als genug mitbekommen. Ich wusste, dass ihm der Wirbel in meinem Leben unangenehm war, und normalerweise hätte ich ihn auch nie um so etwas gebeten, aber ich wusste einfach nicht, wie ich es ohne ihn schaffen sollte. Er musste das verstanden haben, denn schließlich willigte er ein und bemühte sich sogar, so zu wirken, als würde er sich darauf freuen.

»Danke«, sagte ich, dann zwang ich mich aufzustehen.

Stephanie und Robin stürzten sich auf mich und zogen mich in eine wilde Gruppenumarmung. Dann übernahm Olivia, bat alle außer meiner Mutter und mir, den Raum zu verlassen, und begann damit, die gute alte Valerie Jensen in Virgin Val zu verwandeln, die unberührbare Sexbombe.

»V!«, quietschte Cara, als ich die für unsere kleine Freundesgruppe reservierten Sitze fand.

Obwohl wir zweite Reihe Mitte waren, überraschte es mich dennoch, sie hier unten im Publikum zu sehen. »Ich dachte, du wärst Backstage«, sagte ich, während sie mir eine überdrehte Umarmung gab. Ich wollte mich versöhnen, war aber immer noch wütend, und die Tatsache, dass sie so tat, als wäre nichts geschehen, machte es schlimmer.

»Natürlich nicht!«, quietschte sie weiter. »Ich wusste, dass du kommst! Ich *wusste* einfach, dass du mich nicht so hängen lassen würdest! Ich bin so froh, dass du hier bist! Die Jungs werden sich auch freuen. Die haben dich ja schon ewig nicht gesehen.«

»Ich hoffe, Kyle benimmt sich«, warnte Isaac. »Val hatte eine ziemlich schlimme Woche, und sie braucht heute Abend wirklich keine seiner dämlichen Aktionen.«

Cara verdrehte die Augen. »Du bist ja so ein Schwarzseher, Isaac. Die Jungs wissen von Vals kleinem Sexskandal. Ich habe es ihnen erklärt.«

»Aber Kyle lässt mich heute Abend in Ruhe, oder? Ich kann so was gerade wirklich nicht ab.«

»V.« Caras Tonfall klang fast herablassend. »Entspann dich. Ich habe ihm gesagt, dass du dich wegen dieser Zach-Sache furchtbar aufregst. Er weiß, was für schreckliche Sachen die Leute gerade über dich sagen. Vertrau mir. Es kommt alles in Ordnung.«

»Versprochen?«, fragte ich.

Cara rollte wieder mit den Augen, lächelte jedoch. »Du kannst dich auf mich verlassen, V. Versprochen.« Sie umarmte mich erneut. »Danke, dass du heute Abend gekommen bist.«

Ich konnte mich als Antwort nur zu einer Grimasse durchringen, aber ich umarmte sie zurück.

Das Konzert war nicht so schlecht. Die Lieder des neuen Albums waren wirklich gut, und Tralse boten definitiv eine tolle Show. Meine Freunde ließen Isaac und mich in der Mitte unserer kleinen Gruppe sitzen, um uns so versteckt wie möglich zu halten, aber Tralses wilde Fans waren viel zu sehr auf die Bühne konzentriert, um mich zu bemerken. Schließlich gelang es mir, mich zu entspannen und es zu genießen, mit meinen Freunden auszugehen. Selbst Isaac konnte vergessen, dass es Kyle war, und hatte einfach nur Spaß.

Es geschah erst ganz am Ende des Konzerts. Die Band hatte gerade ihre Show beendet, doch ich wusste, dass sie noch nicht fertig waren. Es gab einen Song, den sie noch nicht gespielt hatten.

Auch wenn Kyle angeblich jedes Lied auf »S is for Sex« über mich geschrieben hatte, war »Cryin' Shame« immer noch *mein* Song. Außerdem war es der Lieblingssong der Fans. Es war einfach ausgeschlossen, dass sie ein Konzert gaben und dieses Lied nicht spielten.

Nachdem das Saallicht angegangen war, begann die Menge tatsächlich mit einem Sprechchor. »Cryin' Shame! Cryin' Shame! Cryin' Shame!«

Die Band verließ die Bühne, doch nach einer Minute wurde der Applaus so laut, dass Kyle zurück auf die Bühne geschlendert kam. »Wie war das?«, fragte er die Menge. Das breite Grinsen in seinem Gesicht ließ meinen Puls in die Höhe schießen. »Wollt ihr Vals Song hören?«

Die Menge drehte so durch, dass das ganze Stadion erbebte. Kyle lachte und bedeutete dann allen, still zu sein. »Habt ihr gestern die Klatschpresse gesehen?«

Das Publikum begann zu buhen.

»Das ist nicht gut«, murmelte ich.

»Willst du gehen?«, fragte Isaac.

»Auf jeden Fall.« Ich suchte nach meiner Handtasche, doch Isaac hielt sie mir bereits hin.

»Nein!«, protestierte Cara, als ich mich an ihr vorbeischieben wollte. »Val, geh nicht«, flehte sie. »Es ist in Ordnung.«

»Cara …« Meine Erwiderung ging unter, als Kyle wieder zu sprechen begann.

»Es gibt da etwas, das ich dazu sagen will. Mir ist zu Ohren gekommen, dass meine Fans mich online ziemlich energisch verteidigt haben. Ihr habt für mich Twitter ein paar Stunden lahmgelegt.«

An diesem Punkt drehte die Menge wieder vollkommen durch, und Kyle musste sie erneut beruhigen. »So sehr ich mich auch geschmeichelt fühle, dass euch meine Gefühle so wichtig sind, muss ich euch doch bitten, meine Lieblingsjungfrau nicht mehr anzugreifen.«

Kyles Fans drückten ihre Missbilligung mit abscheulichen Buhrufen aus.

»Aber, aber«, beschwor Kyle sein Publikum. »Das Bild war manipuliert. Das weiß ich direkt von der Quelle, und Val spart sich immer noch für mich auf, also könntet ihr vielleicht mit den Beleidigungen und den Hassmails aufhören? Bitte? Für mich?«

Er machte Schmollmund und ließ seine Wimpern flattern. Ich glaube, ein paar Mädchen fielen tatsächlich in Ohnmacht.

Die Antwort des Publikums war ein enthusiastisches Ja. Kyle begann zu strahlen. »Freut mich, das zu hören«, sagte er. »Aber wisst ihr was? Ich glaube, wir schulden ihr alle eine Entschuldigung. Ein kleines Vögelchen hat mir gezwitschert, dass sie heute Abend hier ist. Was denkt ihr? Wenn ich sie auf die Bühne hole, würdet ihr euch dann bei ihr entschuldigen?«

Das Jubeln der Menge hörte ich gar nicht mehr. Ich war zu sehr damit beschäftigt, meine beste Freundin anzustarren. »Du hast ihm gesagt, dass ich hier bin? Du hast mir versprochen, dass mich Kyle heute in Ruhe lassen würde!«

Ich fühlte mich so verraten, dass mir Tränen in die Augen stiegen und ich mich anstrengen musste, um nicht loszuheulen. Cara verdrehte die Augen. »V, er entschuldigt sich doch nur. Es wird helfen, deinen Ruf wiederherzustellen. Es sorgt dafür, dass dich die Leute in Ruhe lassen. Ich dachte, das würdest du wollen.«

Bevor ich antworten konnte, ging das Saallicht aus und ich stand im blendenden Licht eines Scheinwerfers. Natürlich wussten sie, wo ich saß. Sie hatten mir die Tickets gegeben. Dieser ganze Abend war vorgeplant worden. Meine beste Freundin hatte mich reingelegt.

»Da ist ja mein Mädchen«, hörte ich Kyle sagen.

Ich ignorierte ihn. Ich wusste, dass mein Gesicht oben auf der Großbildleinwand zu sehen war und dass mich das gesamte Stadion beobachtete, aber ich starrte nur Cara an.

»Er fand es schrecklich, wie dich seine Fans behandeln«, sagte Cara. »Er versucht, es in Ordnung zu bringen. Er will doch einfach nur ein Lied singen.«

»Komm schon, Val!«, rief Kyle von der Bühne. »Du

musst nicht schüchtern sein. Komm hoch und lass dir von allen sagen, dass es ihnen leidtut.«

Ich warf Kyle einen bösen Blick zu, dann wandte ich mich wieder an Cara. »Ich schätze, dass ich heute doch mitgekommen bin, hatte zumindest etwas Gutes an sich.« Meine Stimme zitterte vor Wut und Schmerz. »Zumindest habe ich jetzt absolut keinen Zweifel mehr daran, wer hier unsere Freundschaft zerstört hat.«

Caras Mund klappte auf. »Was soll das denn bedeuten?«, fragte sie. Noch nie hatte ich sie so blass gesehen oder mit so weit aufgerissenen Augen.

Ich schüttelte den Kopf. Diesmal war sie zu weit gegangen. »Du machst mir ein schlechtes Gewissen, damit ich herkomme, nur damit deine Freunde mich ausschlachten können! Du hast mich angelogen! Du hast mir versprochen, dass Kyle nichts tun würde, und dann hilfst du ihm noch dabei, mich reinzulegen!«

»Sieht so aus, als würde sie ein wenig Überredung brauchen«, spottete Kyle von der Bühne.

»V«, flüsterte Cara. Endlich sah sie aus, als würde sie sich schlecht fühlen – als würde sie endlich verstehen, wie ich mich fühlte. Doch es war zu spät.

»Nein«, sagte ich. »Ich werde dich vermissen, aber ich habe keine Lust mehr, weiter zu versuchen, deine Freundin zu sein. Das ist es mir einfach nicht mehr wert.«

Ich wandte mich an Isaac, der so aussah, als wisse er nicht genau, wen er mehr schlagen wollte – Cara oder Kyle. »Bringst du mich nach Hause?«, fragte ich.

Isaac seufzte erleichtert und legte einen schützenden Arm um mich.

»Val, das kannst du nicht tun«, flüsterte Stephanie.

Ich sah auf, und Stephanie, Robin und Olivia lächelten mich entschuldigend an. »Hör doch nur«, sagte Olivia und deutete auf die Menge.

Da bemerkte ich, dass mich das gesamte Publikum einstimmig anfeuerte. »Vir-gin Val! Vir-gin Val! Vir-gin Val!«

»Du musst da hoch«, sagte Robin.

»Aber …«

»Steh einfach das Lied durch und lass dich dann von Isaac nach Hause bringen«, sagte Stephanie.

Isaac zog mich enger an sich. »Das musst du nicht, Val.«

Aber ich tat es. Was für ein Mensch wäre ich, wenn ich Kyles Entschuldigung nicht annehmen würde? Ich hasste die Aufmerksamkeit, aber ich war kein Snob. Ich konnte nicht undankbar sein, wenn er sich so bemühte. Besonders nicht, da er mich gestern gerettet hatte.

Isaac spürte, wie ich nachgab, und stöhnte frustriert auf.

»Treffen wir uns danach im Backstagebereich?«, fragte ich ihn, dann bahnte ich mir meinen Weg zur Bühne hinauf. Zu dem, was auch immer Kyle mit mir vorhatte.

21

Der Waffenstillstand

Im Gang kamen mir zwei riesige Security-Leute entgegen, die mir den Weg zur Bühne freimachten und mich dann in Kyles wartende Hände hoben. Als Kyle mich auf die Beine zog, wanderte sein Blick über meinen Körper. »Ah, Sassy«, sagte er sehnsüchtig. »Mein alter Freund.«

Nachdem Olivia bei der Durchsicht meines Kleiderschranks der Gucci-Rock in die Hände gefallen war, hatte ich nichts anderes mehr anziehen dürfen. Ich war zwar froh, dass mich Olivia gezwungen hatte, mich für heute Abend schick zu machen, aber es ärgerte mich, dass Kyle den Spitznamen des Rocks kannte. Als ob Caras Verrat nicht schon genug wehtat, hatte sie offenbar auch alle unsere Geheimnisse ausgeplaudert.

Kyle hob meinen Arm und zwang mich für die wartende Menge in eine Drehung. »Sieht sie nicht scharf aus heute Abend?«, fragte er. »Und sie wundert sich, warum ich sie Legs nenne.«

Als die Leute lachten und jubelten, stieß ich durch zusammengebissene Zähne hervor: »Können wir es nicht einfach hinter uns bringen?«

»Die richtige Zeit, der richtige Ort, Val.« Kyle grinste und legte seinen Arm um mich, als wären wir beste Freunde. Bevor ich protestieren konnte, hob er das Mikro an seinen Mund. »Val, die Tralse-Fans wollen dir sagen, dass es ihnen leidtut.« Mit einem breiten Grinsen sah er in die Menge. »Auf drei sagen wir ›Tut uns leid, Virgin Val‹, okay? Eins … zwei … drei …«

»TUT UNS LEID, VIRGIN VAL!«

Das gesamte Stadion rief es wie mit einer Stimme. Noch nie hatte ich so etwas gehört.

Kyle lächelte und hielt mir das Mikro vors Gesicht. »Ähm, danke?« Ich hatte keine Ahnung, was ich tun sollte. Ich sah zu Kyle und sagte: »Das war wirklich süß und alles, aber kann ich jetzt gehen? Ich bin mir sicher, dass deine Fans lieber dich singen als mich reden hören wollen.«

Ich schaute in Richtung der Menge, von der ich wusste, dass sie da war, die ich aber wegen der blendenden Scheinwerfer nicht sehen konnte. Kein Wunder, dass Sänger und Schauspieler kein Lampenfieber bekommen. Sie können eh nicht mehr als die erste Reihe erkennen. »Richtig?«, fragt ich die Menge. »Ihr wollt doch bestimmt noch mal die Band hören, oder?«

Die Leute drehten durch. Kyle beugte sich nah an mein Ohr heran, so dass ich ihn über den Lärm hinweg verstehen konnte. »Du bist ein Naturtalent, Val. Sie lieben dich.«

Bevor ich antworten konnte, richtete er wieder das Wort an das Publikum. »Oh, ich weiß nicht, Val«, sagte er spielerisch. »Der Song kommt gleich, aber ich glaube, es gibt etwas, dass die Fans zuerst sehen wollen.«

Ich hatte Angst zu fragen, musste aber mitspielen. »Und was wäre das?«

Das Funkeln in Kyles Augen machte mich nervös. Was

immer er diesmal vorhatte, gleich würde es passieren. »Na, sie wollen natürlich sehen, wie wir uns versöhnen.«

Ein Jubel brach aus, der so laut war, dass er mich rückwärts taumeln ließ. Kyle stützte mich nur allzu gern.

»Wie bitte?«, fragte ich fassungslos. Wie meinte er das?

»Dieses Spielchen zwischen uns wird langsam ziemlich albern, findest du nicht?«

Er hatte ja keine Ahnung.

»Und es hat ja auch keinen Sinn, mit dir zu streiten, wenn es hinterher nie heißen Versöhnungssex gibt.«

Und da war er wieder, der Kyle, den ich kannte und verabscheute.

Er grinste, als er meine Verärgerung bemerkte. Was für ein Lügner er war. Er *liebte* es, mit mir zu streiten. Das war der Knackpunkt.

»Ich schlage einen Waffenstillstand vor«, sagte er zu mir. »Möglicherweise habe ich die Sache mit uns nicht immer wie ein Gentleman gehandhabt.«

»*Vielleicht?*«, erwiderte ich scherzhaft. Das Publikum lachte.

Plötzlich ergriff Kyle meine Hand und ging vor mir auf die Knie. »Es tut mir leid, Valerie«, sagte er leise und aufrichtig ins Mikro, während er zu mir aufsah. »Vergibst du mir? Ich flehe dich an.«

Ich war vollkommen perplex. Es war ihm ernst. Er mochte gerade in seinem Rockstar-Modus sein und sich als Teil seiner Show entschuldigen, doch das bedeutete nicht, dass er nicht aufrichtig war. Er meinte, was er sagte. Ich konnte es in seinen Augen sehen. Ich konnte es an der Art und Weise spüren, wie er meine Hand hielt. Er wollte mein Einverständnis, meine Zustimmung. Meine Vergebung. Er wollte sie um alles in der Welt.

Ich schätze, ihm war gar nicht klar, dass er sie sich bereits verdient hatte. Doch ich konnte nicht einfach ja sagen. Ich nahm ihm das Mikro ab und sagte zum Publikum: »Wow! Kyle Hamilton, der mich auf den Knien um meine Vergebung anbettelt. Denkt ihr, er meint es ernst?« Ich wartete das Geschrei ab, mit dem ich gerechnet hatte, dann fragte ich: »Findet ihr, ich sollte ihm vergeben?«

Die Menge jubelte so laut, dass ich lachen musste.

»Ich weiß nicht so recht«, kokettierte ich. »Ich glaube, ich habe da überhaupt kein Bitte gehört. Das ist ein ziemlich schwaches Betteln, wenn ihr mich fragt. Ich denke, das kann er besser, was denkt ihr?«

Ich schaute auf Kyle herab, der mich mit einem Blick bedachte, den ich noch nie bei ihm gesehen hatte. Er war begeistert, dass ich mitspielte. »Bitte, bitte?«, bettelte er mit gefalteten Händen.

»Mit Sahne drauf?«, fragte ich.

Kyle sah mich mit hochgezogener Augenbraue und einem teuflischen Grinsen an. »Mit Sahne«, wiederholte er. »Und einer Kirsche, Schokoladensirup und allem anderen, was du von mir ablecken willst.«

Okay. In diese Falle war ich mit offenen Augen getappt. Ich stöhnte genervt, musste aber schmunzeln. Aufrichtig. Kyle bemerkte es und schmunzelte ebenfalls. »Friede?«, fragte er.

Ich gab vor, weiter darüber nachzudenken, dann seufzte ich, als wäre dies die lästigste Entscheidung, die ich jemals hatte treffen müssen. »Okay, meinetwegen«, sagte ich schließlich genervt. »Ich vergebe dir.« Ich streckte Kyle eine Hand entgegen. »Friede.«

Doch anstatt meine Hand zu schütteln, hielt er sie nur. Dann begann er, mit seinem Daumen über meine Fingerknöchel zu streicheln.

Ich erschauerte, aber es war nicht seine Berührung, die mein Innerstes zum Schmelzen brachte. Es war der Blick in seinen Augen. Leidenschaft. Leidenschaft mir gegenüber. Leidenschaft für diesen Moment. Leidenschaft für seine Musik. Leidenschaft für das Leben. Die pure Leidenschaft. Es war, als würde Kyle Hamiltons gesamtes Wesen daraus bestehen, und er schickte diese Leidenschaft direkt in mein Herz. Es war überwältigend.

»Sollen wir es mit einem Kuss besiegeln?«, fragte er und riss mich damit aus meinem Bann.

Das Gebrüll, das diese Bemerkung der Menge entlockte, erinnerte mich daran, dass Kyle und ich vor tausenden von Leuten standen. Ich konnte kaum glauben, dass mir das für ein paar Momente entfallen war.

Ohne meine Hand loszulassen, kam Kyle wieder auf die Beine. Sein Blick forderte mich heraus, das zu beenden, was er gestern angefangen hatte. Jetzt gerade spielte er keine Rolle für sein Publikum. Er wollte diesen Kuss einfach nur mehr als alles andere.

Ich fühlte mich schrecklich, als ich den Kopf schüttelte. »Tut mir leid. Ich habe einen Freund.«

Die Hoffnung verschwand aus Kyles Gesicht, dennoch zwang er sich zu einem Lächeln, bevor irgendjemand sonst seine Enttäuschung bemerken konnte. »Der Idiot«, sagte er. »Keine Sorge. Er wird es verstehen.«

»Ich werde ihn nicht bitten, es zu verstehen, weil ich

dich nicht küssen werde«, sagte ich. »Und wenn diese Sache mit dem Waffenstillstand funktionieren soll, darfst du meinen Freund auch nicht mehr als Idioten bezeichnen. Er hat einen Namen.«

Kyle seufzte. »*Isaac* ist bestimmt ein ganz toller Kerl. Vergib mir, wenn es meinem Stolz schwerfällt, mich das anerkennen zu lassen.«

Ich war überrascht, dass Kyle Isaacs Namen kannte, auch wenn ich das wohl nicht hätte sein sollen. Ich meine, er kannte sogar den Namen meines Rocks.

Während ich dastand, nicht wusste, was ich als Nächstes tun sollte, und wie lange das hier noch gehen würde, begann die Menge wieder etwas im Sprechchor zu rufen. »Kuss! Kuss! Kuss! Kuss!«

Ich lauschte der Forderung für einen Moment, dann sah ich wieder zu Kyle. »Du hast echt loyale Fans«, sagte ich trocken.

Einer seiner Mundwinkel ging nach oben. »Großartige Unterstützung, oder? Komm schon, Val, nur ein Kuss. Ein winziger kleiner Kuss, und ich werde dich und deinen Freund nie wieder belästigen. Damit ist der Waffenstillstand für immer besiegelt.«

Das Angebot war zu gut, um es abzulehnen. »Meinetwegen. Abgemacht.«

Ich genoss Kyles schockierten Gesichtsausdruck, als ich näher an ihn herantrat. Dann ging ich auf die Zehenspitzen und gab ihm einen Kuss auf die Wange.

Kyle keuchte leise, als meine Lippen seine Haut berührten, doch dann runzelte er die Stirn. »So einen Kuss habe ich nicht gemeint.«

»Nicht meine Schuld, wenn du dich nicht präziser ausdrückst«, neckte ich ihn. »Wir hatten eine Abmachung. Du hast deinen Kuss bekommen, und jetzt lässt du mich und meinen Freund in Ruhe.«

Kyle grinste von einem Ohr zum anderen. »Aber wie kann ich dich den Händen eines anderen Kerls überlassen, wenn du mich so provozierst, Legs?«

Er führte mich einen Schritt rückwärts, bis ich auf einem Barhocker landete, der hinter mir aufgestellt worden war. Die ganze Band war auf mysteriöse Weise auf die Bühne zurückgekehrt, die Instrumente im Anschlag. Ich hatte überhaupt nicht mitbekommen, wann das passiert war.

»Du solltest doch inzwischen wissen, dass ich nicht aufgeben werde«, sagte Kyle und gab seiner Band das Signal. »Das wäre doch wirklich eine … *Schande.*«

Er zwinkerte mir zu, dann schlug Reid ohne Vorwarnung seine Drumsticks zusammen und rief: »One! Two! One! Two! Three! Four!«

Der vertraute Klang meines Songs hallte durchs Stadion, und Kyle gab die schwungvollste Performance seines Lebens, als er nur für mich diesen Song sang.

She's smokin' hearts with a burnin' flame
She's got a wild side without a name
And when she's riled it's a cryin' shame
Yeah! Yeah! Yeah! I've got it bad
Yeah! Yeah! Yeah! I'm goin' mad …

Sobald es vorbei war, lief ich von der Bühne. Es war nicht so schlimm gewesen, wie ich erwartet hatte, aber ich konnte es kaum erwarten, diesen öffentlichen Auftritt hinter mir zu lassen.

Die Band war direkt hinter mir, und bevor ich wusste, wie mir geschah, nahm mich Kyle in die Arme und wirbelte mich herum. «Du warst großartig!«, rief er so aufgeregt wie ein Kind, das zum ersten Mal allein Fahrrad gefahren war. »Das war das beste Ende eines Konzerts, das wir jemals hatten! Sie lieben dich! Die Band liebt dich! Ich liebe dich! Du musst unbedingt mit uns auf Tour gehen. Du könntest unser kleines jungfräuliches Maskottchen sein.«

Er wirbelte mich immer noch herum, vollkommen vom Moment und seinem Adrenalinschub mitgerissen.

»Kyle, bitte lass mich runter.«

Meine Bitte änderte nichts an Kyles Stimmung. Er setzte mich ab, ließ jedoch seine Hände auf meinen Schultern und grinste mich mit wilden Augen an. Hinter uns jubelten die Tralse-Fans wie irre. »Was für ein Rausch, oder?«, fragte er. Aufgeregt drückte er meine Schultern. »Beweg dich nicht von der Stelle! Die Jungs und ich sind in zehn, fünfzehn Minuten bereit, zur Party zu gehen.«

»Aber ich bin hier mit …«

»Deine Freunde finden uns schon. Die stehen alle auf der Liste. Cara sorgt dafür, dass sie alle problemlos reinkommen, aber mir wäre es lieber, wenn du heute Abend mit uns kommst. Wir nehmen die Bodyguards mit. Zumindest bis wir drinnen sind.«

»Bodyguards!«, brachte ich raus.

»Du bist nicht in Gefahr oder so«, versprach mir Kyle schnell. »Die Menge kann nur manchmal ein bisschen außer Kontrolle geraten, und die da draußen ist ziemlich außer sich. Vor dem Club werden auch jede Menge Leute sein. Es ist einfach besser, vorsichtig zu sein.«

»Aber ich werde nicht …«, begann ich erneut zu protestieren, doch Kyle fiel mir ins Wort.

»Beweg dich einfach nicht von der Stelle, ok? Ich muss nur kurz duschen und bin dann gleich zurück.« Er beugte sich vor und gab mir einen flüchtigen Kuss auf die Stirn. »Zehn Minuten. Versprochen.«

Bevor ich noch etwas sagen oder tun konnte, hatte Kyle auf dem Absatz kehrtgemacht und verschwand in einem Gang.

Ich brauchte einen Augenblick, um zu verarbeiten, was passiert war, dann sah ich mich um und entdeckte Isaac, der geduldig in einer Reihe harter Plastikstühle am Bühnenrand wartete. Als sich unsere Blicke trafen, stürmte ich in seine Arme und seufzte erleichtert. »Ich bin so froh, dass es vorbei ist«, stöhnte ich.

»Bist du in Ordnung?«, fragte Isaac.

»Ich bin okay«, sagte ich. »Es war nicht so schlimm, wie ich befürchtet habe.«

»Sicher?«

»Ja, schon gut. Ich will es niemals wieder tun, aber zumindest sollten die Tralse-Fans jetzt aufhören, mich anzugreifen. Robin wird das Forum wieder aktivieren können. Außerdem meinte Kyle es ernst. Ich glaube, er wird mich ab jetzt wirklich in Ruhe lassen.«

»Vielleicht öffentlich«, erwiderte Isaac. »Aber dieser Kerl wird dich niemals in Ruhe lassen. Er ist wie besessen von dir.«

Ich verdrehte die Augen, doch Isaac meinte es so. Mit

ernstem Gesichtsausdruck ließ er sich wieder auf einen der Stühle fallen. »Val, ich kann das nicht mehr.«

»Was?«

Isaac fuhr sich nervös durchs Haar, dann sah er mich traurig an. »Ich denke, es ist Zeit.«

Mir wurde schwer ums Herz. Ich wusste, was er meinte, und selbst wenn es mich nicht besonders überraschte, war ich nicht darauf vorbereitet. Doch ich musste stark sein. Ich wollte es für Isaac nicht schwerer machen, als es ohnehin schon war. Das war ich ihm schuldig.

»Uns war klar, dass wir uns früher oder später trennen müssen, weil ich auf Mission gehen werde«, sagte Isaac.

Das hatte ich gewusst, aber ich war dennoch nicht bereit, ihn schon gehen zu lassen. Nicht nach der Woche, die ich gehabt hatte. Nicht nach Zach und Cara und Kyle. Isaac war die letzte Konstante in meinem Leben. Er war mein Fels in der Brandung. Er war meine Sicherheit.

Ich setzte mich neben ihn und nahm seine Hand in meine. »Aber du wirst doch erst in sechs Monaten gehen. Wir haben noch Zeit.«

»Tut mir leid, Val.« Seine Stimme war kaum mehr als ein Flüstern und voller Emotionen.

»Wenn es hier um Kyle geht, tut es mir leid. Ich musste mitspielen, aber ich will mit dir zusammen sein.«

Und das war die Wahrheit. In den letzten vierundzwanzig Stunden hatte ich sehr genau darüber nachgedacht, was ich wollte. Kyle hatte recht, was die sexuelle Anziehung anging. Das konnte ich nicht bestreiten. Aber das machte ihn nicht zur richtigen Wahl.

»Teils ja, teils nein«, sagte Isaac. Aber er war überhaupt nicht wütend.

»Das verstehe ich nicht.«

»Die Art, wie ihr euch heute Abend angesehen habt, Val … so sehen wir beide uns nicht an.«

Ich wurde knallrot. Ich hätte es abgestritten, wenn ich mich nicht so schuldig gefühlt hätte. »Tut mir leid«, flüsterte ich. Ich wollte stark sein, dennoch schossen mir Tränen in die Augen.

»Schon gut, Val. Ich bin nicht sauer. Du hast dich nicht bewusst in ihn verliebt. Ich glaube, du hast es nicht mal gemerkt.«

»Aber ich will nicht mit ihm zusammen sein«, sagte ich. »Ich kann nicht. Kyle versteht mich nicht so, wie du es tust, Isaac. Er würde mich niemals so unterstützen wie du.«

»Ich werde weiterhin für dich da sein, Val. Ich werde dich immer unterstützen. Wir sind doch gute Freunde, oder?«

Ich nickte niedergeschlagen. »Natürlich sind wir das, aber …«

»Du bist mir sehr wichtig«, versprach Isaac. »Ich weiß, dass ich dir auch wichtig bin, aber wir lieben einander nicht.«

Dem konnte ich nicht widersprechen. Er hatte recht. Wir mochten einander sehr, doch wir liebten uns nicht. Wir waren nicht verrückt nacheinander, wie Cara und Shane es waren. Wir waren inzwischen viele Monate zusammen, und keiner von uns hatte bisher zum anderen so richtig ernsthaft »Ich liebe dich« gesagt.

»Nur weil wir uns nicht lieben, bedeutet das nicht, dass das, was wir haben, keine gute Sache ist«, argumentierte ich dennoch. »Es bedeutet nicht, dass ich aufgeben will.

Ich liebe es, mit dir zusammen zu sein. Warum genießen wir das nicht einfach, bis du gehen musst?«

Isaac seufzte erneut. Ich konnte seinem Gesicht ansehen, dass ich diese Diskussion nicht gewinnen würde. Er hatte seine Entscheidung bereits getroffen.

»Die Wahrheit lautet, dass ich erschöpft bin, Val. Das hier? So was wie heute? Der ganze Rummel? Das ist einfach zu viel für mich. Du bist stark genug, um mit all dem klarzukommen, aber ich bin es nicht. Ich will das nicht mehr machen. Ich kann nicht mit dir mithalten.«

Nun kullerten mir Tränen über die Wangen. »Es tut mir leid.«

Isaac zog mich in eine feste Umarmung. »Du brauchst dich nicht zu entschuldigen«, sagte er. »Es gibt nichts, was dir leidtun müsste. Ich bin so stolz auf dich. Wir brauchen nur einfach verschiedene Dinge.«

Ich konnte ihm nicht übelnehmen, dass er mit meinem verrückten Leben nicht zurechtkam. Ich kam ja selbst die Hälfte der Zeit nicht damit klar. Ich wollte wirklich, wirklich nicht Schluss machen, doch Isaac war die ganze Zeit über so unterstützend, geduldig und unglaublich gewesen, wie konnte ich ihm da nicht geben, was er brauchte?

»Okay.« Ich musste einmal schniefen, doch es gelang mir, meine Tränen zu stoppen.

»Es tut mir leid, Valerie.«

Ich schüttelte den Kopf. »Wenn ich mich nicht entschuldigen darf, gilt das auch für dich. Ich weiß, dass ich nicht die Freundin sein konnte, die du verdient hast. Das weiß ich. Aber ich würde das, was wir hatten, um nichts in der Welt eintauschen. Ohne deine Unterstützung hätte ich dieses Jahr nicht durchgestanden.«

Isaac lächelte. »Das war nur fair. Schließlich war ich es, der dich überhaupt erst dazu überredet hat.«

»Und ich bin froh, dass du es getan hast.«

»Ich auch«, gab Isaac zu. Er gab mir einen letzten Abschiedskuss. Er war bittersüß, doch ich brauchte ihn verzweifelt.

»Du wirst ihn eines Tages finden«, sagte Isaac. Er berührte meine Kette. »Den Kerl, für den sich das alles gelohnt haben wird.«

Ich sah zur Bühne hinter mir, erinnerte mich an das, was gerade geschehen war, und musste lachen. »Das müsste schon so eine Art Superman sein, damit sich das alles lohnt.«

Isaac lachte. »Das wird er sein.«

»Und du wirst eine bezaubernde kleine Ehefrau finden, die jeden Sonntag mit dir in die Kirche geht, dir zwölf Babys schenkt und dir Brot backt.«

Diesmal musste Isaac lachen. »Hör auf mit diesen Klischeevorstellungen!«

Wir mussten beide lachen, doch schnell wurde es zu einem gemeinsamen Seufzen. »Soll ich dich nach Hause bringen?«, fragte Isaac.

Ich lächelte, doch ich konnte die Traurigkeit dahinter spüren. »Schon okay. Kyle meinte, dass es nur mit Bodyguard sicher sein wird, also wollte ich sowieso meine Eltern anrufen.«

Ich sah die Besorgnis in Isaacs Augen. Er sah aus, als würde er am liebsten die Initiative ergreifen und dafür sorgen, dass ich sicher nach Hause kam, aber er sagte nichts. Offenbar hatte er sich entschieden, dass er nicht mehr das

Recht hatte, sich um mich zu sorgen, nachdem er zwei Sekunden zuvor mit mir Schluss gemacht hatte.

Ich hätte mich von ihm nach Hause fahren lassen, wenn er darauf bestanden hätte, doch irgendwie war ich auch dankbar, als er es nicht tat. Er nickte, erhob sich und streckte mir seine Hand entgegen. Ich ließ mir von ihm aufhelfen. »Wir bleiben Freunde?«, fragte er.

»Natürlich.«

»Dann sehe ich dich am Montag in der Schule.«

Er drückte meine Hand. »Montag«, stimmte ich zu und küsste seine Wange. »Bis dann, Isaac.«

»Pass heute Abend auf dich auf«, antwortete er.

»Das werde ich.«

22

Der Grund

Ich wartete, bis Isaac um eine Ecke verschwunden war, bevor ich mich wieder auf einen der harten Plastikstühle sinken ließ und mein Gesicht in den Händen vergrub.

»Diese Trennung war so einvernehmlich, dass ich kotzen könnte. Wart ihr beide immer so langweilig?«

Ich war kurz davor gewesen, richtig loszuheulen, doch der Klang von Kyles Stimme vertrieb meine Traurigkeit, bis ich mich nur noch erschöpft fühlte. »Bitte lass es«, warnte ich. »Ich habe jetzt gerade wirklich keine Geduld für deinen Mist.«

Kyle setzte sich auf den Stuhl neben mir und legte seinen Arm um meine Schultern. »Genaugenommen denke ich, dass du gerade jetzt meinen Mist brauchen kannst, Legs.«

»*Ich heiße nicht Legs!*«, fauchte ich und schüttelte seinen Arm ab. Zu meinem Entsetzen war das alles, was nötig war, um die Schleusentore meiner Emotionen zu öffnen, und ich heulte unkontrolliert los.

Wieder legte Kyle seine Arme um mich. »Hey«, sagte er in einem irritierend sanften Tonfall. »Tu das nicht. Weine doch nicht um diesen Typen.«

»Was kümmert es dich?«, blaffte ich. Doch dann atmete ich tief durch und riss mich zusammen. Ich hasste es, dass Kyle meine Schwäche sah. »Solltest du nicht froh sein, dass wir uns getrennt haben?«

»Ich bin geradezu ekstatisch«, gab er ohne einen Hauch von Scham zu. »Aber das bedeutet nicht, dass ich froh bin, dich traurig zu sehen. Ich hatte gehofft, du würdest erkennen, wie falsch er für dich ist und ihn selbst abschießen.«

»Woher willst du wissen, dass wir falsch füreinander waren?«

Kyle sah mich herausfordernd an. »Streitest du es etwa ab?«

Ich seufzte resigniert.

»Kopf hoch. Jetzt kannst du endlich mit jemandem zusammen sein, der zu dir passt.«

»Oh, und ich nehme an, damit meinst du dich selbst?«

»Na ja.« Kyle grinste. »Ich wollte ja nichts sagen, aber da du es ansprichst … ja, ich bin mir hundertprozentig sicher, dass wir beide perfekt zueinander passen.«

»Abgesehen davon, dass ich nicht mit dir schlafen werde.«

»Vielleicht änderst du deine Meinung, sobald du mich kennengelernt hast. Ich bin kein schlechter Mensch, Val. Wenn du mir eine Chance gibst, könnte ich warten, bis du bereit bist.«

»Könntest du bis zur Ehe warten?«, fragte ich. Es war mehr eine Herausforderung als tatsächliche Neugier, auch wenn ich zugeben muss, dass ich den Atem anhielt und auf ein aufrichtiges Ja wartete. Doch natürlich bekam ich keines.

Kyle lachte, weil die Vorstellung, bis zur Ehe zu warten, für ihn so vollkommen fremd war. »Also erstens«, sagte er,

»falls ich jemals den Bund eingehen sollte – und das ist ein sehr großes Falls – wird das erst in vielen, vielen Jahre sein. Und zweitens werde ich mich nicht für den Rest meines Lebens an jemanden binden, mit dem ich nicht vorher geschlafen habe. Was ist, wenn wir nicht kompatibel sind? Wir wären nach einer Woche wieder geschieden.«

Es kostete mich all meine Selbstbeherrschung, nicht verächtlich zu schnauben. »Siehst du, Kyle?«, sagte ich und stand auf. »Wir beide würden zusammen niemals funktionieren. Und das sage ich diesmal wirklich nicht, um gemein zu sein. Es ist einfach eine Tatsache. Du musst ein anderes Mädchen finden, das du foltern kannst.«

»Foltern?« Kyle lachte. »Du genießt unsere kleinen Momente doch genauso wie ich.«

Ich stieß ein tiefes Seufzen aus. »Aber sie sind sinnlos, Kyle. Sie werden uns nie etwas anderes als Kummer bescheren.«

Ich wollte davongehen, doch Kyle sprang auf und blockierte mir den Weg. »Wo willst du hin?«

»Ich habe heute meine beste Freundin und meinen Freund verloren. Ich habe Kopfschmerzen. Ich bin erschöpft, und ich stehe so kurz davor, einen emotionalen Zusammenbruch zu haben. Ich gehe jetzt nach Hause, lese einen kitschigen Liebesroman und verspeise mein Gewicht in Schokolade.«

Kyle wirkte über mein Geständnis entsetzt, so als ob ich ihm gerade Details meiner Menstruation aufgedrängt hätte. »Ich habe eine bessere Idee«, sagte er und wirkte so verschreckt, dass es schon wieder komisch war. »Lass uns das kitschige Buch überspringen und zusammen essen gehen. Ich weiß ja nicht, wie es dir geht, aber ich bin nach einem Konzert immer am Verhungern.«

Wann war Kyle mal nicht am Verhungern? Dennoch überraschte mich die Einladung. »Ich dachte, du müsstest zu einer dämlichen Party zum Tourauftakt, die so wichtig ist, dass meine ex-beste Freundin mir gedroht hat, sie würde niemals wieder mit mir sprechen, sollte ich nicht hingehen.«

»Ich breche morgen zu einer irre stressigen Tour auf. Ich will meine paar letzten Stunden in Freiheit mit dir verbringen, und du bist offensichtlich nicht in der Stimmung, zu einer Party zu gehen.«

Gegen meinen Willen begann mein Herz wild zu pochen. Innerlich schrie ich mich dafür an.

»Auch wenn ich mich geehrt fühle, dass du für mich deinen großen Abend verpassen wollen würdest, bin ich gerade nicht in der Stimmung, mit dir auf ein Date zu gehen. Nichts für ungut.«

»Dann kein Date. Nur zwei Freunde, die hungrig sind.«

Ich seufzte erneut, doch in Wahrheit konnte ich gerade wirklich einen Freund gebrauchen, und Kyle gelang es irgendwie immer, mich aufzuheitern. »Meinetwegen. Wie wäre es mit einem Kompromiss?«, schlug ich vor. »Du bringst mich nach Hause, und auf dem Weg halten wir an einem Drive-in. Ich habe nicht mehr viel gegessen, seit diese Zach-Geschichte in der Zeitung war. Ich könnte jetzt gerade einen riesigen Burger verdrücken.«

Kyle zog eine Augenbraue in die Höhe. »Du schlägst für unseren letzten gemeinsamen Abend ein Fastfood-Restaurant vor?«

»Den Drive-in«, korrigierte ich. »Ich bin nicht in der Stimmung, mich mit deinen Fans herumzuschlagen.«

»Also den Drive-in eines Fastfood-Restaurants.« Kyle lachte. »Wenn du versuchst, mich davon zu überzeugen, dass du nicht perfekt bist für mich, dann machst du gerade einen echt lausigen Job.«

Kyle bedeutete mir vorauszugehen, dann tippte er mich an. »Ach, und übrigens? Meine Fans sind auch deine Fans, weißt du?«

»Ach stimmt, das hätte ich daran erkennen können, dass sie meine Webseite mit so schlimmen Kommentaren überzogen haben, dass Robin die Schule schwänzen musste, um das Forum abzustellen, bevor ich sie lesen konnte. Sie hatte Angst, dass mich das für den Rest meines Lebens traumatisieren würde.«

»Weißt du denn gar nichts über Groupies, Val? Sie waren nur wütend, weil sie wollen, dass du mit mir zusammen bist.«

»Wenn das stimmt, steht ihnen leider eine Enttäuschung bevor«, brummte ich.

Kyle lachte und legte einen Schritt zu. »Komm schon, du bist bestimmt optimistischer, sobald du etwas im Magen hast.«

Kyle und ich fuhren mit einem Taxi zu mir. Es war eine ziemliche Nacht-und-Nebel-Aktion. Er ließ einen seiner Roadies, der in etwa Kyles Größe und Statur hatte – seinen Wagen zum Club fahren und sich dann in irgendeinem Hinterausgang verstecken, damit es so aussah, als wäre er auf der Party, anstatt Virgin Val nach Hause zu bringen. Ich mochte mir die Gerüchte gar nicht vorstellen, sollte herauskommen, dass wir die Party zusammen hatten sausen lassen.

Wahrscheinlich würde uns der Taxifahrer am nächsten Morgen an die Pressemeute verkaufen, aber jetzt fuhren wir erst mal nach Huntington Beach und durch den Drive-in eines Fastfood-Restaurants, ohne erwischt zu werden. Der Fahrer wollte nicht, dass wir in seinem Auto essen, also gab ihm Kyle ein großes Trinkgeld und wir versprachen, damit zu warten, bis wir bei mir waren.

Meine Eltern waren noch wach und regelrecht schockiert darüber, dass ich vor Mitternacht zurück war *und* meinen Erzfeind im Schlepptau hatte. »Wo ist Isaac? Und Stephanie und Robin?«, fragte meine Mutter nach einer ziemlich verlegenen Vorstellungsrunde.

»Ich glaube, Stephanie und Robin sind mit allen anderen auf der Party. Isaac ist wahrscheinlich nach Hause gefahren. Er und ich haben uns getrennt.«

»Nein, schon gut«, schob ich schnell nach, als meine Mutter überrascht nach Luft schnappte. »Er hat das vorgeschlagen.«

Meine Mutter sah misstrauisch zu Kyle, und ich musste lachen. »Es war nicht seine Schuld. Na ja, nicht nur. Ich erzähle es dir später, in Ordnung?«

»Na gut«, sagte sie zögerlich. Sie umarmte mich fest und flüsterte: »Bist du okay?«

»Ja und nein«, gab ich zu. »Ich glaube, Cara ist nicht mehr meine Freundin. Kyle und ich wollen nur schnell essen, dann geht er wieder. Können wir danach reden?«

»Natürlich. Dein Dad und ich gehen nach nebenan. Ruf uns, wenn du was brauchst.« Sie zögerte, warf Kyle noch einen misstrauischen Blick zu, dann verließ sie die Küche.

»Ich glaube, deine Mutter mag mich nicht besonders«, murmelte Kyle, während wir uns an den Küchentisch setzten.

Ich schnaubte. »Wie kommst du darauf, dass sie dich mögen könnte? *Ich* mag dich ja die Hälfte der Zeit nicht mal.«

Kyle wirkte beleidigt, doch ich musste lachen. »Denk doch mal darüber nach. Für meine Mom bist du der schleimige Rockstar, der öffentlich verkündet hat, dass er nichts mehr will, als ihrer Tochter die Unschuld zu nehmen. Außerdem bist du der Kerl, der mich im nationalen Fernsehen ohne meine Einwilligung geküsst hat, während ich vergeben war, was einen solchen Medienzirkus verursacht hat, dass die Polizei von Huntington Beach unser Haus vor den Reporten abschirmen musste. Außerdem hat sie sich jeden einzelnen Song auf ›S is for Sex‹ angehört, das du offiziell mir gewidmet hast. Lieder wie ›Get Over Yourself and Get Under Me‹ und ›Cock Tease‹ waren nicht gerade große Hits in diesem Haushalt.«

Ich genoss Kyles Gesichtsausdruck ein bisschen zu sehr.

»Oh Mann, wenn du es so hinstellst, klinge ich wie ein Arschloch.«

Ich gab ihm mein bestes »Ach was?«-Gesicht.

»Hatte ich schon erwähnt, dass es mir leidtut?«, fragte Kyle verlegen.

»Ja«, erwidere ich und reichte ihm seinen Burger. »Als Teil deines Konzerts vor tausenden von Leuten, so dass die Medien ein neues Kyle Hamilton/Virgin Val-Fiasko zu vermelden haben und du mehr Alben verkaufst. Dir ist schon klar, dass du mich heute Abend voll ausgebeutet hast?«

Es stimmte, doch Kyle wusste, dass ich ihn nur neckte.

»Dich ausgebeutet?« Er lachte. »Val, das kränkt mich. Es war eine aufrichtige Entschuldigung.«

»Du hättest dich nicht privat entschuldigen können?«

»Ich musste es auf diese Weise tun, sonst hätten meine Fans nie aufgehört, dich zu attackieren.«

Ich sah ihn skeptisch an. »Vielleicht.«

»Nicht vielleicht. Sie hätten nie aufgehört. Nicht dass ich ihnen das übelnehmen kann, nachdem sie dieses Foto gesehen haben. Es sah auf jeden Fall nach einer wilden Nummer im Wald aus.«

Ich seufzte, und Kyle aß schweigend seine Fritten. Als er fertig war, lehnte er sich zurück und sah mich neugierig an. Er verschränkte die Arme vor der Brust und sagte: »Es gibt da noch eine Frage, auf die ich gern die Antwort wissen würde.«

Ich wartete, da ich wusste, dass er sie mir so oder so stellen würde.

»Wie weit bist du schon mal mit einem Typen gegangen?«

Ich nahm an, dass diese Frage wohl unausweichlich gewesen war. »Wenn ich es dir sage, wirst du es dann der ganzen Welt verkünden? Nicht dass es mir peinlich wäre, aber es ist einfach Privatsache.«

»Ich werde es keiner Menschenseele verraten. Das schwöre ich beim Grab meiner Mutter.«

»Ist deine Mutter überhaupt tot?«

»Nein.« Kyle lächelte. »Aber ich schwöre es. Kein Wort zu niemandem. Ich bin nur wahnsinnig neugierig.«

Ich seufzte. »Zach, mein Ex, hat mich mal unter der Bluse berührt, bevor er mit mir Schluss gemacht hat.«

Kyle klappte der Mund auf. »Das ist alles?«, fragte er fassungslos. »Dein Freund hat dich mal ein bisschen befummelt? Da bin ich ja mit völlig Fremden auf der Tanzfläche weitergegangen!«

»Wie romantisch. Und du fragst dich, warum mich deine Avancen nicht zum Schwärmen bringen.«

Kyle war zu perplex, um die Unterhaltung in Gang zu halten. Schweigend beendeten wir unsere Mahlzeit, und Kyle starrte mich die ganze Zeit lang an, als wäre ich ein sehr kompliziertes Rätsel, das er unbedingt lösen wollte.

Nachdem wir fertig waren, zog Kyle eine Packung Pfefferminzbonbons aus der Tasche und warf sich ein paar in den Mund. Als er mir auch welche anbot, sah ich ihn misstrauisch an. »Alte Gewohnheit«, erklärte er. Mein Misstrauen amüsierte ihn. »Das bringt ein Job in der Öffentlichkeit so mit sich. Ich schmeiße die Dinger wie Pillen ein.«

Ich nahm ein Bonbon an und stand auf, um den Müll wegzuräumen. Nachdem ich auf den Knopf der Müllpresse gedrückt hatte, drehte ich mich um und stand plötzlich Kyle direkt gegenüber. Er gab mir keine Gelegenheit, etwas zu sagen oder ihn wegzustoßen. Er nahm einfach mein Gesicht in seine Hände und küsste mich ohne Vorwarnung. Gerade hatte ich noch das Abendessen abgeräumt, in der nächsten wurde ich verschlungen, als wäre ich sein persönlicher Nachtisch.

Und die Sache war die: In diesem Kuss lag keine Wut wie in dem, den er mir beim Launch meiner Schmuckkollektion gegeben hatte. Dieses Mal war es nur Verlangen –

Verlangen und ein gewisser Charme, der dem Ganzen ein traumhaftes Gefühl verlieh.

Ich gab vollkommen nach. Zum ersten Mal in meinem Leben leistete ich Kyle keinerlei Widerstand. Zum einen war ich gerade abgeschossen worden. Ich fühlte mich also ein bisschen verletzlich. Es ist egal, wie einvernehmlich es gewesen war, es fühlte sich niemals gut an, wenn jemand mit einem Schluss machte. Ich wollte mich begehrt fühlen, und niemand konnte das besser als Kyle.

Das war die andere Sache. Kyle tat nichts mit halbem Herzen, und diese spezielle Sache hatte er schon von Anfang an gewollt. Es fühlte sich an, als würde er sein ganzes Herz und seine Seele in diesen Kuss legen. Ich war vollkommen hilflos, und in diesem Moment wollte ich es auch gar nicht anders. Ich seufzte in Kyles Mund und schmolz gegen seinen Körper.

Sobald ich reagierte, wurde Ehrfurcht zu Leidenschaft und Kyle küsste mich, wie ich nie zuvor geküsst worden war. Er küsste mich, bis mir der Atem ausging, mir schwindlig wurde und meine Knie nachgaben.

Kyle legte seine Arme um mich und hielt meinen schlaffen Körper fest an seinen. »Na sieh mal einer an, wer hier gerade weiche Knie bekommen hat«, flüsterte er gegen meine Lippen. Dies ließ mich erschauern.

»Du hast geschummelt.« Ich konnte meine Augen nicht öffnen.

Erneut strich Kyle mit seinen Lippen über meine, dann wanderten sie zu meinem Ohr. Im selben gefährlichen Flüsterton sagte er: »Hast du eigentlich eine Ahnung, wie lange ich das schon tun wollte?«

»Seit wir uns das erste Mal begegnet sind?«, riet ich

atemlos, während sein Mund die empfindliche Stelle hinter meinem Ohr fand und sich an die Arbeit machte, meinen ganzen Körper mit Gänsehaut zu überziehen.

»Seit dem Moment, als du mich zum ersten Mal beleidigt hast«, flüsterte er zwischen seinen himmlischen und doch zugleich folternden Küssen.

Kyles Hände begannen über meinen Körper zu wandern, und ich begann in die Realität zurückzukehren. »Okay, Kyle, das reicht. Du hast deinen Kuss bekommen, jetzt hör auf«, warnte ich, machte aber keine Anstalten, mich zu bewegen. Selbst ich wusste, dass es klang, als würde ich es nicht so meinen.

»Warum?«, fragte Kyle, während er seinen sinnlichen Angriff an meinem Hals fortsetzte.

Er schob seine Finger in meine Haare und zog meinen Kopf zurück, so dass er an meine Kehle kam. Ich verdrehte die Augen. »Darum«, keuchte ich. »Du machst es mir wirklich schwer, anständig zu sein. Ich bin eine Jungfrau, keine Heilige.«

Kyle lachte heiser. Sein Atem kitzelte meine Haut. »Nein«, stimmte er zu. »Und du bist auch kein Eisklotz, oder?«

»Das habe ich nie behauptet.«

Kyles Hände wanderten unter den Saum meines Shirts und schließlich gelang es mir, wieder zu Sinnen zu kommen. Ich packte seine Finger und löste sie sanft von meinem Körper. »Ich denke, du solltest jetzt gehen.«

»Weshalb?«

»Weil es spät ist und du wahrscheinlich noch viel zu packen hast. Außerdem bin ich müde, und meine Eltern sind direkt nebenan. Und weil ich nicht weiter gehen will.«

Kyle gelang es, von mir abzulassen und fuhr sich durch die Haare. »Val, warum machst du das überhaupt? Warum warten? Was ist der Grund?«

Ich seufzte. Ich wollte diese alte Diskussion nicht schon wieder führen müssen.

»Ich kapiere ja, warum du mit *V is for Virgin* angefangen hast«, fuhr Kyle fort. »Zurückzuschlagen macht Sinn für mich. Aber wie bist du überhaupt auf die Idee gekommen, zu warten? Was nützt es dir, dich bis zur Ehe aufzusparen?«

»Willst du das wirklich wissen?«

»Ja. Ich will es wirklich wissen, denn wenn du mir keine gute Antwort darauf geben kannst, werde ich dich heute Abend nicht verlassen können.«

Meine Hand ging instinktiv an meine Kette. »Du weißt, dass ich adoptiert bin, oder? Das hast du doch bestimmt in der Zeitung gelesen – meine leibliche Mutter hat mich bekommen, als sie erst fünfzehn war.«

»Ja, das habe ich gehört. Aber es gibt doch Verhütungsmittel. Bei dir muss es nicht genauso passieren. Es laufen schließlich auch nicht überall kleine Kyle Juniors herum.«

»Von denen du weißt«, scherzte ich.

»Auf keinen Fall. Ich achte immer darauf, geschützt zu sein. Wenn ich ein Kind in diese Welt bringe, will ich es richtig machen – mich um den Kleinen kümmern und all das. Das geht nicht, wenn ich auf Tour bin und dauernd auf Partys und in Clubs gehe.«

Also hatte er zumindest gewisse moralische Grundlagen.

»Sex muss nicht immer zu Kindern führen und das

weißt du, also was ist der wahre Grund, warum du das machst?«

»Hast du dir jemals selbst ein Versprechen gegeben?«, fragte ich. »Eines, das dir sehr wichtig war? Dass du auf keinen Fall brechen wolltest, egal wie viele Leute dir sagen, dass es dumm ist oder dass du es nicht schaffst?«

Ich wusste, dass er das hatte. Shane hatte mir mal erzählt, wie entschlossen Kyle gewesen war, seine Band zum Erfolg zu führen, als ihm alle gesagt hatten, das wäre unmöglich.

Kyle nickte langsam. Er wirkte tief in Gedanken. »Also hast du dir selbst ein Versprechen gegeben und willst es nicht brechen. Okay, auch das kann ich verstehen. Aber *warum* dieses Versprechen? Ich will wissen, warum es dir so wichtig ist.«

Ich konnte einfach nicht glauben, dass ich dieses Gespräch ausgerechnet mit Kyle Hamilton führte, doch während ich dastand und über meine Antwort nachdachte, wurde mir klar, wie wichtig seine Frage war. Warum *war* ich so entschlossen, dieses Versprechen zu halten? Mit der Verhütung hatte er recht – ich musste nicht wie meine leibliche Mutter enden. Aber es hing so viel mehr daran als das.

Außerdem wurde mir in diesem Moment klar, wie wichtig es mir war, dass Kyle meine Gründe verstand. Besonders Kyle. Ich wollte, dass *er* wusste, warum es mir so wichtig war. Seltsamerweise wollte ich, dass er mich trotz all seiner Fehler verstand. Ich wollte seinen Respekt.

»Warte kurz«, sagte ich, brachte ihn ins Wohnzimmer und bat ihn, sich auf das Sofa zu setzen. »Ich bin sofort wieder da. Ich will dir was zeigen.«

Kurz darauf kam ich mit dem Brief meiner leiblichen Mutter zurück. Ich reichte ihm das vergilbte Papier und sagte: »Meine leibliche Mutter hat meine Adoptiveltern ausgewählt. Sie haben sich zweimal getroffen. Einmal beim Vorgespräch und dann, als ich geboren war. Sie hat ihnen diesen Brief und die Kette für mich mitgegeben.«

Kyle las den Brief und wartete darauf, dass ich weitersprach. Es dauerte eine Minute, bis ich das tun konnte, ohne zu weinen. »Meine leibliche Mutter konnte sich an ihr erstes Mal nicht erinnern. Sie wusste nicht mal mehr, mit wem sie geschlafen hat. Ich habe mein ganzes Leben mit diesem Wissen verbringen müssen. Ich habe mir selbst versprochen, dass ich warten würde, weil ich nicht wollte, dass mein erstes Mal auch nur im Entferntesten so wird. Es soll das genaue Gegenteil werden. Ich will, dass es einer der besondersten Momente meines Lebens wird.«

Kyle war einen Augenblick still, dann sagte er: »Ich kann dir nicht verübeln, dass du das willst, aber was hat das mit der Ehe zu tun?«

»Darf ich dich mal was fragen?«, entgegnete ich. »Warum ist der Gedanke, mit mir zusammen zu sein, so anziehend für dich?«

Kyle lachte und löste damit die Spannung im Raum. »Du willst, dass ich alle Gründe aufliste, aus denen ich mich zu dir hingezogen fühle? Soll ich mit deinen Beinen anfangen?«

»Nein, ich meine die Sache mit der Jungfräulichkeit.« Ich musste auch lächeln. »Warum ist die Vorstellung, mit einer Jungfrau zu schlafen, so verlockend für dich?«

»Unerforschtes Territorium.«

»Ich meine es ernst, Kyle.«

»Ich auch«, erwiderte Kyle. »Die Vorstellung, mit jemandem zu schlafen, der noch nie mit jemandem zusammen war, ist sehr sexy. Der erste zu sein, der ein Mädchen zur Frau macht? Die absolute Kontrolle zu haben und zu sehen, wie sie alles zum ersten Mal erlebt? Ihr Dinge beizubringen?«

Kyles Hand streichelte über meinen Oberschenkel. Er sah zu, wie ich erschauerte. »Du hast keine Ahnung, was ich für dich empfinde, Val. Was ich für dich tun könnte.«

Ich nahm seine allzu neugierige Hand und verschränkte unsere Finger ineinander, so dass er nicht mehr damit weitermachen konnte. »Körperlich bestimmt«, sagte ich. »Ich bezweifle nicht, dass du dich im Bett gut auskennst. Aber ich will, dass Sex mehr als das ist. Mein Körper – meine Unberührtheit – ist ein Teil von mir, den niemand außer mir kennt. Und sobald ich jemandem das schenke, bekomme ich es nie mehr zurück. Und für ein paar Momente körperlicher Lust werde ich es sicherlich nicht weggeben. Ich will der Person, mit der ich schließlich alles von mir teile, vollkommen vertrauen. Jemandem, der mich versteht, mich liebt und den ich ebenso liebe.«

»Ja, aber warum dann die *Ehe?* Hältst du es wirklich für ausgeschlossen, dass du jemanden findest, der dich liebt, ohne mit ihm verheiratet zu sein?«

»Ich denke, wenn ich wirklich denjenigen finden sollte, der mich so liebt, wird er bereit sein, mich zu heiraten. Er wird bereit sein, auf mich zu warten. Und wenn er nicht bereit ist, mir sein Leben zu widmen, verdient er es nicht, diese Erfahrung mit mir zu teilen.«

Kyle kniff die Augen zusammen, als hätte ich gerade gesagt, dass er persönlich mich nicht verdiente. Obwohl ich das in gewisser Hinsicht wohl auch getan hatte, da wir beide wussten, dass er nicht bereit war, zu warten.

»Ich will, dass meine Unberührtheit sowohl mir als auch dem Mann etwas bedeutet, mit dem ich mein Leben verbringe. Denk doch nur mal darüber nach. Wie würdest du dich fühlen, wenn ich dich als die einzige Person auswähle, die mich so intim kennt? Wie wäre es für dich, zu wissen, dass niemand sonst mich berühren darf? Dass mich niemand außer dir je hatte? Nur du?«

Das Grinsen, das sich in Kyles Gesicht ausbreitete, war gefährlich. »Warum gibst du dich mir nicht einfach hin und ich lasse es dich wissen?«

Ich stöhnte genervt. »Warum gebe ich mir überhaupt die Mühe, mit dir zu reden?«

Ich entzog ihm meine Hand, stand auf und ging zur Haustür. Kyle folgte mir lachend. »Okay, okay, tut mir leid. Ich konnte einfach nicht widerstehen. Aber ich verstehe, was du meinst. Das wäre ziemlich unglaublich. Besonders wenn es um dich geht, da du so furchtbar wählerisch bist.«

Ich blieb stehen und sah ihm in die Augen. »Und genau das ist der Grund, Kyle. Darum warte ich. Würdest du mir wirklich missgönnen, diese Art von Verbindung mit jemandem zu teilen?«

Kyle starte mich eine gefühlte Ewigkeit lang an, als würde er darüber nachdenken, was ich ihm gerade gesagt hatte. Kurz glaubte ich, zu ihm durchgedrungen zu sein. Nicht dass ich auch nur für eine Sekunde dachte, ihn zur Abstinenz bekehrt zu haben, aber ich war wirklich der Meinung, dass ich ihn dazu gebracht hatte, die Dinge von meinem Standpunkt aus zu betrachten.

»Es klingt auf jeden Fall sehr romantisch«, sagte er. »Nur schade, dass es kompletter Schwachsinn ist.«

»Wie bitte?«

»Du machst diese typische Mädchensache. Du träumst von einem perfekten Mann. Du sparst dich für jemanden auf, der nicht existiert. Was, wenn du auf deiner Suche nach Mr Perfect die Chance auf etwas Großartiges ausschlägst?«

Ich verstand die Nachricht hinter Kyles Worten. Er flehte mich an, ihn nicht gehen zu lassen. Das Traurigste daran war, dass ich ihn ebenfalls nicht aufgeben wollte. »Sag es, Kyle«, bat ich verzweifelt. »Sag mir, dass du bis zur Ehe mit mir warten würdest, und ich bin dein.«

Kyle starrte mich mit einem regelrecht gequälten Gesichtsausdruck an. »Was, wenn ich dir sage, dass ich dich liebe«, erwiderte er leise. »Was, wenn ich dir verspreche, nur mit dir zusammen zu sein?«

Ich spürte, wie mir Tränen in die Augen stiegen. »Das reicht nicht«, gab ich traurig zu. »Ich würde mich dafür hassen, wenn ich dem nachgeben würde. Ich würde dich verabscheuen. Ich hätte immer das Gefühl, dass du mich nicht genug liebst, um mir die eine Sache zu geben, um die ich dich bitte.«

»Ein Mangel an Liebe ist nicht das Problem. Verstehst du das denn nicht?«

Das war es. Tränen liefen mir über die Wangen. »Was ist dann das Problem?«, fragte ich. »Ist Sex tatsächlich so wichtig? Bin ich es wirklich nicht wert, dass man auf mich wartet?«

Kyle musste schlucken. »Wenn es jemals jemanden gab, der es wert ist, dann du, Val. Aber ich kann es dir nicht versprechen. Du hast keine Vorstellung davon, wie mein Leben ist. Es gibt überall schöne und willige Frauen. Zu viel Versuchung. Wenn ich es nicht von dir bekommen kann, werde ich es mir wahrscheinlich woanders suchen. Ich weiß, wie das klingt, aber ich bin nur ehrlich. Ich habe Bedürfnisse. Ich bin auch nur ein Mensch, Val. Ein schwacher Mensch, der zu lange seinen Launen nachgegeben hat. Ich kann dir nicht geben, worum du bittest, weil ich Angst davor habe, dir das Herz zu brechen.«

Wenn er nur wüsste, wie sehr sein Geständnis das bereits tat.

Fast hätte er mich überzeugt. Fast hätte ich nachgegeben – ich wollte nachgeben. Doch so sehr ich seine Angst verstand und sogar seine Ehrlichkeit respektierte, bestärkten mich seine Worte nur noch in meiner Entschlossenheit.

»Dann sind uns die Hände gebunden, Kyle. Denn mich darum zu bitten, all das aufzugeben, für was ich stehe, für das ich so hart gearbeitet habe, und woran ich glaube, würde mir ebenfalls das Herz brechen. Es tut mir leid.«

Kyle lächelte traurig. Endlich hatten wir aufgehört, uns im Kreis zu drehen, waren dafür aber gegen eine Wand geprallt. Uns beiden war klar, dass dies das letzte Mal war, das wir diese Unterhaltung führten. »Mir tut es auch leid«, sagte er, dann zog er mich für eine letzte Umarmung an sich. Ich würde mich für den Rest meines Lebens an diesen Moment erinnern. »Wenn du dich jemals entscheiden solltest, deine Ansprüche herunterzuschrauben, ruf mich zuerst an«, sagte er, während er mich fest drückte.

Ich lachte, aber es lag ein leichtes Schluchzen darin.

»Und wenn dir jemals klar wird, dass ich es wert bin, zu warten, hast du meine Erlaubnis, mich anzurufen.«

Schließlich gelang es Kyle, die Haustür zu öffnen und auf die Veranda hinauszugehen. »Pass auf dich auf, Virgin Val. Ich hoffe wirklich, dass du findest, wonach du suchst.«

»Wirklich?«

»Natürlich.« Er zwang sich zu einem Lächeln und brachte es sogar zustande, mir zuzuzwinkern. »Du bist vollkommen irre, aber du bist immer noch meine Lieblingsjungfrau.«

Meine Antwort darauf war ein aufrichtiges, wenn auch trauriges Lächeln. »Bis dann, Kyle.«

»Bis dann.«

23

Das Ende

»Valerie!« Reggies Gesicht hellte sich auf, als er meinen Smoothie nahm und Schokoladeneis hineinzugeben begann. »Du kommst mich ja kaum noch besuchen.«

»Ich komme ja auch kaum noch zur Arbeit.«

Das Seufzen, das folgte, ließ Reggies Lächeln verschwinden. »Alles okay?«, fragte er.

»Ja«, sagte ich und musste so stark gähnen, dass meine Augen feucht wurden. Ich war vollkommen übermüdet, da ich in der Nacht zuvor mit meiner Mom wachgeblieben war und geredet hatte. Aber ich war auch einfach insgesamt erschöpft. »Ja, danke. Es war nur ein bisschen viel los.«

»Okay«, sagte Reggie unsicher. »Tja, es war schön, dich wiederzusehen. Versuch dich heute mal auszuschlafen. Du siehst ziemlich müde aus. Weißt du was, ich mach dir eine Cola.«

»Das ist wahrscheinlich vernünftig«, sagte ich und griff nach meiner Geldbörse.

Reggie schüttelte den Kopf. »Die geht auf mich«, beharrte er. »Es handelt sich eindeutig um einen Notfall.«

»Danke, Reggie.«

Seufzend machte ich mich auf den Weg zurück zum

Schmuckgeschäft. Ich musste ziemlich schlimm aussehen, wenn mir der Frozen-Yoghurt-Typ eine Cola aufzwang. Zurück im Laden versuchte ich, meine Geschichtshausaufgaben nachzuholen, während ich die Cola in mich hineinkippte. Gott sei Dank konnte ich mich immer noch darauf verlassen, dass mein Job eher ruhig war. Dank der Verlinkung auf meiner Website verkaufte Margret ziemlich viel online, und der Laden selbst blieb so ruhig, wie er es immer gewesen war. Ich glaube, Margret war darüber genauso erleichtert wie ich.

Ich begann gerade wegzudösen, als ich mitbekam, wie sich jemand vor den Verkaufstresen stellte. Als ich aufsah, blickte ich in die besorgten Augen meines Ex-Freunds.

»Zach?«, fragte ich.

»Hey.« Er deutete hinter den Tresen. »Darf ich?«

Ich war ein bisschen verwirrt, deutete aber stumm auf die Stelle neben mir. Er nahm seinen alten Platz auf Margrets Stuhl ein, wo er immer gesessen hatte, als wir noch ein Paar gewesen waren.

»Was machst du hier?«, fragte ich.

»Ich wollte mich entschuldigen.« Er wirkte ziemlich fertig. Ich wusste, dass die Sache mit dem Foto nicht seine schuld gewesen war, doch mir war nicht klar gewesen, wie sehr sie ihn belastete. »Ich hoffe, du glaubst mir, dass ich absolut keine Ahnung hatte, dass Sophie das Foto gestohlen hat. Sie ist ziemlich labil. Unheimlich anhänglich, weißt du? Darum habe ich mit ihr Schluss gemacht. Ich wusste, dass sie wütend war, aber ich wäre niemals auf die Idee gekommen, dass sie … so etwas tun würde. Ich wollte das wirklich nicht. Bitte entschuldige.«

»Schon gut. Ich weiß, dass du nicht schuld bist.«

Zach lächelte traurig. »Mir tut das alles leid, Val. Nicht nur das mit dem Foto, sondern alles.«

Er wirkte so niedergeschlagen, dass ich ihn einfach nur umarmen und ihm sagen wollte, dass alles in Ordnung war, auch wenn ich fand, dass seine Entschuldigung mehr als angemessen war. »Schon gut«, flüsterte ich, während er sich an mich klammerte. »Ich bin nicht mehr sauer. Schon seit Monaten nicht mehr.«

Als Zach mich losließ, drückte ich seine Hand. »Mir tut es auch leid. Ich gebe dir nicht die Schuld für das, was zwischen uns passiert ist. Na ja, jedenfalls nicht komplett. Wir haben uns beide nicht mit Ruhm bekleckert.«

Zach versuchte zu lächeln, schaffte es jedoch nicht ganz. »Selbst jetzt noch bist du zu gut, Val. Ich war so ein Idiot.« Ich wollte widersprechen, doch Zach schüttelte den Kopf. »Nein, das war ich. Ich habe lange gebraucht, um es zu verstehen, aber ich habe aus Wut und verletztem Stolz etwas ganz Besonderes weggeworfen. Ich hatte mich so bemüht, diesen Abend damals perfekt zu machen. Ich wollte so sehr mit dir zusammen sein. Ich war geduldig gewesen, und dann hast du diese Bombe platzen lassen. Ich war ziemlich verletzt.«

»Ich weiß«, flüsterte ich. »Und das tut mir sehr leid.«

»Ich war verletzt und wütend, aber ich hätte trotzdem nicht mit dir Schluss machen dürfen. Ich habe nicht mal versucht, mit dir zu reden. Und dann mit Olivia rumzumachen? Sie war mir egal. Ich mochte sie nicht mal. Das habe ich nur getan, um dir wehzutun.«

»Es tut mir tatsächlich gut, dass du das sagst.« Ich stieß ihn mit der Schulter an. »Der Gedanke, dass du mich für

Olivia verlassen hast, weil du sie mehr mochtest als mich, war schon ziemlich grausam.«

In Zachs Gesicht erschien die Spur eines Lächelns. »Ich habe nie jemanden mehr gemocht als dich, Val. Ich liebe dich.«

Ich spürte, wie mir der Atem stockte. Zach sah mich nicht an. Er starrte auf den Verkaufstresen. Darüber war ich froh, denn mir stiegen Tränen in die Augen, und ich wollte nicht, dass Zach sah, was er immer noch für eine Wirkung auf mich hatte.

»Ich weiß, dass ich es nie gesagt habe, als wir noch zusammen waren«, fuhr Zach fort. »Es ist mir erst klar geworden, als es schon zu spät war.«

Wir saßen schweigend da, doch dann sah mir Zach in die Augen. »Es ist eh zu spät, oder?«

Ich konnte nicht fassen, dass er mich darum bat, ihn zurückzunehmen. Ich konnte einfach nicht glauben, dass mich Zach noch immer mochte. Mich wollte.

»Ich vermisse dich«, sagte Zach. Er nahm meine Hand und verschränkte unsere Finger ineinander. »Wir waren ein gutes Paar. Wir hatten Spaß. Wir haben uns umeinander gekümmert. Die Sexsache tut mir leid. Mir war nicht klar, wie wichtig sie dir ist. Aber ich wäre lieber ohne das Körperliche mit dir zusammen, als dich mit einem Typen wie Isaac Warren zu sehen.« Er runzelte die Stirn. »Tut mir leid, dass ihr euch getrennt habt. Ich hoffe, er hat dir nicht auch wehgetan.«

Es überraschte mich, dass Zach von unserer Trennung wusste. Andererseits verbreiteten sich die intimen Details meines Privatlebens sowieso meist wie ein Lauffeuer. »Hat er nicht«, sagte ich. »Es war einvernehmlich. Wir haben einfach nicht zueinander gepasst. Nicht so wie du und ich.«

Zach sah hoffnungsvoll zu mir auf. »Wir könnten es wieder sein.«

Ich schüttelte den Kopf. »Nein. Du hast recht. Es *ist* zu spät für uns.«

Ich hörte, wie Zach schlucken musste. »Bist du dir sicher?«

Langsam nickte ich. »Tut mir leid, Zach. Ich bin mir sicher. Ehrlich gesagt will ich jetzt gerade einfach allein sein. Ich war Isaac nicht die beste Freundin der Welt, und ich sehe nicht, dass sich das in nächster Zeit ändern wird. Momentan ist in meinem Leben einfach zu viel los.«

Zach runzelte die Stirn. »Ich mach mir Sorgen um dich, Val«, sagte er. »Du bist schon eine Weile nicht mehr du selbst.«

»Es geht mir gut.«

»Nein, geht es nicht. Ich bin zwar nicht mehr dein Freund, aber ich kenne dich doch trotzdem noch. Ich weiß, dass du ziemlich viel um die Ohren hattest. Ich kann dir ansehen, dass du mal mit jemandem reden solltest, also rede mit mir.«

Ich seufzte. »Das ist echt süß von dir, aber ich will dir nicht all meine Probleme aufladen.«

»Ich kann gut zuhören«, erwiderte er.

Ich warf ihm einen skeptischen Blick zu, und er lachte. »Das kann ich, wenn ich es versuche«, sagte er. »Außerdem schulde ich dir was.«

Und plötzlich begann ich zu reden. Unaufhaltsam strömten die Worte aus mir heraus. Ich erzählte Zach alles. Über Isaac und Cara und Kyle. Ich erzählte von den

Vorträgen für ›Nicht Alle Tun Es‹, von der Schmuckkollektion und von dem bevorstehenden Filmdeal. Ich machte mir Luft darüber, wie schwierig es war, in meinen Kursen hinterherzukommen, während ich so häufig die Schule verpasste.

Ich weiß nicht, wie viel Zeit vergangen war, als ich fertig war, mich bei Zach auszusprechen, aber es hatte lange gedauert, und er war kein einziges Mal unruhig geworden oder hatte auf die Uhr geschaut. Er hatte sein Versprechen eingelöst und mir zugehört, als würde er sich wirklich dafür interessieren.

»Es ist einfach nur …«, sagte ich, als es mir endlich gelang, zum Ende zu kommen. »Ich tue all diese Dinge, sie sind mir wichtig und ich tue die meisten davon auch gern. Aber obwohl ich all diese Pläne für meine Zukunft habe, fühle ich mich trotzdem irgendwie verloren. Ich weiß genau, wer ich bin, doch gleichzeitig habe ich das Gefühl, ich kenne mich selbst überhaupt nicht. Es ergibt keinen Sinn.«

Zach zuckte mit den Schultern. »Für mich schon. Du bist überarbeitet. Du hast zu viel um die Ohren. Ich glaube, dass du am Anfang wusstest, was du willst, hast dann aber so viel mehr bekommen, dass es dich jetzt überwältigt. Virgin Val hat dein Leben übernommen und lässt Valerie komplett untergehen.«

Nach unserem kompletten Gespräch war es dieser letzte Satz, der mir die Tränen in die Augen trieb. »Genau so ist es! Ich ertrinke. Ich hab andauernd das Gefühl, als ob ich nicht richtig atmen könnte, und ich verbringe mein ganzes Leben inzwischen damit, zu versuchen, wieder an die Oberfläche zu kommen.«

»Dann hör auf, bevor es dich umbringt.«

»Aufhören?« Das Wort kam mir absolut unmöglich vor. Nachdem Kyle am Abend zuvor gegangen war, hatte ich stundenlang mit meiner Mutter gesprochen, doch das Thema Aufhören war nicht ein einziges Mal aufgekommen. Es schien einfach nicht möglich zu sein.

»Na ja, du weißt schon, nicht mit allem – die Schule solltest du schon abschließen – ,aber mit ein paar der anderen Sachen könntest du schon aufhören. Robin kümmert sich ja ohnehin schon hauptsächlich um die Webseite. Lass das erst mal mit dem Schmuck. Fahr ein bisschen mit deinen Vorträgen zurück. Delegiere den Kram der Schülervertretung. Kündige deinen Job. Wenn du diesen Filmdeal wirklich bekommst, ist dein Studium praktisch finanziert. Margret versteht es bestimmt, wenn du dir bis zum Abschluss freinimmst.«

»Aber ich kann doch nicht alles aufgeben, was ich begonnen habe.«

»Du würdest es ja nicht aufgeben. *V is for Virgin* wäre immer noch da. Du wärst immer noch ein ausgezeichnetes Vorbild. Du wärst nur nicht mehr so aktiv. Ich bin sicher, dass jemand anders deinen Platz einnehmen kann. Es gibt so viele Leute, die an das glauben, was du getan hast, dass sie bestimmt gern helfen. Nimm dir einfach mal eine Auszeit von allem. Jetzt wo Tralse auf Tour ist, werden dich die Paparazzi wahrscheinlich auch in Ruhe lassen. Es könnte der perfekte Moment sein, Urlaub zu machen. Niemand kann ununterbrochen Vollgas geben.«

Er hatte recht. So konnte ich nicht ewig weitermachen. Ich war ja jetzt schon dabei, zusammenzubrechen.

»Niemand würde es dir übelnehmen, wenn du dir ein

bisschen Zeit für dich selbst nimmst. Finde heraus, was du willst. Kitte die Beziehungen in deinem Leben. Geh mit mir zum Abschlussball.«

Ich nickte zu allem, bis mir klar wurde, was Zach gerade gesagt hatte. Als er meinen überraschten Gesichtsausdruck sah, lachte er. »Tut mir leid. Das Letzte ist mir einfach nur so rausgerutscht.«

Ich spürte, wie ich lächeln musste. Die Vorstellung eines stressfreien Abends, zu tanzen und Spaß zu haben, klang wie die perfekte Medizin für mein erschöpftes Herz. Das hatte ich an Zach immer am meisten gemocht. Mit ihm hatte man einfach Spaß. Er wusste, wie man alles vergessen und einfach nur den Moment genießen konnte. »Eigentlich keine schlechte Idee. Wir könnten als Freunde gehen.«

»Na klar«, sagte Zach.

Er stand auf und streckte sich. »Ich schätze, ich sollte dich jetzt mal weiterlernen lassen. Versprich mir nur, dass du mehr auf dich achtest.«

»Vielleicht hast du recht«, gab ich zu. »Vielleicht ist es an der Zeit, dass meine fünfzehn Minuten Ruhm vorbei sind.«

Es auszusprechen sorgte bereits dafür, dass ich mich besser fühlte. Die Entscheidung war gefallen. Das letzte Jahr war unglaublich gewesen, aber alles Gute musste mal ein Ende haben. Es war an der Zeit für mich, eine Pause einzulegen. Selbst das Gespräch mit Kyle am Abend zuvor fühlte sich wie ein Abschluss dessen an, was auch immer zwischen uns gewesen war.

Ich brachte Zach noch zur Tür und überraschte ihn mit einer weiteren Umarmung. »Danke, Zach.«

»Jederzeit. Und pass auf dich auf, Val.«

»Werde ich«, versprach ich. Und das meinte ich auch so. Virgin Val musste ja nicht komplett verschwinden, aber Valerie Jensen würde sich ihr Leben zurückholen.

Epilog:

Die Nachwirkungen

4 Jahre später

»Also«, sagte ich zu Stephanie, als ich sie am Haus ihrer Eltern absetzte. »Bist du bereit?«

Stephanie bewunderte den funkelnden Diamanten an ihrem Finger. »Sie werden sich wahnsinnig freuen. Sie mögen Austin sehr.«

»Ja, ich mag ihn auch. Mir gefällt zwar nicht, dass er mir meine Lieblingsmitbewohnerin stiehlt, aber da ich Brautjungfer werde, sei es ihm verziehen.«

»Nicht nur Brautjungfer«, erwiderte Stephanie. »Du wirst meine Trauzeugin, oder?«

Ich grinste. Stephanie war praktisch wie eine Schwester für mich. »Meinetwegen, aber nur unter der Bedingung, dass sich Austin einen super attraktiven Trauzeugen aussucht, der auf den Fotos gut neben mir aussieht.«

»Wir werden sogar darauf achten, dass er Single ist«, versprach Stephanie. »Wir haben letztens noch darüber geredet, dass wir dir mal einen Mann suchen müssen.«

Ich lachte auf. Seufzend nahm ich Stephanies Hand in meine, um zum millionsten Mal ihren Verlobungsring zu bewundern. »Ein Mann wäre schon nett«, sagte ich. »Besonders einer, der so perfekt ist wie deiner.«

Diese Bemerkung ließ Stephanie dahinschmelzen. Sie war so verknallt, dass es schon beinahe ekelhaft war. »Raus mit dir«, lachte ich. »Geh und sag es deinen Eltern.«

»Hast du mittags schon was vor? Du könntest mit uns essen.«

Ich schüttelte den Kopf. »Ich treffe mich gleich mit Cara.«

Stephanie sah mich ernst an. »Das ist gut. Denkst du, ihr werdet euch vertragen?«

»Bestimmt. Es fühlt sich zwar nicht mehr so wie damals an, aber es ist schon viel besser geworden, seit wir wieder miteinander reden. Soll ich dich später abholen?«

»Nicht nötig. Lass uns einfach dort treffen.«

»Okay.« Als Stephanie ausgestiegen war, rief ich ihr hinterher: »Viel Spaß! Und wünsch mir Glück!«

»Wirst du nicht brauchen. Bis nachher bei der Show!«

Zwanzig Minuten später stand ich Cara zum ersten Mal seit vier Jahren wieder gegenüber. »Lange nicht gesehen«, scherzte ich, als wir uns setzten.

»Ja.« Cara lächelte, aber sie wirkte genauso unsicher wie ich. »Ich bin froh, dass du angerufen hast.«

»Ich auch.«

Es folgte eine unangenehme Stille. »Ich habe mir die ›Daytime Soap Awards‹ angesehen«, sagte ich, nachdem der Kellner unsere Bestellung aufgenommen hatte. »Herzlichen Glückwunsch.«

Cara zuckte mit den Schultern. Ich glaube, es war das erste Mal, dass ich sie so bescheiden sah. »Es ist nur eine Nebenrolle.«

»Ja, aber wenn Colette Rico tötet, wirst du dich als die Mutter seines Babys rächen wollen. Das wird bestimmt Spaß machen, oder?«

Cara lächelte. »Du schaust dir die Sendung an?«

»Seit du mitspielst. Stephanie und ich sind geradezu süchtig danach. Es ist unser dunkelstes Geheimnis.«

»Danke. Ich will ja auch nicht für immer Soap-Darstellerin bleiben, aber ich werde gut bezahlt.«

»Außerdem ist da ja auch noch Rico.«

Cara grinste und fächerte sich Luft zu. »Auf jeden Fall.«

»Ist er in echt genauso zum Anbeißen wie in der Serie?«

»Noch viel heißer«, gestand Cara.

»Wie schafft es Shane, nicht eifersüchtig zu sein, wenn du mit diesem Rico die ganze Zeit vor der Kamera herummachst?«

»Das ist leicht. Shane weiß, dass ich nur ihn liebe. Außerdem habe ich ihm letztes Jahr zu Weihnachten eine Dartscheibe mit Ricos Gesicht darauf geschenkt.«

Wir mussten beide lachen, und fast fühlte es sich so an wie früher.

»Ich muss mich bei dir entschuldigen, weißt du«, sagte ich. »Ich hätte nie gedacht, dass Shane und du zusammenbleibt. Ich musste Stephanie fünfzig Mäuse geben, als ihr geheiratet habt.«

Cara gab vor, beleidigt zu sein. »Du hast gegen mich gewettet?«

»Ich konnte nicht anders. Du weißt, dass ich schreckliche Vorurteile habe, was Rockstars angeht. Wenn es dich tröstet, ich habe mich sehr gefreut, dass ich falsch lag. Du hast deinen Traummann gefunden. Das gibt mir Hoffnung.«

»Dann bist du gerade Single?«

»Ja. Es gab da den einen oder anderen, aber das war alles nichts Ernstes.«

»Er ist irgendwo da draußen, Val.«

Ich seufzte. »Ich weiß.«

Wir verspeisten unser Essen, und nach einer Weile konnte ich die Frage, die mich verrückt machte, einfach nicht mehr zurückhalten. »Redest du manchmal noch mit, ähm, Kyle?«

Cara zog eine Augenbraue hoch, kommentierte meine schlecht verhüllte Neugier aber nicht weiter. »Nicht seit sich die Band aufgelöst hat. Reids Tod hat die Jungs ziemlich hart getroffen, und danach sind alle mehr oder weniger ihren eigenen Weg gegangen. Es scheint, als ob es schmerzhaft für sie wäre, zusammen zu sein.«

Ich nickte nur, weil ich nicht wusste, was ich sagen sollte.

Offiziell war Reid an einem Herzinfarkt gestorben. Inoffiziell hieß es aber, dass eine Überdosis Heroin verantwortlich gewesen sei. Ich wollte nicht fragen, ob die Gerüchte stimmten.

»Also, was bringt dich nach L.A.?«, fragte Cara schnell. Ich war ihr dankbar, dass sie die Stille unterbrach.

»Ich habe ein Interview«, sagte ich. »In der ›Conny Parker Show.‹ Es ist so eine Art ›Was wurde eigentlich aus …?‹-Geschichte. Ich war selbst ziemlich überrascht, als ich den Anruf bekam. Ich bin seit über zwei Jahren nicht mehr als Virgin Val aufgetreten. Nicht seit der Film Premiere hatte.«

»Die ›Conny Parker Show‹, hm? Das ist ’ne ziemlich große Nummer.«

Ich lachte. »Wahrscheinlich wollen sie nur wissen, ob ich immer noch Jungfrau bin. Hast du heute Zeit? Willst du mitkommen?«

»Sehr gern.« Cara zögerte einen Moment, dann lächelte sie. »Du weißt, dass du immer meine Freundin sein wirst, Val.«

Stephanie und meine Eltern warteten bereits auf mich, als ich mit Cara am Studio ankam. »Schau mal Val, wen ich gefunden habe!«, quietschte Stephanie, als sie mich sah.

»Robin!«

»Val!«

Ich gab meiner Freundin eine dicke Umarmung. »Das ist ja eine Ewigkeit her!«

»Mindestens acht Monate!«

»Ich glaube auch«, sagte ich mit Blick auf Robins kugelrunden Babybauch.

»Der ausgerechnete Termin ist in sechs Wochen«, sagte sie stolz. »Noch ein Junge.«

»Herzlichen Glückwunsch! Wie läuft es mit der Stiftung?«

»So wie immer. Du solltest mal vorbeischauen, bevor du wieder nach Hause fährst. Christina arbeitet inzwischen woanders, aber Darla ist noch da und gibt immer noch vor jedem, der reinkommt, mit dir an.«

»Dann muss ich auf jeden Fall mal vorbeikommen.«

»Oh, hey, hast du das von Isaac gehört? Er hat geheiratet!«

Ich grinste. »Ja, ich hab die Einladung bekommen. Sie ist echt süß. Großes Potential als Babyfabrik.«

»Wie ich höre, backt sie ihr Brot selbst«, scherzte Robin.

»Dann hat sich Isaac also getraut, was?«, fragte Stephanie. »Ich dachte, er würde College-Baseball in Utah spielen.«

»Tut er auch«, sagte Robin. »Darum hat er ja so lange gebraucht, um eine Frau zu finden, nachdem er von seiner Mission zurück war.«

»So lange?«, wiederholte ich lachend. »Er ist doch erst seit zwei Jahren zurück.«

»Hey, in der Mormonenwelt ist das eine ziemlich lange Zeit.«

Das stimmte. Robin hatte mit neunzehn geheiratet und erwartete bereits Kind Nummer zwei. Ich hatte Glück, wenn ich einen festen Freund fand, bevor ich dreißig wurde.

Nach ein paar weiteren Minuten war es an der Zeit für die Aufzeichnung der Sendung. Ich versuchte, meine Nervosität im Zaum zu halten, während ich zum Gästesofa gelotst wurde und mich dem Publikum stellen musste. Es war lange her, seit ich das letzte Mal Virgin Val gewesen war, aber in der ersten Reihe saßen meine Eltern, Stephanie, Robin und Cara und lächelten mich so stolz an, dass ich mich ein wenig entspannen konnte.

»Willkommen!«, sagte die Talkshow-Moderatorin Connie Parker, als sie sich neben mir in einen Sessel setzte. Vor uns stand ein niedriger Tisch mit zwei dampfenden Bechern Kaffee darauf.

Sie begann das Interview, indem sie kurz meine Geschichte zusammenfasste. Sobald das Publikum informiert war, sagte sie grinsend: »Man muss das Video aber selbst gesehen haben, um wirklich zu schätzen zu wissen, was Valerie da erschaffen hat.«

Innerlich stöhnte ich auf, lächelte aber gutmütig, als hinter uns ein großer Bildschirm herabgesenkt und das Video abgespielt wurde, mit dem alles begonnen hatte. Es war Jahre her, aber da stand ich in all meiner Jungfrauenpracht auf dem Kantinentisch. Nachdem die Zuschauer gelacht und applaudiert hatten, sah Connie mich an. »Das war ja ziemlich spektakulär.«

»Es hat auf jeden Fall mein Leben verändert.«

»Können Sie uns etwas darüber erzählen, wie Sie nach dieser Trennung dazu kamen, *V is for Virgin* zu gründen?«

Und so begann ich, meine Geschichte zu erzählen.

Connie hörte mir nickend zu, und nachdem ich fertig war, hatte sie ein paar Fakten parat, die sie teilen wollte. »Seit dem Start von Valeries Kampagne ist die Anzahl der Teenager-Schwangerschaften in Amerika um mehr als zwölf Prozent gesunken. In den letzten vier Jahren hat sie über zwei Millionen Dollar Spenden für die Nicht-Alle-Tun-Es-Stiftung und ähnliche Organisationen gesammelt. Außerdem hat Valerie eine neue gemeinnützige Adoptionsagentur namens *F is for Family* gegründet, die schwangeren Jugendlichen hilft, ein gutes Zuhause für ihre Babys zu finden. Bis jetzt konnten so siebenundvierzig Kinder vermittelt werden.«

Dem folgte ein Gespräch über meine eigene Adoption. Ich erklärte den Ursprung meiner berühmten V-Kette und meines Namens. Ich teilte sogar den Inhalt des Briefs meiner leiblichen Mutter. Ich hatte gewusst, dass das Interview auf dieses Thema zu sprechen kommen würde, darum hatte ich ihn mitgebracht.

»Ich habe mir selbst versprochen, dass ich bis zur Ehe warten würde, weil ich stolz auf die Entscheidung meiner eigenen Mutter war, mich aufzugeben. Das war sehr mutig von ihr, und ich bin ihr so unendlich dankbar, dass sie mich genug geliebt hat, um das Richtige zu tun und mich in die Obhut von Menschen zu geben, die sich um mich kümmern konnten.«

»Haben Sie Ihre leibliche Mutter jemals kennenlernen wollen?«, fragte Connie.

»Ich habe durchaus mal daran gedacht, aber nie versucht, sie zu finden. Ich habe die besten Eltern der Welt.«

»Würden Sie gern?«

»Würde ich gern was?«, fragte ich. »Meine leibliche Mutter treffen? Ich schätze schon. Wenn sie mich treffen wollen würde. Es wäre nett, ihr zeigen zu können, was ich alles erreicht habe, und sie wissen zu lassen, wie dankbar ich für das bin, was sie für mich getan hat.«

»Tja, Valerie, ich habe eine Überraschung für Sie. Wir haben Ihre leibliche Mutter gefunden. Sie ist hier und würde Sie wirklich sehr gern kennenlernen.«

Ich schnappte überrascht nach Luft. Ich riss den Kopf so schnell herum, dass ich später bestimmt ein Schleudertrauma bekommen würde. Mein Blick fiel auf eine große, schlanke Frau mit blonden Haaren, die Tränen in den Augen hatte und deren Lächeln exakt so aussah wie meines.

Ich sah zu meinen Eltern. Sie lächelten beide, und meine Mutter weinte. Sie schienen einverstanden zu sein, also stand ich auf und ging zu der Frau vor mir.

»Valerie Jensen«, sagte Connie. »Das ist Valerie Rogers, Ihre leibliche Mutter.«

»Hallo«, sagte die blonde Frau vor mir. Ihre Stimme und ihre Hände zitterten.

»Hi«, würgte ich heraus. Dann stürzte ich wie aus einem inneren Drang heraus vorwärts und fiel einer vollkommen Fremden in die Arme. Sie erwiderte meine Umarmung, und zusammen heulten wir im landesweiten Fernsehen.

Sobald wir uns einigermaßen wieder unter Kontrolle hatten, wischten wir uns die Tränen aus dem Gesicht und ließen uns auf das Sofa fallen, ohne uns loszulassen.

»Valerie«, fragte Connie meine leibliche Mutter. »Haben Sie jemals von *V is for Virgin* gehört, bevor wir Sie kontaktiert haben?«

Valerie musste sich noch ein paar Tränen von den Wangen wischen. »Ich habe fast einen Herzanfall bekommen, als ich den Film gesehen habe.«

»Du wusstest also, dass ich es bin?«, fragte ich.

»Ich habe es gehofft«, sagte sie. »Im Film wurde kein Brief erwähnt, aber dein Name war Valerie, und die Sache mit dem V-Anhänger wäre einfach ein zu großer Zufall gewesen. Nach dem Film habe ich dich im Internet gesucht, und dann war ich mir wirklich sicher.« Sie griff in den Kragen ihrer Bluse und zog eine Silberkette mit einem V aus Weißgold heraus. »Deine Kette war Teil eines Sets«, sagte sie mir. »Ich trage sie immer. Ich habe dich nie vergessen.«

Wieder schossen mir Tränen in die Augen.

»Ich bin so stolz auf dich«, flüsterte Valerie mir zu und fing ebenfalls wieder an zu weinen.

Connie versuchte, uns wieder zu beruhigen. Das tat sie, indem sie fragte: »Also, Val, du hast vor Kurzem in Stanford deinen Abschluss in VWL und Politikwissenschaften gemacht, richtig?«

»Ja.«

»Herzlichen Glückwunsch! Das ist ja an sich schon eine ziemliche Leistung.«

»Vielen Dank. Ich mache jetzt aber nur eine kleine Pause. Im Herbst beginnt mein Master-Programm.«

»In welchem Fach?«

»Politikwissenschaften.«

»Dann wird man Sie also bald im Kongress sehen?«, scherzte Connie.

Ich grinste. »Im Kongress, im Senat ...«, sagte ich nachdenklich. »Ich bin mir noch nicht sicher. Wer weiß, vielleicht werde ich ja eines Tages sogar eine ›P is for President‹-Kampagne starten.«

Das Publikum applaudierte laut, und wir mussten alle lachen.

»Es wäre Ihnen zuzutrauen. Virgin Val als erste weibliche Präsidentin.« Connie lachte.

»Klingt ganz gut, oder?«, scherzte ich.

»Okay, Val, ich frage das jetzt wirklich nur ungern, aber ich muss ... sind Sie noch Jungfrau?«

Ich lachte. »Es überrascht mich, dass Sie so lange gebraucht haben. Schon gut. Ja, Connie. Ich bin noch Jungfrau.«

»Und gibt es momentan einen besonderen Mann in Ihrem Leben?«

»Momentan nicht, nein. Ich hatte mit dem Studium

und *F is for Family* so viel zu tun, dass nicht viel Zeit zum Ausgehen blieb.«

»Eine Schande. Was ist denn eigentlich aus diesem einen Kerl geworden? Wie hieß er noch? Kyle irgendwas?«

Eine Welle tosenden Beifalls überrollte mich. Ich verzog übertrieben mein Gesicht für die Zuschauer, doch innerlich fühlte es sich an wie ein tiefer Stich in mein Herz.

»Man kann wohl Virgin Val nicht interviewen, ohne Kyle Hamilton zu erwähnen.«

»So ist es wohl«, sagte Connie. »Aber Sie scheinen es ganz gelassen zu nehmen, Val. Also, stehen Sie beide noch in Kontakt?«

Ich schüttelte den Kopf. »Ich ging lange vor dem Ende seiner ›S is for Sex‹-Tour nach Stanford. Vor seiner Abreise haben wir uns vertragen, doch nie wieder miteinander gesprochen. Ich bin sicher, dass er mich längst vergessen hat.«

»Wie man hört, war er sogar eine ganze Weile mit jemandem zusammen. Er war sogar verlobt.«

Ein weiterer Stich in mein Herz. »Das habe ich auch gehört.«

»Dann bestimmt auch, dass es eine ziemlich schlimme Trennung war? Sie hat ihm das Herz gebrochen.«

Ich zuckte unbehaglich mit den Schultern. »Das habe ich ebenfalls gehört, aber meiner Erfahrung nach ist an diesen Boulevardgeschichten nie viel Wahres dran, also wer weiß? Er und ich waren berüchtigt dafür, nicht miteinander auszukommen, aber dennoch hoffe ich, dass es nicht so schlimm war, wie es klingt. Ich hoffe, dass es ihm gut geht, wo auch immer er sich gerade befindet.«

»Lustig, dass Sie das sagen.« Connie lächelte spitzbübisch. »Was, wenn ich Ihnen sage, dass er sich ganz zufällig hinter der Bühne befindet?«

Mein Herz begann so plötzlich auf Hochtouren zu klopfen, dass ich schon Angst hatte, es würde explodieren – doch irgendwie gelang mir ein spielerisches Seufzen. »Dann würde ich Ihnen sagen, dass ich gar nicht so besonders überrascht bin.«

Außer, dass es absolut gelogen wäre. Ich weiß nicht, warum mir nie der Gedanke gekommen war, man würde Kyle ebenfalls in diese Show einladen. Wahrscheinlich, weil es so lange her war. Ich hatte immer gedacht, ich würde ihn niemals wiedersehen.

Connie lachte und rief: »Kommen Sie raus, Kyle!«

Mir war nicht klar, dass ich den Atem anhielt, bis meine leibliche Mutter meine Hand drückte. Es war seltsam, denn irgendwie fühlte es sich richtig an, dass sie mich bei diesem unerwarteten Wiedersehen mit Kyle unterstützte, obwohl ich sie doch gar nicht kannte.

Kyle kam auf seine typisch selbstbewusste Art ins Studio geschlendert und verteilte Luftküsse zu den Frauen im Publikum, die vor Überraschung komplett durchdrehten.

Und auf einen Schlag waren all die Gefühle von jenem Abend, an dem wir uns voneinander verabschiedet hatten, wieder da. Ich wusste nicht, ob ich lachen oder weinen sollte.

Kyle kam zum Sofa und zog mich in eine feste Umarmung. Ich schmiegte mich an ihn und musste mir in die Wange beißen, um nicht loszuheulen.

Dann schüttelte Kyle meiner leiblichen Mutter die Hand. »Es ist mir eine Ehre, Sie kennenzulernen«, sagte er ihr. »Vielen Dank, dass Sie meine Lieblingsjungfrau zur Welt gebracht haben.«

Meine leibliche Mutter begann schon wieder zu weinen. Ich war froh, denn dadurch fühlte ich mich wegen meiner eigenen Tränen ein bisschen weniger verrückt.

»Ich weiß nicht, ob ich Ihnen danken soll, dass Sie meine Tochter wieder zurück in mein Leben bringen, oder Ihnen für die Art und Weise, wie Sie sie behandelt haben, eine Ohrfeige verpassen soll.«

Kyle lachte. »Wenn ich die Wahl habe, würde ich das Dankeschön bevorzugen. Ich habe schon mal im landesweiten Fernsehen eine Ohrfeige bekommen, und das hat mir gar keinen Spaß gemacht.«

Natürlich lachten alle, da es schließlich ich gewesen war, die ihn geohrfeigt hatte.

Meine Mutter und ich rutschen zur Seite, damit Kyle neben Connie sitzen konnte. Als er Platz nahm, legte er seinen Arm um meine Schultern und zog mich an sich, als wäre es die natürlichste Sache der Welt. Als ob wir beste Freunde wären und die letzten vier Jahre nur vier Tage gewesen waren.

Plötzlich meldeten sich meine Nerven. Ich versuchte alles, um sie zu ignorieren. Ich war nicht sicher, wie es nach all diesen Jahren laufen würde, doch ich wollte auf keinen Fall wieder in diesen Wirbelwind namens Kyle Hamilton geraten.

Kyle spürte, wie ich mich versteifte, und gab mir einen flüchtigen Kuss auf die Schläfe. »Es ist viel zu lange her, Val«, flüsterte er mir ins Ohr.

Ich verspürte ein Kribbeln. Es *war* viel zu lange her. Ich schüttelte das Gefühl ab. Nur weil er jetzt noch hinreißender war als vor vier Jahren, bedeutete das nicht, dass sich irgendwas an unserer Situation geändert hatte. Er war immer noch er und ich immer noch ich.

Connie beobachte uns beide nebeneinander. Sie strahlte vor Stolz, diejenige gewesen zu sein, die uns wiedervereint hatte.

»Also, Kyle, Val hat uns gerade gesagt, dass Sie sie sicher vergessen haben. Stimmt das?«

»Connie, es gibt ein paar Menschen, die man niemals vergessen könnte.«

»Da muss ich zustimmen.« Connie lachte. »Erzählen Sie uns, was Sie gerade so treiben.«

»Also, demnächst kommt erstmal mein Soloalbum heraus, aber abgesehen davon lasse ich es ruhig angehen. Ich warte auf die richtige Frau, die einen ehrbaren Mann aus mir macht.«

Kyle drückte mich vielsagend.

Connie lächelte.

Das Publikum schmolz dahin.

Ich errötete.

»Dann wollen Sie also sesshaft werden?«, fragte Connie und sah in meine Richtung.

Ich konnte Kyles Blick ebenfalls auf mir spüren, als er erwiderte: »So was in der Art.«

Plötzlich griff Kyle mit seiner freien Hand über seinen Schoß und nahm meine Hand. Ich sah fassungslos zu, wie er seine Finger mit meinen verschränkte.

Ich wollte meine Hand gerade wegziehen, als ich etwas entdeckte und überrascht nach Luft schnappte. An seinem Handgelenk war ein abgetragenes Lederarmband. Es war mir schon aufgefallen, als er rausgekommen war – schließlich hatte ich ihn nie zuvor Schmuck tragen sehen – aber was ich jetzt erst entdeckt hatte, war das kleine A, das daran hing.

»Was ist das?«, fragte ich und nahm das A verwirrt in die Hand.

»Erkennst du es nicht?«, fragte Kyle. Ich konnte das Lachen in seiner Stimme hören. »Das hast du mir mal vor langer Zeit gegeben.«

Ich konnte es einfach nicht glauben. Es war das Armband, das ich ihm vor all diesen Jahren beim Herbstfest der Schule in die Hand gedrückt hatte. Ich konnte mich nicht mal daran erinnern, dass er es damals mitgenommen hatte.

»Ja, ich erkenne es«, sagte ich und sah zu Kyle auf. Die Art, wie er mich anlächelte, ließ mich völlig vergessen, was ich gerade hatte sagen wollen.

Kyle grinste. »Acht Monate bisher.«

Zuerst wusste ich gar nicht, was er meinte. »Acht Monate wovon?«

Kyle zog eine Augenbraue hoch. »Hast du es noch nicht gehört? Das A steht für Abstinenz.«

Da verstand ich es endlich. »Du?«, fragte ich skeptisch.

Kyle lachte über meinen Schock, dann zuckte er mit den Schultern. »Es war meine Beziehung mit Adriana. Ich habe sie geliebt, weißt du? Als wir uns trennten, wurde mir klar, dass ich mit keiner anderen mehr geschlafen habe, seit ich sie getroffen hatte, und dass ich jetzt auch mit keiner anderen schlafen wollte. Diese Frau hat mich ruiniert, denn jetzt will ich mit niemandem mehr schlafen, den ich nicht liebe. Glaub mir, ich hab es versucht. Als sie mich betrogen hat, wollte ich mit einer Million Frauen schlafen, nur um es ihr heimzuzahlen, aber ich konnte es einfach nicht.«

Er rutschte nervös auf seinem Platz herum. Ich war mir nicht sicher, ob es daran lag, dass er von seiner Ex-Verlobten oder über seine Gefühle sprach. So oder so war ich überrascht.

»Ich dachte, da ich es eh nicht mehr mache, kann ich auch das Armband tragen.«

Ich sah ihn mit widerwilligem Stolz an. »Schön für dich, Kyle.«

Er zog mich enger an sich und brachte dann seine Lippen wieder an mein Ohr. »Ich verstehe es jetzt, Val.«

Ich wollte ihn fragen, was genau er verstand, doch da sprach Connie wieder. »Werden Sie heute etwas für uns spielen?«

»Äh, ja.« Kyle setzte sich auf und rieb sich erwartungsvoll die Hände.

Er stand auf und ging zu der kleinen Bühne, die man für ihn aufgebaut hatte. Seine Band wartete bereits auf ihn. Während er das Mikro richtete, sagte er: »Ich werde die erste Single meines neuen Albums singen, und in guter alter Kyle-Hamilton-Tradition habe ich es für eine ganz spezielle Person geschrieben, die ich einfach nicht aus dem Kopf bekommen konnte.«

Er lachte über meinen Gesichtsausdruck und zwinkerte mir zu. »Es heißt ›Worth Waiting For‹.«

Danksagung:

Zuallererst möchte ich meinem himmlischen Vater für den endlosen Segen in meinem Leben danken. Ich habe ihm alles zu verdanken.

Dann danke ich meinem unglaublichen Mann Joshua, der mich bei meinem Schreiben mehr unterstützt, als ich jemals für möglich gehalten habe. Ohne ihn würde dieses Buch, sowie all meine anderen, nicht existieren. Und danke auch an Josh Jr., Jackie, Matthew und Daniel. (Ohne sie hätte ich dieses Buch vielleicht schneller geschrieben, aber mein Leben wäre unvollständig.)

Danke meinen wunderbaren Betas Dee Dee – die stets dafür sorgen, dass genügend Romantik in meinen Büchern steckt – und Robin – die dafür sorgt, dass ich es damit nicht übertreibe! Und einen besonderen Dank dafür, dass ich euch stundenlang zutexte, selbst wenn ihr die Geschichten noch nicht gelesen habt und überhaupt nicht wisst, wovon ich da rede.

Ein Dankeschön geht an meine Lektorin Mary L. Holden, vielen Dank für deinen absoluten Glauben an dieses Projekt. Ich bin dankbar für all deinen Rat und deine Ermunterungen.

Und schließlich noch eine riesige fette Umarmung und ein Dankeschön an mein hinreißendes, talentiertes, unglaubliches, musikalisch begabtes Genie von kleiner Schwester. ICH LIEBE DICH, CARA! Danke, dass du deiner lyrisch gehandicapten Schwester ausgeholfen und einen so umwerfenden Song geschrieben hast. »Cryin' Shame« ist perfekt, genau wie du. Ich vermisse dich!

Die Geschichte geht weiter …
»A is for Abstinence« erscheint im August 2020!

Kyle Hamilton hat alles, was er sich immer gewünscht hat – Geld, Ruhm & einen Job, den er liebt. Trotzdem scheint dem Sänger der Band Tralse etwas zu fehlen. Angst und Stolz haben ihm Steine in den Weg gelegt, sein Herz hat Risse bekommen. Und immer wieder muss er an ein ganz bestimmtes Mädchen denken, welches ihm einfach nicht aus dem Kopf geht. Niemand ging ihm je tiefer unter die Haut. Kyle hat sich verändert, ist erwachsen geworden – nun ist er bereit, um das zu kämpfen, was er liebt!

1

G ist für Geburtstag

Die Musik im Club verstummte und jemand richtete einen Scheinwerfer auf mich. Ich war vorübergehend blind, während sich meine Augen an das plötzliche grelle Licht gewöhnten. Ich war nicht wirklich überrascht, als ich schließlich eine riesige Torte vor mir stehen sah, aber zumindest tat ich so. Adriana hatte sich so viel Mühe gemacht, diese Party für mich vorzubereiten. Ich wollte sie wissen lassen, wie sehr ich das zu schätzen wusste.

»*Happy birthday to you! Happy birthday to you! Happy birthday, lieber Kyle! Happy birthday to you!*«

Ich hatte mein ganzes Leben damit verbracht, vor anderen zu singen. Es war nett, dass zur Abwechslung mal jemand für mich sang.

»*For he's a jolly good fellow! For he's a jolly good fellow! For he's a jolly good fellow, which nobody can deny!*«

Jemand legte einen Arm um meine Taille, und Adrianas weiche Lippen strichen über meine Wange. »Wünsch dir was, Geburtstagskind.«

»Was soll ich mir denn noch wünschen?«, fragte ich sie. »Ich habe doch schon alles, was ich jemals wollte. Ruhm, Geld, eine wunderschöne Frau, die verrückt genug ist, mich zu heiraten …«

Adriana warf mir einen Blick zu, der mir einen wohligen Schauer über den Rücken jagte. »Wenn du nichts mehr brauchst, wie soll ich dir den Wunsch dann später heute Abend noch erfüllen?«

Die Leute um uns herum lachten und johlten. Ich grinste sie an. »Ich glaube, meine Geburtstagswunschliste ist gerade endlos geworden.«

Ich zog Adriana in meine Arme, wirbelte sie herum und neigte ihren Körper nach hinten. Der Kuss, den ich ihr gab, verriet genau, was ich mir von ihr zum Geburtstag wünschte. Nachdem ich sie wieder aufgerichtet hatte, blies ich schließlich die Kerzen aus – alle fünfundzwanzig mit einem Atemzug – und verbeugte mich vor der jubelnden Menge.

»Rede! Rede! Rede!«

»Was soll ich sagen?«, fragte ich und grinste für meine Freunde. »Es ist geil, ich zu sein!«

Und das war die Wahrheit.

Viele Promis murrten über die Nachteile des Ruhms – den Mangel an Privatsphäre, dass einen andere Leute nur wegen des Gelds und der Verbindungen mochten, ständig von Fans und Paparazzi umlagert zu sein… Ich konnte nicht sagen, dass ich diese Meinung teilte. Wenn es jemals jemanden gab, dem es vorherbestimmt war, das Leben eines Promis zu leben, dann war ich es.

Einen ersten Eindruck von Ruhm bekam ich mit achtzehn, als meiner Band Tralse und mir der große Durchbruch gelang. Unser Song »Broken Passion« schaffte es auf Platz eins der Charts, und unser Debütalbum erreichte Platinstatus. Sein Nachfolger, »S is for Sex«, bekam dreimal Platin, gewann sechs Grammys und über Nacht mutierte ich zum internationalen Superstar.

Die letzten drei Jahre hatten mich meine Fans praktisch vergöttert, und doch konnte ich von ihrer Aufmerksamkeit nie genug bekommen. Mir fehlte es nie an Freunden oder etwas zu tun, ich bekam immer, was ich wollte, und überall, wo ich hinging, wurde ich wie ein König behandelt. Ich schämte mich nicht zuzugeben, dass ich es liebte.

Während jemand die Torte anschnitt, brachen die Gäste wieder in einen Sprechchor aus. »Lied! Lied! Lied! Lied!«

Genau wie mit dem Geld und der Aufmerksamkeit war ich es auch nicht leid, für andere zu singen. Ich liebte es, auf der Bühne zu sein, und seit die Band sich aufgelöst hatte, habe ich nicht mehr so häufig die Gelegenheit dazu.

Tralse begann in der Garage meines Kumpels Reid. Er hatte damals zum Geburtstag ein Schlagzeug bekommen und seine vier besten Freunde auf eine Jamsession eingeladen. Wir waren alle zwölf Jahre alt gewesen. Shane und Dustin spielten bereits Gitarre und ich konnte singen. Nach diesem ersten Abend zwangen wir Jeremy, Bassgitarre zu lernen, um eine komplette Band zu sein, und der Rest war, wie man so schön sagt, Geschichte.

Vor einem Jahr starb Reid an einer Überdosis. Wir fünf waren wie Brüder, und Reids Verlust war für uns andere absolut verheerend. Die Band hat es nicht überlebt. Seitdem habe ich keine Songs mehr geschrieben und bin auch nicht mehr groß vor Publikum aufgetreten. Aber da es mein Geburtstag war, und zwar bis jetzt ein wirklich großartiger, betrat ich gern die Bühne.

Der Sänger der Band, die Adriana für den Abend engagiert hatte, reichte mir begeistert das Mikro. »Das ist der Wahnsinn, Mann«, sagte er. »Tralse war unsere Inspiration. Wir spielen viele Coverversionen, also kennen die Jungs alle eure Songs.«

Die Vorstellung, eines unserer alten Lieder ohne die anderen zu spielen, fühlte sich an, als würde jemand versuchen, mir ein Pflaster abzureißen, das seit einem Jahr mit meiner Haut verschmolzen war. Aber ich sah die Begeisterung in den Augen meiner Verlobten und konnte nicht ablehnen.

Adriana ist zweifellos Tralses größter Fan. Ich hatte sie während der »S is for Sex«-Tour in Europa kennengelernt. Sie und ihre Freundinnen folgten uns über den Kontinent und schmuggelten sich mit ihrem Charme nach jedem Konzert in den Backstagebereich. Eines Abends gab ich schließlich nach und lud sie nach dem Konzert in meinen Tourbus ein – und dann überraschte ich alle, indem ich sie immer wieder einlud. Sie brauchte sechs Monate, mich davon zu überzeugen, fest mit ihr zusammenzukommen, aber seitdem waren wir ein Paar. Für *sie* könnte ich einen meiner alten Songs singen.

»Die Band sagt, sie kennt meine Songs«, sagte ich zum wartenden Publikum. »Was wollt ihr denn hören?«

Als die Leute unsere Songtitel zu rufen begannen, nahm mir Adriana das Mikro ab. »Oh nein«, sagte sie zu den anderen. »Er ist *mein* Verlobter. Also darf *ich* mir was aussuchen.«

Ich lachte. »Was immer du willst, Babe.«

Adriana sah mich herausfordernd an. »Ich will ›Cryin' Shame‹ hören.«

Die »Überraschungsparty« war zwar keine Überraschung gewesen, aber jetzt war ich geschockt. Sie hätte mir genauso gut in die Eier treten können. Der Wunsch war unter der Gürtellinie, und das wusste sie auch. Wie konnte sie mich darum bitten? Und das auch noch vor all unseren Freunden?

In dem Moment, in dem ich zögerte, wurde mir klar, dass ich bei einem unausgesprochenen Test versagt hatte. »Babe«, flüsterte ich und ich konnte spüren, wie mir flau im Magen wurde. »Du weißt doch, dass ich diesen Song nicht mehr singe.«

Jeder wusste, dass ich diesen Song nicht mehr sang. Ich hatte ihn für ein Mädchen geschrieben, und, na ja, lange Rede kurzer Sinn: Ich spielte dieses Lied nicht mehr. Das hatte ich nicht mehr seit dem Auftaktkonzert der »S is for Sex«-Tour.

Meinen beliebtesten Song von der Setlist zu nehmen, hatte ziemlich viele Leute verärgert und viele Fans enttäuscht, aber das war mir egal gewesen. Ich hatte geschworen, ihn niemals wieder zu singen, und ich hatte nicht vor, dieses Versprechen zu brechen. Die Jungs waren die einzigen, die mir bei dieser Entscheidung immer den Rücken gestärkt hatten, bis ich Adriana getroffen hatte. Sie hatte mich stets unterstützt. Ich verstand nicht, warum sie das jetzt auf einmal tat.

Adriana machte für unser Publikum ihren besten Schmollmund. »Bitte, Baby. Es ist mein Lieblingslied. Es ist der erste Song, den ich je von dir gehört habe, und der Grund, warum ich mich in dich verliebt habe. Kannst du ihn nicht wenigstens dieses eine Mal für mich singen?«

Das konnte ich nicht. Sie wusste, dass ich es nicht konnte. »Warum tust du das?«, flüsterte ich.

Es war wie ein Stich ins Herz, als ich ihr in die Augen blickte und unerklärliche Wut darin sah. Ich hatte keine Ahnung, was ich getan hatte, um das hier zu verdienen. »Du liebst mich doch, oder?«, fragte sie.

Ich wusste nicht genau warum, aber so langsam geriet ich in Panik. »Natürlich tue ich das.«

Adriana schnaubte. »Aber du liebst *sie* mehr als mich, oder? Du kannst dieses Lied nicht für mich singen, weil du nie über sie hinweggekommen bist. Ich bin doch immer nur die zweite Wahl gewesen.«

Zum ersten Mal in meinem Leben wünschte ich mir, nicht vor hundert neugierigen Leuten zu stehen. Der ganze Raum war totenstill und wartete ab, was ich tun würde. Ich konnte kaum denken, so überrumpelt war ich von dem, was Adriana hier machte, und ihrem überraschenden Groll meiner Vergangenheit gegenüber.

Als ich Adriana ansah, verzogen sich ihre Mundwinkel höhnisch nach oben. Es war subtil, aber erkennbar. Es hatte etwas von Verbitterung an sich, doch was mich am meisten verletzte, war ihr zufriedener Gesichtsausdruck. Sie genoss diesen Angriff aus dem Hinterhalt.

Ich schob den Schmerz, den ich empfand, beiseite und ließ den Zorn übernehmen. »Ich war dir immer treu«, zischte ich leise, in der Hoffnung, dass die anderen es nicht hören würden. »Ich habe dir *alles* gegeben, inklusive meines Herzens. Ich verdiene das hier nicht. Wenn du ein Problem hast, hättest du einfach mit mir darüber reden sollen.«

Ich wandte mich an die Menge und zwang mich zu einem Lächeln. »Danke für die Party, Leute. Die Getränke gehen für den Rest des Abends auf mich.«

Ich sprang von der Bühne und marschierte zur Bar, bevor den anderen klar wurde, was ich gerade gesagt hatte. Ein wilder Ansturm auf den Alkohol begann. Die einzige Person im Club, die sich traute, auf mich zuzugehen, war Shane Leopard.

Shane hatte wie ich zu Tralse gehört und war mein bester Freund. Shane, Reid und ich waren seit der Grundschule unzertrennlich gewesen, so dass uns Reids Tod besonders hart getroffen hatte. Seitdem war es zwischen Shane und mir nicht mehr dasselbe. Wir verbrachten kaum noch Zeit miteinander. Natürlich waren wir immer noch beste Freunde – in gewisser Hinsicht Brüder bis zum Ende – aber miteinander abzuhängen, war manchmal schwierig, jetzt wo unser dritter Amigo fehlte.

»Das war fies«, sagte Shane, während er sich neben mich setzte und einen Schluck von seinem Bier trank.

»Was du nicht sagst.«

Zwischen uns breitete sich eine angenehme Stille aus. Shane gab mir eine Viertelstunde, um in Frieden zu trinken, bevor er mich wieder ansprach. »Also … vielleicht solltest du den Song besser singen. Ich spiele für dich, wenn es dir hilft.«

Das war ein unglaublich großzügiges Angebot. Ich hatte im letzten Jahr vielleicht ein, zwei Mal gesungen, doch Shane hatte nicht mehr für ein Publikum gespielt, seit wir unseren Freund begraben hatten.

»Du findest, ich sollte ihr nach dieser Nummer einfach geben, was sie will?«

Shane trank noch einen Schluck Bier. »Du liebst sie, oder?«

»Ja, aber …«

»Dann solltest du es tun.« Als ich meinen Freund erstaunt ansah, zuckte dieser nur mit den Schultern.

»Das sollte ich nicht tun müssen. Sie hat keinen Grund, eifersüchtig zu sein.«

Shane lachte. »Frauen brauchen keinen Grund. Die einzige feste Freundin, die ich außer Cara jemals hatte, war Rebecca Carlisle, damals in der Highschool. Wir waren nur drei Monate zusammen, aber ich habe bei ihr meine Unschuld verloren und jetzt hasst Cara jede Frau auf der Welt, die Rebecca heißt. Ihre eigene Nichte heißt Becca, und Cara hat die ganze Familie dazu gebracht, sie mit ihrem zweiten Vornamen anzusprechen.«

Das brachte mich zum Lächeln. Shanes Verlobte Cara war eine Wahnsinnsfrau. Ich mochte mir gar nicht vorstellen, was sie tun würde, wenn Shane eine andere Frau auch nur anzusehen wagte. Was er natürlich niemals tun würde. Shane war der größte Pantoffelheld auf diesem Planeten.

»Frauen fühlen sich immer unsicher, wenn es um die früheren Beziehungen ihrer Partner geht«, sagte er. »Und mit einer so berüchtigten wie deiner, na ja … da kann ich es Adriana nicht verübeln, dass sie deshalb ein bisschen durchdreht. Wenn du sie nicht verlieren willst, solltest du ihr geben, was sie will. Selbst wenn das bedeutet, diesen Song zu singen, um zu beweisen, dass du wirklich darüber hinweg bist.«

Alles in mir sträubte sich davor, ›Cryin' Shame‹ zu spielen, aber Shane hatte recht.

»Es ist nur ein Lied, Alter. Das schaffst du.«

Ich seufzte, dann kippte ich den Rest meines Drinks herunter. Es war nicht nur ein Lied, und Shane wusste das besser, als irgendjemand sonst, aber ich wusste seinen Rat trotzdem zu schätzen. »Meinetwegen.«

»Guter Junge.« Shane klopfte mir auf die Schulter und stand auf. »Dann lass es uns hinter uns bringen.«

»Das ist mein Problem, Mann. Ich kann damit umgehen. Du musst nicht für mich spielen.«

»Mach dir keine Gedanken. Du weißt doch, dass ich immer hinter dir stehe.«

Ich nickte nur, weil ich nicht in der Lage war, Shane zu sagen, *wie* dankbar ich war, doch er musste die Worte gar nicht hören. Er wusste es.

Wir warteten, bis die Band ihr Set beendet hatte, bevor wir auf die Bühne stiegen. Die Jungs waren ziemlich gut. »Hey, ihr seid echt klasse«, sagte ich und schüttelte ihnen die Hand, bevor ich sie um einen Gefallen bat.

»Besonders du«, sagte Shane zu ihrem Leadgitarristen. »Du bist echt der Hammer. Wie heißt du?«

Das Kompliment ließ die Augen des Manns aufleuchten. »Danke. Ich bin Embry Jacobs«, antwortete er und schüttelte uns mit ein bisschen zu viel Begeisterung die Hand. »Ich bin ein Riesenfan.«

»Du hast einen ausgezeichneten Gitarrengeschmack, Alter. Macht es dir etwas aus, wenn ich mir die hier für einen Moment ausleihe?«

Embry fielen fast die Augen aus dem Kopf. »Willst du etwa spielen?«

Shane verbarg seinen Unwillen besser als ich. Niemand würde ihm ansehen, wie schwer das hier für ihn war. »Kyle hat ein Lied zu singen. Da kann ich ihn doch nicht im Stich lassen.«

Begeistert reichte ihm Embry seine Gitarre.

Ich atmete tief durch, während Shane den Gurt überstreifte und mit den Fingern über die Seiten strich. Wir sahen einander an und hatten den gleichen Ausdruck im Gesicht: Machen wir das jetzt wirklich?

Jedes Mitglied von Embrys Band starrte uns an. »Werdet ihr wirklich ›Cryin' Shame‹ singen?«, fragte Embry.

Ich sah erst zu ihm, dann zu seinen Bandkameraden. »Kennt ihr es?«

Alle begannen zu nicken. Sie schienen zu erstaunt, um akustisch zu antworten.

»Dann werde ich es wohl singen. Man muss der Frau geben, wonach sie verlangt.«

Mir war kotzübel, doch gleichzeitig verspürte ich einen gewissen Nervenkitzel, als ich ans Mikro trat. Ich liebte diesen Song ebenso sehr, wie ich ihn hasste. »Hey, Leute!«, rief ich, um die Gäste des Clubs auf mich aufmerksam zu machen. Ich räusperte mich, obwohl das gar nicht nötig war. »Meine Dame hat mich um einen Song gebeten. Ich habe ihn seit Jahren nicht mehr gesungen, also habt Nachsicht, wenn ich ein bisschen eingerostet bin.«

Ich wartete darauf, dass Adriana zur Bühne kam, konnte sie aber nirgendwo entdecken.

»Adriana, komm her. Wenn ich diesen Song für dich singe, will ich, dass du direkt vor mir stehst.«

Als ich keine Antwort bekam, verstummte die Menge. »Adriana? Babe?« Mir entfuhr ein nervöses Lachen. »Hat jemand meine Verlobte gesehen? Ich kann das hier nicht ohne sie machen.«

Köpfe verdrehten sich und alle begannen nach Adriana zu suchen. Plötzlich hatte ich ein ziemlich ungutes Gefühl. Shane musste es auch gespürt haben, denn er trat neben mich, als wir ein paar Gäste überrascht nach Luft schnappen hörten.

Die Menge teilte sich vor uns wie das Rote Meer, so dass ich bis zu einer Sitzecke im hinteren Teil des Clubs blicken konnte, wo zwei Personen ineinander verschlungen saßen. Es war zu dunkel, um etwas anderes als ihre Umrisse zu erkennen, doch der Schock der anderen sagte alles, was ich wissen musste.

Die beiden Silhouetten trennten sich voneinander, und obwohl ich ihr Gesicht nicht sehen konnte, spürte ich ihren bohrenden Blick. Ich wusste, dass ich später Schmerz über ihren Verrat fühlen würde, doch in diesem Moment empfand ich rein gar nichts. Ich war vollkommen taub.

»Tja, so viel dazu«, sagte ich ins Mikro. »Da bin ich ja froh, dass ich mich nicht gerade zum Affen gemacht habe oder so was.«

Ich spürte eine Hand auf meiner Schulter. »Lass uns von hier verschwinden, Mann«, flüsterte Shane.

Ich schüttelte seine Hand ab. »Einen Moment noch. Erst schulde ich dieser Frau noch ein Lied.« Ich drehte mich zu der nervös wirkenden Band hinter mir um. »Kennt ihr meinen Song ›Giving You The Middle Finger‹, Leute?«

Embry war der erste, der seine Stimme wiederfand. Seine Lippen verzogen sich zu einem Grinsen, und er nahm Shane seine Gitarre wieder ab. »Na klar, Mann.«